川のむこう

つれづれノート⑭

銀色夏生

角川文庫 13801

川のむこう

つれづれノート⑭

2004年4月1日(木)
〜
2005年3月31日(木)

4月1日（木）

いろんなところでいろんなものを目にする。

たくさんのものたち、人たち。

今私が持っていないものを持っている人じゃなく、今私が持っているものを持っていない人を、時々うらやましく感じることがあるけど、そんな気持ちもさっと流して歩きだす。


用事で東京にいる。映画をみようかと思ったが、面倒くさくなってやめた。

青山の「青山ブックセンター」へ行く。今、興味のあることに関する本をいくつか買う。

あざやかな色にあふれかえるたくさんの本の表紙にくらくらしながら、すり抜けて外へ。

あんなにたくさんの本。好きなのもあるだろうけど、出会えるのはそのうちの少し。本との出会いも、縁。

4月2日（金）

表参道で友人と買い物。デニムのジャケットを、ちょっと小さいと感じたのに買ってしまった。後で後悔する。

新しくできたオーガニックなカフェでランチ。おいしくなかった。和食屋でもないのに、にんじんや大根が花の形に型ぬきされてて、センスを疑う。店員もぎすぎすしていた。失敗……と思いながら、食べ終える。

しばらくぶらぶらして、「糖朝《とうちょう》」でお茶。マンゴー入り豆腐を食べたけど、おいしかった。

壁にジャッキー・チェンがすわったテーブルというプレートが貼ってあった。

その後、コーヒーがおいしいというカフェへ。

そこで友人と別れて、ホテルに帰る。

4月3日（土）

ホテルのモーニングブッフェを友人とゆっくり食べてから空港へ。

子どもたちと待ち合わせ。ずいぶん遊んで、疲れているんじゃないかな。タクシーから見えた国際線の建物の前に、暑い中、ものすごい人。なんだろう。（何かと思ったら、夜のニュースでわかった。「冬のソナタ」のペ・ヨンジュン来日。）

1時間ほど飛行機の出発が遅れて、鹿児島空港へ到着する。犬のマロンを、預けていたペットショップから受けとる。ミニチュアダックスの子犬がたくさんいた。私たちがマロンを買ったおととしよりも、ずいぶん値段が安くなってる。

家に帰ったら、宅配便の不在票がきていた。電話したところ、品物は注文していた植物。ずっと留守だったので、きょう送り返す予定とのこと。その場で中をみてもらった。葉っぱの先が枯れているように見えると言う。それでいいですから明日もってきてくださいとお願いする。留守にするということを伝えなかった私のミスだった。30日に送るというメールが前もってきていたのに、まあ2〜3日くらいならいいかと思ってそのままにしていたが、気温も高かったたし、差し止めるべきだった。

4月4日（日）

子どもたちはぐっすりと、おそくまで寝ている。

外は雨。木々に花や新芽が、急に、ぶわっとでている。

わけのわからないメールが旅行前にいきなりたくさんきていて、帰ってからメールを開いたらもっときていた。兄のサム（あだ名）を呼んで、引っ越してから今まで怠っていたウィルス対策を考えてもらう。

それから、いままでインターネットでの買い物をたくさんしていたけど、これからは極力やめることにした。おいしいものも、雑貨も、見て触って買える物にしよう。やるのは、手にはいらない本と、どうしてもというものだけにしよう。と決心する。それで、いつのまにか登録していたヤフーなんかの便利な機能や、登録情報をひとつひとつ削除することにした。登録は簡単だけど、解約はめんどうだった。

アルコールも、時々だけにしようと思う。

植物がきた。

大丈夫だった。さっそく庭に植える。十数種類もあるので、それぞれ、植える場所を考える。石のところ、地面、すみっこなど、ピンとくるまでうろうろした。

4月5日（月）

こまごまとした用事を済ます。

迷惑メールはこなくなった。ぷららのメールチェックサービスを申し込んだので、それがよかったのかも。

夜桜をみない？ と友達に誘われ、遠くの町に行く。その前に居酒屋に行った。駐車場から居酒屋まで歩く途中、誰もいない寒いロータリー前にすわって、ギターを弾《ひ》きながら歌を歌う少年がいた。真っ暗闇に満月。いい声で、いい歌だった。かなりこころ惹かれたが、そのまま通過。

居酒屋で、アスパラ炒《いた》めを頼んだら、ウィンナーがはいっていて、アスパラよりも多かった。チャーハンにもウィンナーがはいっていた。かなりウィンナー率高し。

野菜をもっと注文しようと、メニューを見る。

「このもやし炒めにウィンナーははいっていますか？」「はい」

やめる。

店をでて、ふたたびロータリーの前を通る。もうひとりふえていて、ふたりで歌っている。何かひとこと、声をかけたかったけど、できなかった。

桜はかなり満開だったけど、ちょうちんが昨日までだったそうで、暗くてよくみえなかった。全体に木がうす白くぼわっと見えた。

4月6日（火）

録画しておいた細木数子の占い番組を昼ごはんを食べながら見た。いつものおもしろい感じ。でも、もう一回みたら飽きそう。テレビガイドをみたら、明日とあさってにも細木数子の占い番組があるらしい。

最近つくづく思うが、占い師と一対一で対面して占ってもらう占いって……、なんていうか、その形自体に限界を含んでないだろうか？　はじめからバランスがかたよってるというか。占ってもらうことを言うのが、自分自身。相手は目の前の占い師。ふたりの世界。

占い師と自分のもつ風貌《ふうぼう》やムードが最初に出会った瞬間に、お互いの相性やパワーの種類により、おのずと本日の占いの形が決定され、ムードとムードがからまりあって予定調和に進むような。占い師は苦言にしろいいことにしろ、顧客の願うようなことを言ってくれるだろう。客はまた、いろんなこと、言われたがってる。

まあ、あの臨場感ある狭い空間で会うことを許した時点で、あなたの技、拝見だし。

私は自分が認めた占い師の、常識と違う観点からのものの見方や、心理カウンセリングみたいに自分の心の井戸の奥深くにふたりで沈み込んでいく気持ちよさ、自分の問題を見知らぬ他人ととことん話し合えるおもしろさ、時々ズバリと言い当てられる時の奇妙な快感、そして占ってもらう友人と同席した場合の友人のみせる意外な肉声や素直な反応、などなどが、好きだ。

悩み事のある時は、相談のためにいろいろ聞いてみたいと思うけど、悩み事のない今は、かえって何も言われない方がいいと思う。聞いてしまうのがもったいないって感じ。何もない目の前の人生の道に自分で最初の足跡をつけ続けたい。

どんなことでも、聞いてしまうとちょっと思いこんでしまうから。

4月7日（水）

お風呂のテレビで細木番組をみた。今日のでは、カバちゃんと沢田亜矢子に、「あなたたち結婚したらいいわ」がおもしろかった。「お互い人生の落伍者《らくご》同士、とても楽よ」と。みんなも大うけ。

4月10日（土）

朝市で白い菊を買った。夕方、家族を誘って、ずいぶんひさしぶりに墓参りに行く。

山の中にあり、静かだ。うぐいすが鳴いている。のびきった竹とつつじをちょっと切る。いつか、本格的に剪定《せんてい》しなくては。すみっこにある名もしらぬ祖先たちの苔《こけ》むした小さな墓石がかわいく並ぶあたりにつつじの葉がぐわっとおおいかぶさっている。

チョキン
つつじ

4月12日（月）

庭にバークチップをいれたり、クレマチスを植えてもらったり。

私の好きな末川造園一家とともに、暑い中、時々おしゃべりしながら、あっちこっちと動き回る。だいたい終った。あとはまた駐車場ができてから。

4月13日（火）

片づけのことでカンチ（長女、小6）とケンカ。怒った私がランドセルを庭に隠し、あわや学校を休むか、というところまでいったが、どたばたしたあと遅刻して登校。

夕食は、ココナッツカレー。

4月14日（水）

今の私の携帯は、カメラもついてない古い型。そこに教材のダイレクトメールにはいっていた食べ物のシールを丹念に切り抜いて貼りました。さんま、たこウィンナー、えび、ステーキ、ピザ、焼きとうもろこし、いか、目玉焼き……。

気がむくと庭に出る。思いつくままに、畑のカンナを掘って移植したり、コニファーをまるく刈ったり、草をとったり。庭ですごす時間は、ほっとするひととき。

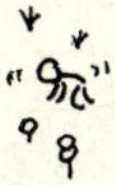

4月16日（金）

子どもたちは最近、夕方は庭で遊んでいる。
気候がよくなって、気持ちがいい。
私も草花を植えたりする。
そして、マロンに三輪車をひかせている。
それがまた、マロンってすごい力なので、
人が乗ってるのにどんどんひいてくれる。
ガラガラ、ハアハア、ギャーギャーと、大騒ぎ。

マロンって、頑張りやさんかも。

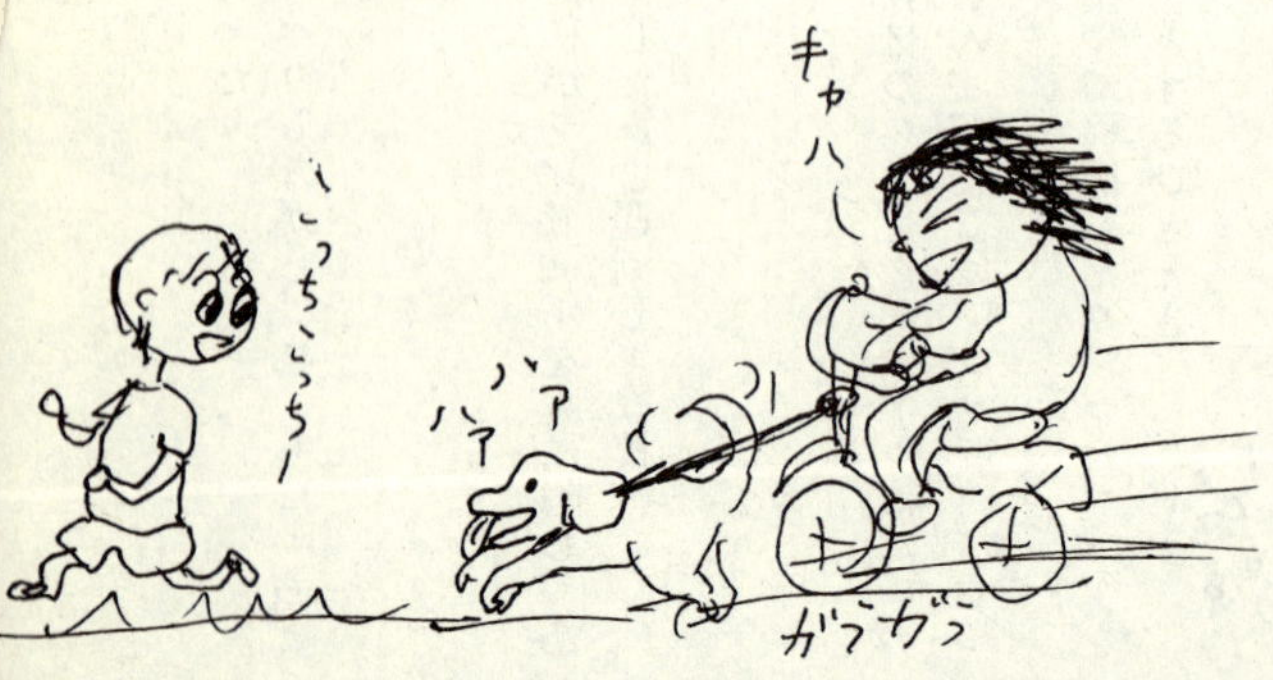

イラクの日本人拘束、解放などのニュースが毎日流れる。家族が感情的になって怒ってるところを横からうつした場面などは見たくないので、そんな場面がうつったら、チャンネルを変える。テレビは、うつしすぎると思う。

4月17日（土）

天気がいい。おとといまたテレビで牛丼をみたので、昨日の夕食は牛丼。チャコ（長男、5歳）は牛丼は食べたくないといい、そばを希望したので、ざるそばを作ってあげた。そんなチャコは映画好き。休みの日は、朝からずっとビデオをみている。「スパイキッズ」とか、「スピード」とか。同じ物を続けて何回もみている。

今、新玉ねぎがおいしい。しゃくしゃくしてて。

仕事の合い間に、瀬尾まいこの「卵の緒」を読んで泣いた。この人の文章は、読んでいてなんだか気持ちがいい。カバーの絵も好き。「7's blood」もよかった。

今日はひさしぶりに温泉へ泊まりに行く。カンチは、温泉より友だちがいいと言って、友だちの家に泊まりにいった。

巨大温泉ホテル。ここは一度破産して、経営が変わったそうだ。泊まるのは初めて。古いホテルで、さすがに部屋にも年季がはいっている。

水着を着てはいる渓谷沿いの露天風呂というのに行ってみた。ホテルから歩くこと3百メートル。着がえは木の箱の中で。足が痛いのでスリッパを途中まではいて、川沿いに作られた数個の露天風呂を回る。野趣ありすぎ。こなければよかった。あったまったことはあったまったけど、寒い気持ちで水着を着がえ、歩いて部屋に帰る。

夕食後は、中国雑技団のショーをみた。席につくと、丁度後ろに気分よくよっぱらったおじさんたちがいて、大きな声でお喋《しゃべ》りしている。ショーが始まった。すると、おじさんたち、お喋りをやめるでもなく、あれは女かとか、よく曲がるなとか、鍛えられてるなとか、ずーっと喋りっぱなし。

そのことが印象深かった。まるでおじさんと一緒にみた気分。温泉ホテルの夕食後のショーって、運が悪いとこうなんだ。

4月18日（日）

マロンや植物が気になり、はやく家に帰りたい。

最近庭に植えたひよひよの植物たち。川や野原から持ってきた草花がしおれていないだろうか。

雨が降りだしてきたので、安心した。以前はそう好きではなかった雨が、今ではうれしい。

苦手なものでも、好きになる理由がわずかでもあれば、うれしいものになる。

嫌いなものを好きになるには、嫌いなものの中に好きなものをみつければいい。

昼頃家に帰り着き、マロンのところに行って、なでてあげる。チャコはビデオ。私は自分のことをする。静かな雨の昼下がり。椅子の足が壊れたので、修理した。

夕方、カンチが帰ってきたので、たまご雑炊を作ってあげる。

4月19日（月）

カンチが朝、耳が痛いと言う。薬草の実験ができる。やった！　と、すぐに外に出て、ゆきのしたの葉をちぎり、コンロの火であぶってもみ、汁が出たところで耳につめてあげた。学校から帰った時にきいたら、もう耳は痛くなくなったとのこと。よしよし。

一日中仕事をしてたので、気分が重い。朝市で買った二百円のジャム用いちごで、夜、ジャムを作る。すごく煮詰まり、ちょっぴりになり、水あめみたいにびよーんとのびるけったいなしろものが完成。

4月20日（火）

チャコの髪がのびた。カンチがみつあみにして写真をとったりしている。

このごろの暑さで、汗でびっしょりになってたり、横の髪が顔にかかってわずらわしいと風呂で言うので、切ることにした。ハサミをとってきてザクザクと。ちょっとそろってないけど、まあよし。

先日、ぎょうざを買って焼いて食べた。カンチが、何個たべた？　何個食べた？　とうるさいくせに、自分は一個すくなく申請していた。ゴミ箱に捨てていた袋をみたら12個入りだったことがわかり、みんなが食べた数を数えたらごまかしていたことが判明。で、そんな、キリキリしたムードで数を数えながらぎょうざを食べなきゃいけない状況を急に「いやだぁーっ！」と思い、今日は「ぎょうざの皮」を一袋買って、思う存分、数えて食べなくてもいいようにみんなで作ることにした。25個作ったけど、あっという間に食べてしまい、また、ちらっと数えてもいた。

「数えないで！」

余るほど作りたかったのに、足りなかったのが残念。二袋買えばよかった。でも、残りのぎょうざの中身でハンバーグを作って、食べ、それは余ったので満足。

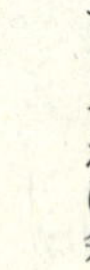

4月21日（水）

テレビタレントの顔＝一般人の裸

ということを思った。テレビにたくさんでて顔を知られている人は、外を歩くと、みんなにじろじろ見られる。それに対して文句もいえない。その感覚を一般人が想像するとしたら、たとえば……裸で歩くようなものではないかな。裸であるいたら、みんなが驚いて見るだろう。そのくらいのことはある。テレビって。

イラクでの拘束・解放問題について。

いくら自分の意思で、死んでもいいから危険なところに行って何かをしたいと思っても、日本に生まれたらみんながほっといてくれない。はずかしいほど親身になって国家や国民ががっちりと見張ってて、ともすれば、とってもカッコ悪いことになる。

ただ、パスポートを捨てれば大丈夫。日本国籍さえなければ、日本人だとわからなければ、過保護な親（日本）は一転、気がぬけるほど無慈悲になるだろう。

庭の工事の最終段階、ガレージの工事が始まった。深く基礎の穴を掘って、石をいれてドンドンと押し固めているので、すごい音と震動。もうすこしなのでお許しをと、お隣りさんに心でわびる。でも、これができたら、もう外の道路から見えなくなる。やっと息ができる感じ。庭仕事ものびのびとできるし、倉庫も活用できる。

チャコが保育園の帳面にシールを貼りまくった。それを剝《は》がすのが大変だったので、その間中、くどくど言ってチャコをいじめた。

4月22日（木）

きのうテレビでみた、太った女の人が好きな男が、太った女と結婚して、「太れば太るほど美しい」と言ってますます太らせて、ついに300キロ以上になり、ドクターストップがかかったカップル。その後はちょっと体重を減らし、それでもまだ太ってて、仲良し。それとか、片方は素敵なのに、相手はどう見ても美しくない。けどとっても仲のいいカップル。そんなカップルたちって、きっと他の人にはわからないすごい絆《きずな》がありそうだ。

丸太を50センチずつに切ったものをもらったので、皮をはぐ。タブという木。皮の厚さが1センチくらいあって力をいれるときれいにつるりとむける。水分がいっぱいで、鼻を近づけたらいい匂いがする。梅の木の下で一生懸命むいていたら、汗がでてきた。

死後の世界についてわかったように語る人が嫌い。丹波哲郎やお坊さんは言うのが仕事だからいいけど、本で読んだり人から聞いた話をなぜかうのみにした一般人のこと。そんなの死んでみなきゃわからないのに。あるいは、もしかして本当に行ったことがあるとしても（！）、それは言わないのがルールではないか。

死後の世界について語る人を見てると、自分が見た夢についてとうとうと語る人の前にいる時と同じくらい居心地が悪くなる。

4月23日（金）

うちの飼い犬マロンの、狂犬病の予防注射が近所の役所であるので行く。多いのかなと思ったけど、並ぶほどでもなく、他に犬が1匹、2匹、来たり、帰ったり。

ぎゅーっと押さえてたが、マロンの筋肉はすごい力なので、針をさした瞬間、ぴょんと飛び跳ね、注射器がころんころんと床をころがった。カンガルーかと思った。

「いまのはもう、注射できたんですか？」

「できませんでした」

その後、ふたたびぎゅっと押さえて試みたけど、だめだった。

「しょうがないので、ここにしますね」と、後ろから足にちゅんっと、刺されていた。

人の心。

あるグループの中に、ひとりケチがいたら、そのグループ全体が萎縮《いしゅく》する。ケチといっても、精神的ケチのこと。自分だけは損はしたくないと、きりきりしてる人。与えることをとても恐れている。与えるとなくなると思っている。

本当にケチな人ってそんなにいない。大多数の人はどっちでもいいと思ってる。けれど、ケチな人がケチな発言をすると、他のみんなも構えてしまう。

そんな時、おおらかな人が、おおらかな発言をすると、ふわっとむすびめがほどけたように、全体の雰囲気が変わったりする。

だから、あそこの家族はみんないい人、とか、あそこの会社はみんないい人、ってあると思う。おおらかな人がケチな人の心を変える場面を見かけることがあるし、ふつうの人々がひとりのケチな人のせいで全員ケチっぽい集団にされてる場面も見る。

絶対ににぎった手を開かないで、肩に力がはいりまくっている人をみると、その手を開いても損はしないのに、かえって儲《もう》けるのに、と思ってしまう。悪いことの悪循環、いいことのいい循環。人生を楽しくするのも苦しくするのも、小さなテクニックひとつだと思う。

4月24日（土）

朝の旅番組をみていたら、荻野目慶子がサンタフェに行ってた。荻野目慶子の言い方が、すべて叫び声のようでこわかった……。

サンタフェあたり、ニューメキシコに行ってみたい。あそこらへんの気候が好きな気がする。アリゾナの砂漠が好きだったのだが、あそこ以上に好きかもしれない。

ジョージア・オキーフの顔写真をみるたび、厳しそうな人だなと思う。

彫りの深い顔の外人って、どうも違う生き物のように見えてしまう。それでしゃべる言葉も違うとなると、用事がない時は、ホント近づきたくない。挨拶《あいさつ》くらいしかできないけど、挨拶も面倒。中途半端に説明しても無駄だよな……日本人と日本語でだって話しづらいのに、外人と何、話す？　というけだるさに支配され、脱力。用事がある時は、頑張るけど。

4月26日（月）

「言葉にできない」をバックに流れた秋雪くんのCMを見た時、あの「たったひとつのたからもの」の表紙にもなった写真を見て、一瞬で泣いてしまった。おとうさんの髪の毛の薄いところがなぜか胸にせまる。

そのテレビ番組がNHKであったので見た。特に印象的だったのは、そのおとうさんだ。社交辞令や、笑ってる画面がぜんぜんなく、とてもリアルだった。全然構えてない。あれほどの人はめずらしい。素晴らしいと思った。

庭に水まき、たのしくて、

2時間が
あっというま。

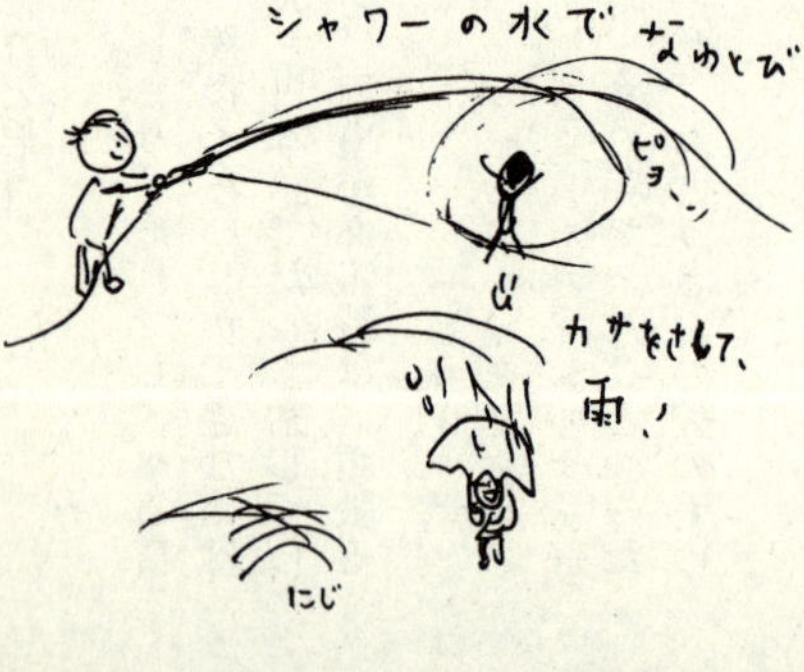

子どもって、自分だけの言葉をつくるものだ。

チャコの子ども言葉、「まっしじゅうに」。全体に、全部ってことらしい。たぶん。

「ジャム、まっしじゅうに塗ってくれてありがとう」

「まっしじゅうが、かゆい」

食べ物に関する最近の考え。外食はたまの贅沢《ぜいたく》にして、普段の食事は近くでとれるものを新鮮な状態でさっと焼くとか煮るとかして食べる。ここは海から遠いので、おのずと野菜や鶏肉、豚肉になる。
ワインもテキーラもウォッカも泡盛も、生産地で飲むのが一番おいしい。そこから離れれば離れるほど、味がへたる感じ。すると、ここなら焼酎《しょうちゅう》だ。これから研究しようと、九州の焼酎の本を買ってみたら、すごい数の多さだった。
天候が急変し、午後から雨。これから嵐という。おなかがすいていたので、午後はずっと食べ歩きや旅行の雑誌を読みふける。5〜6冊じっくりみた。写真の食べ物に目が釘付《くぎづ》け。

4月28日（水）

先月脳梗塞《こうそく》で倒れ今はリハビリ中の人のお見舞いに行くという友だちについていく。私も何度か会ったことがあるその人、右半身が麻痺《まひ》していて車椅子に乗ってらした。私もまわりも、いつ同じ病気になるかもしれないと思うので、「ここ、食事はおいしいですか？」など興味のある質問をさせていただく（けっこうおいしいとのこと）。

そのあと骨董《こっとう》屋の中にあるカフェでランチ。「子ども、見学、お断り。品物を壊したら弁償」という張り紙があちこちにあって、息が詰まった。堅苦しいところはいやだ。

牧場で肉を買う。いろいろと大変そうなその友だちに、帰りの車が山道を走ってる時、「今までの人生の中で、いつがいちばんしあわせだった？」と、フト聞いたら、「ない！」と、即答。笑った。

カンチ「ママ〜。クラスの子が、『家を建てたら早死にするんだって』って」

私「それは嫉妬《しっと》。そう言われたら、『えっ！　じゃあ、明日、死ぬかも！』って言ったら？」

自分の年齢を言いたがらない女の人って、不思議。女は若い方がいいという古めかしい男の考え（?）を植えつけられた悲しい習性か?
なぜ、長く生きてることをはずかしいことのように思うのだろう。

大雨で、今工事中の駐車場の脇の石垣の一部が崩れ落ちる。復旧作業を杖《つえ》を手に、興味深く見る。木の枝、杖って、持って歩くといい感じ。それを持って庭の木をぐるりと見て歩いたり、よりかかって草花をじっくりと見たりする。この杖は、カンチが友だちの家からもらってきたもの。

木といえば、「寝る時の木」。

ベッドの枕もとの電気が暗かったので、別の機種に変えた。すると、以前のは鎖をひっぱると消えるやつだったのに、新しいのは壁のスイッチで消さなくてはならなくなった。スイッチを押すのに、寝たままでは届かないので、かといってわざわざ起き上がるのもいやなので、木の枝を打ちつけて消している。バーン、バーンとぶつけるので、そのうち壊れるかも知れない。

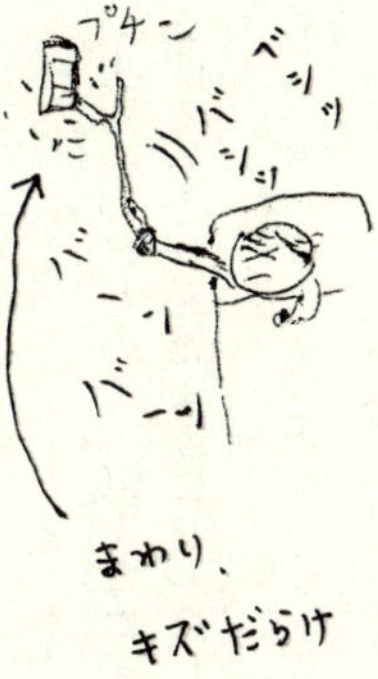

昼、黒と白と赤のきれいな色の見たことのない虫をみつけたので、みんなに見せようとビンにいれて、見せたあと逃がしたが、さっき玄関の外で死んだようにじっとしていた。ビンの世界が悪影響だったのか。

4月29日（木）

ゲーム「ピクミン2」発売日。みんな大興奮で今日を待っていた。さっそく始める。……景色が、地下洞窟《どうくつ》で、苦しい。前回のようなきれいな森や湖がいい。

4月30日（金）

突然、いちご摘みに誘われた。最後のいちごを好きなだけとっていい。昼間家にいそうな人ということで、私にまで声をかけてくださった。浅い箱を3箱持って、車に乗せてもらっていく。いちごのハウス。そこには、まだたくさんのいちごがなっていた。どきどきしながらたくさん摘んだ。余っていた箱をもらって、5箱分摘んだ。とってはいけない列があり、そのことが私にまで聞こえてなくて、おばちゃんに叱られたという悲しいエピソードもあり、悲喜こもごも。

帰りの車はいちごの匂い。周りの人にもおすそわけ。

5月1日（土）

昨夜《ゆうべ》から、いちごシロップ作り。ジャムはもうやめた。時間もかかるし、そんなにパンを食べないし。今朝の朝食はいちごミルク。

5月2日（日）

「ピクミン2」をみんなやってる。今日から5日連休。特に予定はない。みんなに聞いても、どこかに行きたいって言わない。チャコは、家にいるのが好きだ。カンチは、友だちと外で遊んだり帰ってゲームをしたり、いろいろ。

「ピクミン2」をふたりがしてて、先に進んでるので、見ないようにして横を通り過ぎる。音も聞こえるので、できるだけ聞かないようにする。楽しみがなくなるから。

遅ればせながら「冬のソナタ」を見ている。ゆっくり楽しみたいので、ビデオとかでまとめて見ずに、NHKで毎週放送されるのを待っている。

5月6日（木）

連休はずっと家にいた。天気も悪く、ゲームばかりしていた。でも、時間を気にしない不規則な日々を送れたので、うれしかった。ケンカもほとんどなく、3人でいい感じに過ごすことができた。きのうは天気がよかったので、子どもたちは庭で水着を着てビニールプールにお湯を入れて、露天風呂を作っていた。

一度、おいしいと聞いていたカツカレーを食べに出たけど、その店が閉まっていたので、他の店でカツ丼を食べた。次の日、再度挑戦したら、店は開いていて、カツカレーを食べることができた。が、それほどおいしくもなかった。というか、まったく私好みの味ではなかった。カレーが辛くなくて色も茶色だった。カツカレーの場合、カレーは焦げ茶色の濃い色のカレーが好きだ。カツも、からっと香ばしーく、揚げすぎぐらいの揚げたてがいい。

ひさしぶりに今日は工事もなく静かで、ひとりの平日。天気もよく、仕事をする気になれず、雑用をすこし片づける。

輸入家具のバーゲンセールの案内が時々届く。しかもここから遠い、一度も行ったことのない店。これからもセールのたびにくるのはいやだと思い、郵便局へ「受け取り拒否」をお願いします、と、持って行く。小さな紙に受け取り拒否と書いて、印鑑をおしてポストにいれればいいそうだ。帰ってからパソコンで紙に「受け取り拒否」を印刷する。これから、パンフレットや案内などの来てほしくない郵便物が届いたら、これをひとつひとつこまめに貼り付けて、送り返そう。どうせ見ないんだし、送り主の切手代ももったいない(印刷したのはいいけど、その後、出番なし)。

「どっちの料理ショー」。

きょうは、鉄板焼VS炭火焼。鉄板焼の勝ち。あわび人気で。

食材といえば……、熟れてるもぎたての果実、安全で新鮮な野菜、とれたてのいきのいい魚、どれもそこで作ったり取ったりする人だけが味わえる産地ならではの醍醐味《だいごみ》だ。それほど新鮮じゃないとしても、ほぼそれに近く、高品質のものを、産地から遠く離れた料理屋で座って食べられるって、それこそ贅沢《ぜいたく》だし、高価であって当然だろう。

5月7日（金）

この時期。朝の保育園送迎のあと、ぶらりと町の中をドライブすると、花壇の花が綺麗《きれい》だ。

明るく、あたたかい。

「絶対」なんて言葉、使いたくないと思う。なのにたまに、気持ちがはいってない時には使っているかもしれない。「絶対」なんて、言わないようにしたい。

例、「絶対、いいんだってば」、「こっちの方が絶対、おいしいよね」、「そんなこと絶対ない」。

おりにふれ、絶対なんてないってことが、ますます身にしみるのは、うれしいことだ。

会話の途中に相手が「うん」ってうなずけない言葉をはさみこむ人がいやだ。たとえば、「私は太ってるからさ」とか、「あなたと違って私はセンスがないから」とか、「私は貧乏だから」とか。謙遜《けんそん》も、すぎればイヤミだ。謙遜って、話の中に声のトーンや表情でおりこまないと（でもたまにそれに気がつかない人もいるけど）。

「うん、うん」と、あいづちを打って聞いてたのに、それがきたら「うん」もあいづちも止めなきゃいけない。まるでゲーム。（こころここにあらずの時、間違ってうなずくこともある。すると、ムッとされる。）丁寧な人は、そこで「そんなことないですよ」なんて言って気を使ったりして。話が先にすすまず、ダルイ。

5月8日（土）

私は耳が悪いのだろうか。時々、人の話す言葉が聞きとれなくて、でも聞き返すのがめんどうで、適当にうなずいて想像でおぎなうが、後でつじつまが合わなくなって困ることがある。また、たまには5回くらい聞き返すこともある。

一方的にダーッとしゃべる人について。

先日、会いました。一方的にしゃべり続ける人に。

その人は、自分からずっと自分のことについてしゃべり続けていた。相手のことを時々は推し量りながら、会話するのが普通だと思うけど、その人のあまりの私への問いかけや確認なしの会話に、聞きながらいろいろと考えてしまった。この人、いつもこうなのだろうか。私に興味がないのかな。緊張してるのかな。もしかして沈黙が苦手でとめどなく言葉を出しているのか。何かのストレスがたまっていて病気でこんな言い訳みたいなことばっかり言うのか。私というものをいったいどんなふうに思っているのだろう。

一度、「それについては興味がない」と言ったら、話題をかえたので、しゃべりながら相手の様子を読んではいるみたいだったが。すごくまわりに気を使ってるのは、感じた。一方的な感じが、病的だった。

5月9日(日)

また別の人に、別のいちごハウスのいちご狩りに誘われた。今度はお礼のワインを持参した。子どもたちを連れて取りに行く。たくさん取っても、食べられる量に限度があるので、私は人におすそわけする分だけを取った。が、カンチは箱いっぱい山盛りに取っている。

焼酎《しょうちゅう》を研究中。米、麦、いも。でも、どうも焼酎をまだ好きになれない。ワインが好きだったが、しばらく飲んでなくて、きのうひさしぶりにちょっと飲んで、好きな理由がわかった。ワインならすぐに酔えるのだ。焼酎やビールは、飲めば飲むほど体が冷えていくように感じて、なかなか酔えない。ということは、やはりワインが体にあっているということかも。今後もひきつづき研究。

3月に絵を描いた時に右手を酷使してしまい、その時に痛めた右手がまだ癒《い》えない。親指の筋が痛いし、手首の関節には軟骨か何かが飛び出している。で、思ったことは、気持ちは無理できても、体はもう無理できないということ。これからは体で無理するのはやめよう。加齢により、回復するまでの時間がどんどん遅くなっているはず。回復しないかもしれない。運動しないし、体力ないし、大事にしなくちゃ。

豊島ミホ著「日傘のお兄さん」を読む。好きだった。

5月10日（月）

人のことを病的なんていってたけど、きょうは自分の病気がでた。それぞれにウィークポイントってあるものだ。私の病気は、いつ帰るかわからない人が家にいる時、にでる。お客さんが、何時から何時までいるということを私が納得して認めた場合は、その時間のあいだに限り、大丈夫。が、帰る時間に帰らなかったり、いつ帰るのかわからないお客さんが家にいると、とたんに地獄にいるような気持ちになり、胸が重くふさがって、苦しくなる。いったいこの苦しさは何なのか。

人を家に泊めることができない。ふたりだけ、大丈夫な友だちがいるが。泊めると長く家に一緒にいることになるので、どこでバッドな状態に突入するかわからず、早いうちにそうなったら困る。

きょうは私は、外へ逃げ出しました。そういえば旅先（外国）でもそうだった。遠いところ（日本）から仕事でたずねてきた人がいたのに、用事がすんだら、その後に一緒にいるのが苦しくて、黙って行方をくらましたのだった。

あの苦しさを病気だといわれるなら、よろこんで認めよう。そのために逃すことになるかもしれないすべてのことを、よろこんであきらめよう。

これって病気じゃなくて、かなりはっきりした理由があるような気がするけどまだくわしく考えてない。

5月12日（水）

ブーゲンビリアがほしかった。

あの紙のような花びらがかさかさしたスカートみたいだから。

ちょっと前に、ポピーがいっぱいの観光地でみかけたけど、その時は買わなかった。

それを今日思い出して、ほしくなったので、午後からドライブして行った。

ぼんやりしていた。

頼まれたことふたつを、自分の主義を通すために断わってしまい、すこし罪悪感みたいなものもあった。

めったに聴かないＣＤを車の中で聴きながら、ポピーのところに着いた。

よくある赤紫色のをひと鉢買う。１８００円を１７００円にまけてくれた。あと、まる

い緑の玉がつながってさがってるのもついでに買った。黄色い花の苗をおまけにくれた。ブーゲンビリアを手渡しながら「大事に育ててね」と言われ、ちょっとうれしくなる。

ぼんやりしたまま、もうすこし遠くの園芸屋へいこうか迷い、行くことにした。

園芸屋に着いた。花や苗が、大事にされていないように思えた。枯れかかってるのがある。小さな茶色い焼き物の鉢にはいった多肉植物をふた鉢買う。

帰りもずっと歌を聴いた。とりとめもない、情緒的な物思いにふけった。年齢によって物の価値は変わるな……なんてこと。

どうしてこんなにぼんやりするのだろうと、考え、わかった。昼ごはんを食べてなかったんだった。空腹だと、まったく力がでない。

5月13日（木）

ゲイリー（母）の梅林の下の草ぼうぼうのなかにスイカやなすやピーマンやトマトの苗を植え込んでいたら、ゲイリーの兄が草とともに草刈り機で刈ってしまった。言ってなかった自分が悪かったと思う。もう一度、スイカの苗を買って、今度は庭の木の下に植える。おわびにと、カットスイカをくださった。

雨と強風。工事もなく、静かに家にいる。雨が降っていて落ち着くし、外出する予定もなく、うれしい。

5月15日（土）

雨。家でごろごろ。夜も、ベッドでごろごろしながらテレビのバレーボールの試合をみていたら、チャコが遊んで飛んで、私の背中に落っこちてきた。「ぎゃーっ!!! いたあーい!!! あっちへいけー！　ママ、もう死ぬかもー」と、叫んで怒鳴る。

5月16日（日）

あまりにも雨が強く降るので、明け方目が覚めてしまい、庭が心配になって見回りに出た。石垣がまたくずれていないか。

くずれてなかった。

人の悪口やぐちを言う人が嫌いと書いたことがあるが、その言い方は間違っていた。今日、畑のカンナを掘り返している時に、言いたかったことをより正確にあらわす言い方を思いついた。それは、「相手がその人だからこそ話すということを話さない会話が嫌い」だ。その人じゃなく、相手はだれでもいいような会話は、時間の無駄のような気がする。この話をこの人に、いや、この話だけをこの人だけに、というような切実さが、どんな会話の中にもなければならないと思う。限られた人の一生という貴重な時間の中で、これだけは絶対に伝えなくては、これを伝えずには死ねない、というような緊張感をもって、日常会話というものをとらえていきたい。

5月17日（月）

先日、犬を飼って失敗だったという人と、語り合う。

私の今の悩みは、犬のおしっこの臭い。マロンのテリトリー、コンクリートで作った区域を、毎日シャワーで水をかけて洗い流しているけど、どこからかおしっこのくさい臭いがぷーんと漂ってくる。その臭いがすると、もうがっくり。木酢液をうすめてふりかけたり、対策を考え中。

小学校の参観日。用事があったので、ほんの10分ほど行ってきた。そして、廊下の虫歯予防の絵などを見て、ああ、学校というところにもう通わなくてよくて本当によかった、といつも思うことをまた思う。この、管理され、決められ、言うとおりに行動させられる時期……。子どもの頃は、管理や強制は必要だと思うので否定はしないが、今、大人で、よかった。

朝から、自分の私物をみんなで使う洗面所のタオルの上に置くな、ということでカンチにくどくど説教。それと、今カンチは私の部屋のとなりの廊下で寝ているのだが、いつも寝ているあいだにふとんを戸のレールに押しつけ、戸が開かなくなっている。それが最高にいやなので、毎朝ふとんをレールから離すようにと、注意。

今日はお弁当が必要ということなので、アスパラとチーズのささみ巻き、しそとのりがウズのようにくるくると巻き込まれた卵焼きなどを、きゅきゅっと作って弁当箱につめる。


今の私の願いは、現在工事中のガレージが完成し、渡り廊下も完成すること。たぶんどんなに遅くても8月中にはできるだろう。そうしたら、9月のひと月間、家に閉じこもりたい。9月は絶対に予定はいれず、できるだけ外の世界を遮断してこもりきろう。昼間は電話や宅配も絶対に受けないようにしたい。そのために、今から準備しとこう。

5月18日（火）

私も時々はマロンの散歩をしてあげる。その時は、人のいない広場に行って、リードを離し、「ゴー！」と言う。すると、すごい勢いで走っていく。しばらくして「マロン！おいで！」と言うと、またすごい勢いで帰ってくる。ひろげた両手のあいだにぶつかるように帰ってきたら、私は、ものすごい力をこめてその顔や体をガシガシとなでまくる（軍手着用）。まるで虐待しているかのような激しさで。その時が、すっとする気持ちよさだ。

マロンもよろこんでいる。

でも、普段の気分転換の庭の草木廻《まわ》りの時には、マロンのコーナーに近寄りたくない。

飛びだして来て走り回るから。それで、マロンにみつかるぎりぎりの地点までいって、ひきかえす。その先まで見たい時は、そっとマロンの小屋を盗み見て、音をたてないように行く。気をつかう。

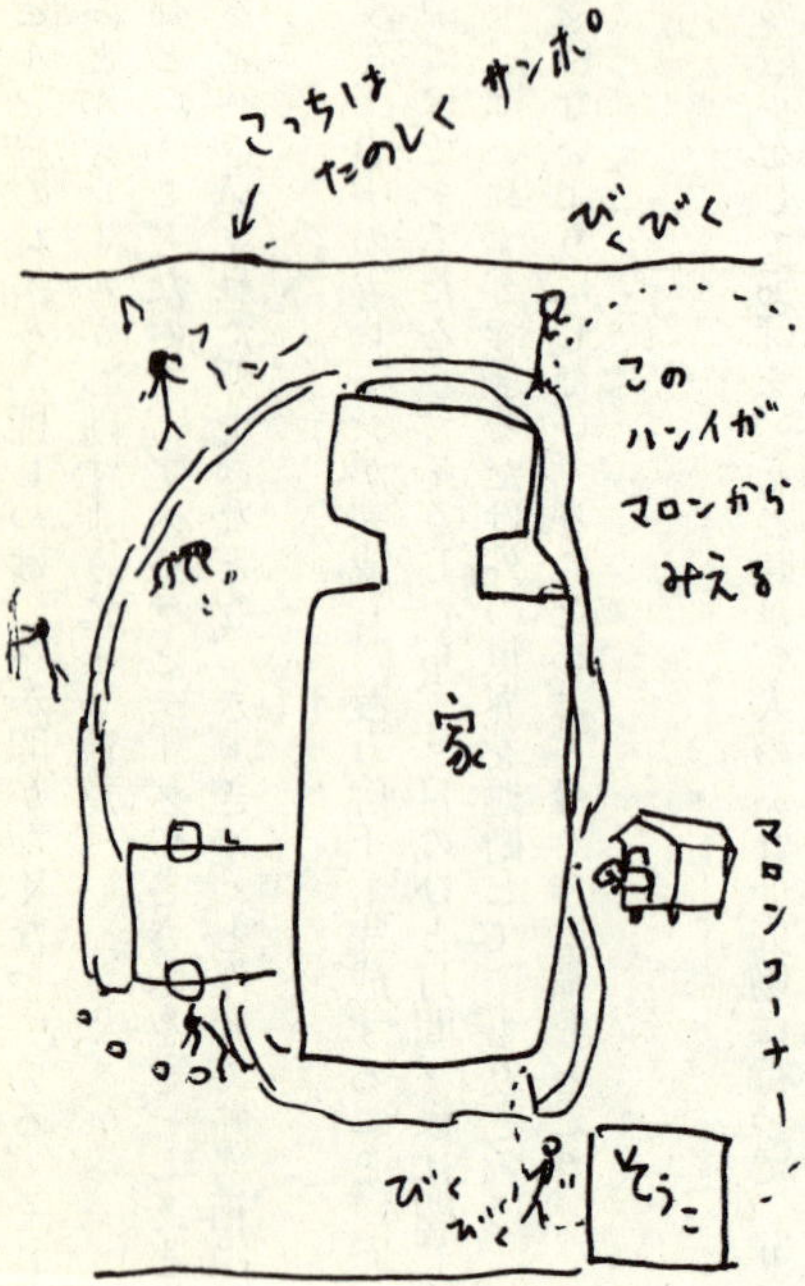
こっちは
たのしく サンポ
びくびく
この
ハンイが
マロンから
みえる
家
マロンコーナー
そうこ
びく
びく

日々すこしずつ、確実に体重が増えている。

私はもう太っても別にいい。

なのに、5歳のチャコが、さすがにまるまるとしたわたしの肉を見て、見るに見かねたようだ。「ママ、ダイエットしたら？　テレビの加藤大《かとうだい》くんみたいに。りんご食べればいいんだよ」と言いだした。そして、「ママ、きょう、ダイエットした？　りんご買った？保育園のだれだれちゃんやだれだれちゃんみたいにおなか、平らになってね」

「だれだれちゃんたち、平らだった？」

「うん。ちょっと、ママ、おなかみせて。あれ、あんまりふくらんでないね」

「ううん。みてごらん」

そういって、ふくらませてみせたら、目をまんまるくして驚いている。


夕方、カンチとまたケンカ。あさってからの修学旅行用の服とパジャマを買ってほしいと前々から言っていたので、明日は忙しいので、「今から、買い物に行こう」と言ったら、なぜか嫌がってイヤダと言い、ふてくされて、明日がいいという。「明日は忙しいんだけど……じゃあ予定を変更する」と私が折れて、明日行くことにする。時間も決めた。3時半ね、と。

すると、「わかんない。遅くなるかも」と言ったかと思うと、「ぐえっ」とへんな声をだしてやっぱりいやだと言って、「今日いく」と言い出す。

ムッときて、どうしても買わなくてはいけないものではないし、そういえば新しく買ったりしないでくださいと、学校からのお知らせにも書いてあったので、「明日も今日も、もう行かない」と私が言った。すると、「だってマロンの散歩にいかなきゃいけないから」なんて、わけのわからない言い訳をいやな口調で言いはじめた。で、このまま話していてもまたいつもみたいに迷路のようになると思い、逃げる。

マロンの散歩には、行ってないし。

夜、兄のサムが来て、カンチにお餞別《せんべつ》をくれた。さっきのケンカのことを話したら、「子育てって、大変だね。僕はひとりだから気が楽だよ」と、うれしそう。

風呂上り。ひさしぶりに体重を計った。57・2kg。う―む。確かに……。最近体が重いと思った。間食も、増えていた。

よし！　これから、ひさしぶりにダイエットだ！　目標、53kg。方法は、「無理をしないで」。

チャコが、「ママー。やせるため、1、おかわりなし。やせるため、2、おやつなし。ね」と、言いながら私を見上げてる。

5月19日（水）

昨夜遅く、カンチがベッドに謝りに来た。夕方は『その前に頭にくることがあったから、態度が悪くなった』らしい。そして、明日服を買って、と言うので、「いやだ。お小遣いもあげたくない」と答える。

明日の修学旅行の準備などを自分でさせるために、今日は私は家出しようかと思う。何かをなめきっているカンチの態度を思い出すたびに、叩《たた》き殺したくなる。頭の中で、殴り殺す想像をしたらいくぶんすっきりした。「そのへらずぐちに1発！　人を人とも思わない態度に2発！　おもいやりのなさに3発！」

今夜泊まるところをあれこれ考えたけど、急に予約するのも変に思われるかもしれないし、台風がきてるし、めんどうになって、外泊はやめた。で、「態度が悪くて不愉快なので、今夜は帰りません。修学旅行の準備は自分でしなさい」と置き手紙を残し、夕方チャコをお迎えに行ったついでに温泉にはいって、夕食の買い物をして帰った。カンチはいなかった。「ゲイリーと服を買い物に行ってきます」とメモがある。

帰ってきた。夕食も買ってもらったようだ。

私はカンチとは喋《しゃべ》りたくないので、ずっと喋らなかった。自分で準備をしている。私が怒っていると、すごく明るく、なんでも自分で前向きにやる。

他の家の母娘《ははこ》はうまく共存しているように見えるけど。うらやましい。ケンカとかはするだろうけど、まさか殺したいとは思わないだろう。人に話しても、いまいちわかってくれない。なんていうのかなー、カンチって、子どもじゃないんだよね。考え方とかが。その性質は生まれつきで、悪いことでもないし、長所でもあるし、他人に失礼はないけど、たったひとり、私だけが被害をこうむっている。顔をつきあわせてお互い不愉快になる前に、時々ゲイリーんちに泊めてもらうのがいいかも。私とは、距離をおいた方が、うまくいくと思う。

5月20日（木）

朝起きて、出かけていった。ゲイリーが見送りに来ている。台風が近づいてきているので、今日も雨。私たちも今日は温泉に泊まりなので、楽しみ。前から予約しておいた料理のおいしい旅館だ。たくさん本を持っていこう。

5月21日（金）

昼頃、家に帰り、工事の様子を確認する。コンクリートを流すところに、パイプを数本さしておいた（そこを丸くあけて土をいれ、花を植えるため）。見ると、丸くあいていて、よくできていた。

カンチも夕方、疲れて帰ってきた。楽しかったとのこと。

5月22日（土）

だらだらさん（カンチ）とせっかちさん（私）が一緒にいると、せっかちさんがだらださんに振り回される。「やれ、やれ」と言ってもなかなかやらないとか、「早く早く」と言っても来ないとか。それで、振り回されない対処法を考えた。まず、マロンのウンチを片づけるのをなかなかやらないから、言ってもやらない時は、一回30円で私がやる。そのお金は1ヶ月まとめて、お小遣いから天引き。どこかに送っていってと頼んだのにその時間になっても準備ができていないことがあるので、前もって「じゃあ、1時に車のところに現地集合。来なかったらもう送らない」。今日もそれでやったら、遅れずにいそいそと準備してやってきたので、すっきりした。前もって、かっちりと決めておけばいいみたい。カンチの気分で振り回されないために、「何かしてほしい時は、必ず前もって私のアポイントをとっておくように。急に言われても時間をあげられない」と、伝える。

親子、家族といえども、相手の時間をもらう時は予約が必須。所要時間も必ず言うこと。

結局…これも実行されず、

ふたりとも すぐに、忘れてしまうので、

5月25日（火）

先日の「おしゃれカンケイ」のゲスト、細木数子。時々ぐふっとならす鼻や、驚いた時の半開きの口元もいつもと同じ。「女が自分の名義で家を建てたら3年以内に死にます」と言ってた。え？　だったら私はこれから2年以内に、死！

「私は東京にも京都にも家を持ってますけど、全部会社名義です」と得意そう。


きのう、チャコが保育園から、チラシで作ったかぶとを持って帰ってきた。まん中のまるい紙に絵が描いてある。ふと見て、聞いてみた。

「これなに？」

「あのね、ママがねてるところ。先生が好きな絵をかきなさいって言ったから」

「ふーん。ああ、これがベッドね。これは？」

「ドア」

「これは？」

「電気」

「この白いのは？」

「電気がつくところ」

「この水色のまるは？」

「ああ。赤いのが目だね。そして、白いのがふとんのもようだね」

「ママの顔」

「うん」

聞いてみてよかった。いい話が聞けた。

5月29日（土）

先日もらったメダカにみんなでエサをあげる。カンチが「見てると飽きないねー」といつまでも見ている。

チャコと一緒につけた名前を教えてあげる。大きいのがボス。背中が曲がってるのがマガリちゃん。それ以外は、特徴がなくて、名前をつけられなかった。

「あ、子どもがいる！」と、カンチがメダカの赤ちゃん発見。体長5ミリほどで、細い線みたい。わーわーと、大喜び。

5月30日（日）

ムシムシと暑い日。

今年初めてクーラーをつける。

チャコはいつも「ぎゅーして、ぎゅー」と、だっこをせがむ。

ふーむ。カンチともスキンシップが足りないのだろうか。ここはひとつ、実験。

で、「カンチー！」と呼ぶ。

「なにー」と、たらたらやってきた。

「おいで、ぎゅーしてあげる」

「いやだ、気持ち悪い」

「おいで！　試したいの！」

無理やりこさせる。

そして、いやがる体をぎゅーっとしてみた。気持ち悪い。それでも我慢して、ぎゅーっとし続けてみる。カンチは苦しそうに目をつぶっている。

ずいぶんたったので、離してみた。ハアハア。
本当に気持ちが悪かった。カンチは、「吐きそう」と言ってる。そして、「体をシャワーで洗い流してくる」と走っていった。おんなじ気持ち。
なるほど、スキンシップの時期は過ぎたってことか。

「気持ち悪かったね。チャコはまだぎゅーしたがるけど、もうカンチはぎゅーで愛情を伝えるには大きいんだね」

「そうだよ」

「じゃあさ、カンチに愛情がないってことはないってことを伝えるにはどんな方法がいいの？」

「お金。いっぱい」

5月31日（月）

土日は子どもがいるせいか、月曜日はひとりでじっとする時間が必要になる。で、雨の今日、パラパラと雑誌をめくり、カフェ特集のページのメニューをじっと見続ける。

おいしそうだ。カレーとオムライスが多いな……。

自分で作ってみようかな。似た感じのものを。

もしも名物お菓子を創作するなら……と、想像する。
一個百円のお菓子。ふわっとやわらかくて、あいだにクリームがはさまってて、オリジナルのイラスト入り袋にはいってる。お菓子は、3種類くらいの味があって、季節により変わる。

一日中、ベッドで本を読みふけったので、今日は一日が過ぎるのが早かった。

「冬のソナタ」をかかさずみてるが、どうも雑誌その他で見るペ・ヨンジュンには違和感を感じる。にこやかなあの笑顔に。私はドラマの役どころが好きなのだ。本人ではない。そのヨン様主演の映画「スキャンダル」は、かなりのH度みたいだが、どうしよう。怖いもの見たさでみてみようか。

そうそう、今朝、カンチが学校に行った後、チャコに目玉焼きを作ろうとタマゴケースをあけたら、ひときわ大きな卵があった。う～ん……と思い、「チャコ、これ、すごく大きいよ。もしかして黄身がふたつはいってるかも」

で、フライパンの上に割ってみると……、　黄身がふたつ！

カンチに見せようと写真を撮る。

6月1日（火）

朝、チャコとメダカにエサをあげていたら、おなかに卵をたくさんくっつけているメダカを発見。見ると、ボスもマガリちゃんもメスであった。

6月2日（水）

浄化槽の講習会があるので行ってみてくださいと浄化槽の点検の人に言われたので、どういうものかと行ったら、時間を間違えて1時間早く行ってしまった。しょうがないので、一度帰って、また行く。往復20分の道のり。で、出てみたけど、特に行く必要もないと感じる。油ものやハイターなどの強い洗剤を流さないようにとのこと。

6月3日（木）

メダカは赤ちゃんを共食いすると聞き、大きな水鉢に大人の方を入れようと、こまごましたものなどを買いに行った。帰ってからレシートをみたら、同じ大きさの植木鉢を2個買ったのに、値段が違ってる。「損した」と、どきっとして、大きさを測って値段と比べてみると、損してるんじゃなくて得してる。これまた、どきっ。そのままにすることにした。どうやら、バーコードの値段表のつけ間違いみたいだ。

また、別の店で、かえるがくっついてる浮き玉を買おうかどうしようか迷いながら触っていたら、かえるがぽろっと取れてしまった。他のを見ると、いくつも取れてる。細い針金なので、すぐに取れるみたいだ。浮き玉はいいけど、かえるがいやだなと思っていたので、取れたままのを2個分レジに持っていって、「これ、触ってたら取れちゃったんですけど、このままでお願いします。あと、こっちは最初からとれていたんですが、それでいいのでお願いします」と、言う。そしたら、結局半額にしてくれた。

6月4日（金）

椅子に座って庭をぼんやりと見ていたら思い出した。

もう十数年前のことだけど。友だちの家に行ったら、台所のコンロの向こうのステンレスの壁に、さまざまな形の白くて細いものが貼りついている。何だろうと尋ねたら、ソーメン。そこの家では、ソーメンのゆでぐあいを、箸《はし》で壁に投げつけて知るという。ぴたっと貼りついたら食べ頃とか。αや、L、くの字形、ヘビ形など、ピシッ、パシッとした、非常に勢いのある乾燥した白いソーメンのその形に、えもいえぬ感動のようなものを感じた。

ピタッ
よし
はりついた
そのソーメン
とらないんだ…

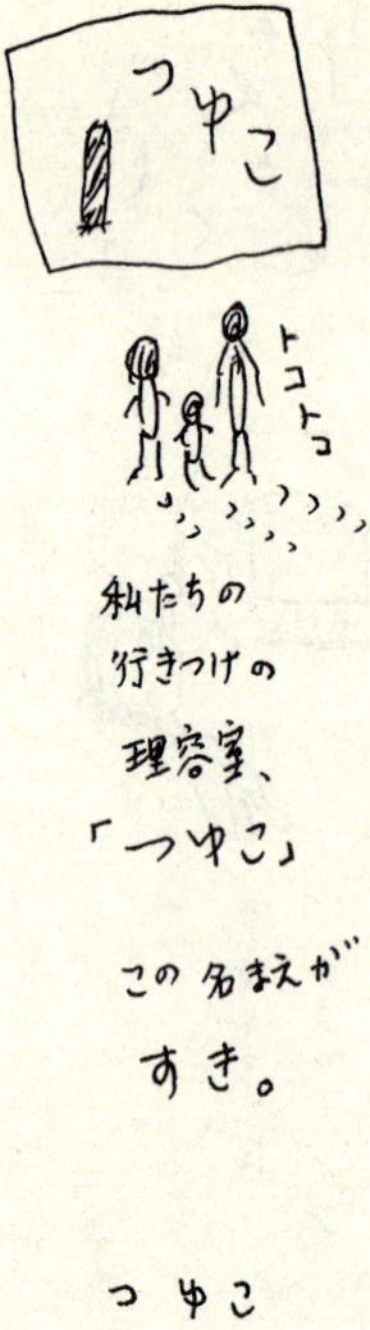
つゆこ
トコトコ
私たちの
行きつけの
理容室、
「つゆこ」
この名まえが
すき。
つゆこ

6月5日（土）

全員で髪を切りに、なじみの「つゆこ」へ行き、さっぱりする。

6月6日（日）

日曜日の朝。8時。ベッドにねたままテレビをつけてBS2の「週刊ブックレビュー」を見る。枕もとにメモを用意して見ていると、ゲスト陣の感想がどれもこれもおもしろそうで、メモはいっぱいになってしまう。読書って、おもしろそう……と、改めて感じる番組。また、司会の中江有里の読み方がいい。本の内容を紹介するため作者名を読む時の、楽しみ。

「……著」の「ちょ」の声が、霧の中に消え入るようで。あの「ちょ」を聞くのが毎回の楽しみ。

さて、今日のスペシャルなゲストは、小倉千加子。予告の時から楽しみにしていた。「どうぞ」と呼ばれて入ってきたその印象は、もわっとした重たい芋虫。煮ても焼いても食えないような。思わずにやりと笑う私。何かを質問され、ふっと、ため息ともいらいらともつかない息を吐いて、いまいましそうに、間をおいて喋《しゃべ》り始めるその様子は迫力満点。石井ふく子をちらっと思い出す。

いろいろな理由で結婚をしない人がここまでふえ、これからの日本はもっと大変なことになると、危機感をつのらせ、また楽しんでもいるように、おっしゃる。いちばん息をのんだのが、小さな蜘蛛《くも》がそでから襟へとはいあがっていくのが見えた時。思わず身を乗り出して見つめる。背中の方へ回って見えなくなったのでよかった。

で、独身の人へ、「これから先、生活力と生きる知恵、孤独に耐える能力と友だちをつくる才能が必要！」とメッセージ。最後に「今はみんなでいい気分で船に乗っていますけど、その先は滝なんですから」と。中江有里の笑顔もかたまっている……。

ああ、おもしろかった！　じっくり見ちゃった。もっとずっと見ていたかった。これからもこんなふうにおもしろそうな人ができたら見逃さず、息をこらして見ようっと。

6月7日（月）

ゲイリーの家の庭の道に面したびわが小学生のガキどもに食われまくってるので、びわ狩りに行く。高枝切りバサミでよろよろととっては地面に置くのを繰りかえす。袋に半分ずつ分けて、ひとつをもらう。すごく小粒だけど、おいしいのに当たったら、さわやかな甘味。おフロにはいってテレビを見ながら、黙々と食べた。

6月8日（火）

どんよりとした雨空。

起きる直前、洪水に流される苦しい夢を見ていたせいか、起きて鏡をみたら眉間《みけん》に深いたてじわが刻まれていた。指でさっさとこすり取る。

けだるく、何もする気が起きないので、ベッドにねころんで読書と睡眠を繰り返す。

世界中のさまざまな国へ、難民や病気の人々を助けるために行っているボランティアの人々……。どうだろう。やりたくてやっているのだろうが、地球規模で考えてみると、苦しんでいる遠くの国の人を助けるのも、日本で身近な周りの人を思いやるのも、同じじゃないかと思う。遠くに行かなくても、日々の暮らしを丁寧に繰り返すことが、ひいては同じところにつながるのじゃないかな。

6月9日（水）

雅子様は、聡明さゆえに超人的に頑張ったけどついにギブアップ。そうとうきつかったのだろう。自分の行動を自分の意思で決められないって、それまで自由にしていた人にとっては拷問のようだろう。

皇太子様もどうしようもなく、あれしか手立てはないと感じ、珍しい会見に踏み切った。一生守ると言ったけど、守るには敵は巨大すぎる。すこしずつ変えるとしても、雅子さまは、犠牲になってしまった。皇太子様も、無理に雅子様を願わず、周りのすすめによって、皇室に慣れることのできる変わり者というか、同じ世界の人と一緒になったらよかったのに。でも、それはいやだったんだよね。だから「一生守る」のもとに、頭を悩ますことに。

……などとあれこれ想像する。


小6カッターナイフ事件。加害者の少女はやはりどこかが壊れていたのか……。普通は嫌なことがあったからと言って、殺すまではしない。怖いのは、その狂気が事前にわからなかったということ。わかりやすければ自衛もできようが。急に、ってのが、いやだ。「えっ？　殺すの？　マジ？　だったら怒らせたことなんでも取り消す！　ごめんって百回言うよ。なんでもするから、殺すのだけはやめてー」って殺されながら思いそう。

ここまでじゃなくても、子どもの頃って、世界が狭いだけに、ひとつのことで頭がいっぱいになるから怖い。

6月11日（金）

カンチとチャコが、それぞれの父親とそっくりの部分を目にするたびに、ふーむとうなる。体質と性格は、ほとんど遺伝なのではないか。魂みたいなのは違うと思うけど。

知るはずのない父親の癖なんかを、子どもの中に見つけることがある。例えば、カンチなら、「そんなことべつにどうだっていいじゃない」みたいな、時に腹が立つほど、他人を気にしないところ。感想を求めると必ずヒネたひと言をいうところ。すぐに靴下をぬいでそこらへんに置くところ。チャコなら、心配してくれるところ、ちょっといじけるところ、目をうすく開けて黒目を左右に動かしながら寝るところ、など。

おもしろい。

「あの人は、さばさばしててサッパリした性格の人だね」などとよく言うが、さばさばサッパリしているようで本当はそうじゃない人ってのもいて、そっちの方がたちが悪い。

買い物をしていたら兄のサムとバッタリ会った。

「僕はうつ病かもしれない」と言う。

「なんで？」

「うつ病になりやすい人のタイプにぴったり合うんだ」

「どんな？　私も照らし合わせてみる」

「真面目で、完璧《かんぺき》主義」

「真面目っていうのは違うけど、完璧主義はそうかも。それから？」

「それだけ」

それだけって……。

その他にもちょっと話したけど、これからは町で見かけても素通りしよう。


機械類がすぐに壊れる人っている。母のゲイリーがそう。腕時計も、何度買ってもすぐに壊れる。先日は、腕時計のかわりにでっかい目覚し時計をぶらさげていた。

そんな私の親族と、ひさしぶりに夏、旅行をすることにして申し込んだけど、早計だったか。もう旅行は二度と一緒にしないといつか誓ったことを忘れていた。上海3泊4日のツアー。鹿児島空港から約1時間半という近さに、ついくらっと誘われてしまったけど、ちょっと不安。いろいろと、うんざりするかも。でも、外国という異国情緒が勝って、いいこともあるかな。

6月12日（土）
マロンのフィラリアの予防注射をしにカンチと動物病院へ行く。チャコは保育園で流行ってる嘔吐《おうと》下痢症らしく、具合が悪いので留守番。

私の好きな、いつも空いてる超おじいちゃん先生の病院。着いたら、先生が私服で庭にいたので、来て悪かったかと思った。注射をしてもらおうと思ってたけど、ばたばたあばれてるので、皮膚にしみこませる薬をもらった。のったらゆったりと会話して、どうにか無事においとまする。ついでに思いついて、マロンをシャンプーに連れて行く。

6月13日(日)

子どもの頃……。教室で、何か失敗やアクシデントがあったり、先生におもしろおかしく注意されたりして、みんなの大笑いをかってる人を見て、本当にうらやましかった。どうしてあの失敗をおかしたのが私じゃなかったんだろう。私も、思いがけない失敗をして、みんなに笑われたい。

どっとみんなに笑われたいと、よく思った。

6月14日(月)

梅の木の下に植えっぱなしにしておいたピーマンの苗にピーマンが3個なってるのを発見。放っといてもこんなにぴかぴかとできた。で、俄然《がぜん》やる気がでて、草をちょろっとむしった。キャベツには青虫がいて食べられまくっている。うーん。どうしようとしばらく考える。青虫が、虫の中ではいちばん嫌いだ。ゆっくりと家に入り、割り箸《わばし》を持ってきて、2匹つまみとってかたわらの草に捨て、キャベツに木酢液をふりかける。ナスものびている。

6月15日（火）

木酢液が強かったようで、キャベツは全体的に茶色く変色していた。

6月16日（水）

朝目が覚めて、ベッドの中で、「人間として生まれてきた幸福とは何だろう」と、考えてみたところ、毎日の暮らしの中にある小さなことにふいに喜べること、というのがぼんやりと浮かび上がってきた。

いろいろと日々、考えなきゃいけないことや、気がかりなことはあるだろうけど、「あれ、この卵焼きおいしくできた」とか、「こんなところに妙な花が」とか、「この人って、いいこと言うなあ…」とか、「この人の笑い顔って感じいいな」など、はっと今の瞬間の目の前のことに心をぱっと向けることができること。その回数が多いこと。

そういう心境になれるということなのだけど。

他の事に気をとられて暮らしていると、けっして見えない。現実をリアルに体験するということだ。でも、真のリアルさまでには距離がありそう。玉ねぎの皮をむくようにとか、薄紙を剝《は》がすようにとか、ある時大量にぱっととか。

少しでも近づきたい。

奥は深く、どこまで行ってもキリがない、楽しい、けれど比較しようのない幸福だ。

6月17日（木）

『メダカはフケを食べるか』

家には今、大小2個の水鉢がある。大きい方には大人のメダカ13匹と小メダカたくさん。メスはいまも卵をくっつけてる。子メダカがずいぶん増えたかと思うと急に減ったり。どんどん生まれつつどんどん食べられているようだ。

小さい方には小メダカ2匹。その2匹を地面にしゃがんでじっと見ていた。水面ぎりぎりまで顔を近づけていたら、はらりと頭からフケが落ちた。そのようすは、メダカのえさにそっくりだった。メダカはフケを食べるかなと思い、大きい方の鉢に移動して、髪の毛をバサバサとやってできるだけたくさんのフケを水面に落としてみた。

うーん、うまく落ちてる。よしよし。えさそっくり。さあ、食え。

が、いっこうに食いつかない。

どうやらメダカはフケを食べない。

6月18日（金）

いろんな食品についてるたれやソースの四角い小袋だが、「こちら側のどこからでも切れます」って書いてあるのにどこからも切れないことがある。

料理が面倒くさい面倒くさいって、いつまでも言ってる場合じゃない。工夫しよう。朝は、簡単だからそう負担はない。卵やウィンナーや簡単スープやハムでささっとできる。昼は、幸い最近暑くなってきて食欲もないので、ごはんと冷蔵庫にあるもの、それかソバにする。これも簡単。

そうすると、夕食だけ作ればいい。あんまりにも面倒な時は買ってきてもいいことにする。

とにかく、一日一日どうにか子どもにメシを食わせるのだ。

時間が来たら、よろよろとよろめきながらもメシのはいった茶碗《ちゃわん》とおかずをバンと目の前にだすのだ。

息絶え絶えになりながらも、勘付かれないように（なにを？ なにかを）、ささっとその場を後にするのだ。

6月19日（土）

人は、言ってることより行動を見て判断しろと言うが、最近ますますそう思う。言葉ならなんでも言える。何を言うかより、何をしてるか。それが大事。そして、解りやすい。

6月20日（日）

外で何か物音がするな……と思ってたら、小学校の奉仕作業。忘れてた。すぐに着替えて、剪定《せんてい》バサミを2種類もってかけつける。台風が近づいていて、時おり小雨の降る中、のびている木の枝をちょきちょきと刈る。この作業が大好き。できるだけ丸く、丸く、丸く。

カンチが学校の調理実習で炒《いた》める、蒸すの料理をし、家でも家族に朝食を作るという宿題がでた。夜、それをやってみることに。7時半に食べ始めることにして、それまで仕事部屋で待つ。7時半になったけど、まだらしい。8時になってもまだできない。「ゆでたまごがうまくむけない」と、いらだつ声がきこえる。何度もやり直している。できあがったのは8時50分。ホットサンドイッチ3種。すっかり冷えきっている。つけあわせのウィンナーとゆでたまごに時間がかかったと言っている。

6月21日（月）

ペ・ヨンジュン主演の映画「スキャンダル」を観た。どうみてもあの「冬のソナタ」の面影がなく、他の人のようだった。毛のはえたふとももが、今でも目に浮かぶ。やはり、あの「冬ソナ」の役柄だけが好きなのかも。とはいっても、もうすぐBSではじまるドラマ「愛の群像」はみるつもり。本当は「ホテリアー」というのをみたい。DVDを買おうかなと思ったが、高いし、残るし、きっとそのうちどこかでやるかもと、待っているところ。

すると、今朝、朝ごはんのあと、チャコがテレビガイドを見ていて、「これ、なんて読むの?」と聞いてきた。

「ん? んーとね、どれ? 『ホテリアー』!」今日から始まる。夕方4時半から。「新」と書いてある。さっそく録画のタイマーをセットした。

「どうして、聞いたの? ママ、助かったよ」

「『パーマン2』かなんかかなーと思って」

感謝されて、きょとんとするチャコ。

上海旅行は、最少催行人数の10名に達せず、中止になった。

この町には、みんなが集まれる公民館のような場所がなく困っているそうなので、私が造ろうかと提案した。次は公民館の設計をすることになるかも。公民館って、いったいいくらだろう。

6月22日(火)

だらだらと仕事と昼寝をしていた。

夕方、草をむしって、それを買ってきた木製プランターに入れる。むしった草を入れるために買ってきた、大きめの木製プランター。で、今までむしって地面に置いておいた枯れた草のかたまりも入れようかと持ち上げてみたら、そこに大きなミミズ。好きじゃないけど、あまりのでっかさにほれぼれと眺めてみる。

ふーむ。しばらく眺めて、パタリと枯れ草をもとに戻す。

枯れ草を積んでおいておくと、適度な湿りけで下にミミズが住みついて土がよくなると聞いていたので、うれしかった。

チャコのお迎えが大変なので、カンチに1回百円でアルバイトしない？　と言ったら、「する」と言う。チャコにも先生にもそう伝えて、きのう初めてカンチのお迎えで帰ってきた。5時でもまだまだ暑く、10分たらずの道のりだけど汗びっしょり。

コーヒー牛乳のビンにアルミホイルでふたをして切り込みを入れて、「ほら」と言いながら、チャリンと百円を入れたら、カンチが「それじゃあ弱すぎ」と言いながら、輪ゴムでアルミホイルをぴっちりととめていた。そして台所の棚の上に載せた。

きょうで2回目。今、出かけた。

6月23日（水）

同じ言い回しをいろんなところで何度も目にすると、最初はいいと思ってもだんだんいやになってくるものだ。
例えば、「この世に起こる出来事に偶然はなく、すべては完璧《かんぺき》なタイミングで私たちの前にあらわれる」なんての。特に、「完璧な」ってところがイヤだ。あと、シンプルっていうのも。

友人と、近くの公民館めぐりをした。そして、公民館を私が造るなんてとんでもないってことが判明。高いし、ちょっと政治的だし、なによりもどこも普段は閉めきっていて息苦しい。すっかりトーンダウンして、喫茶店でフルーツパフェを食べながら、とりとめもない話をする。「最近山に登ったんだ。気持ちよかった。また登りたいけどひとりじゃ……」と言うので、いいねえ、運動にもなるしね、
ってことで「山登り会」を結成。会員2名。
まずは、高千《たかち》穂《ほ》の峰ってところに近々登りたい。

6月24日（木）

朝、カンチがお腹が痛いと言う。めったに病気にならないので、本人が痛いという時は、本当に具合が悪い時。で、学校を休ませる。休む時は、所定の用紙に休む理由を記入して登校中の生徒に手渡せばいい。傘をさして外へでると、小さい生徒しかいなかった。1年生みたいなチビちゃんに頼むのは悪いと思い、学校へと向かう。結局玄関まで行き着いた。

背の高い男の子がいたので、その子に頼むことにする。見ると、私が気にいってる男の子だった。ふたことみこと会話を交せて、……にんまりしながら帰宅。いいことあった。

6月25日（金）

今日も休むという。家には薬はほとんどないし（子供用の風邪薬はあり、風邪の時、飲んだり飲まなかったり）、病院には行きたくないらしい。私も病院には行きたくないので、よかった。しばらく様子をみよう。お粥《かゆ》や梅干し番茶を作ってあげる。フライドチキンとたこ焼きを食べたいというので、後で買いに行こう。

家族のだれかひとりでも具合が悪いと、気が沈む。

でも、ここで自分の力だけで乗り切って治ったら、自分の体をよく知れるというか、体の声を聞きやすくなると思う。体の中で今なにが起こっているのか……。何か悪いものと戦っているはず。頑張っているはず。体を休めておなかの中で戦いやすくしなくては。

何か悪いものでも、食べたのかな……。

先日友人から、今度生まれ変わったら、女がいい？　男がいい？　と聞かれた。

「うーん。今回、女でけっこうよかったと思ってる。男には、なってみないとわからないけど、男たち独特の競争っぽいのにはいらなくてすんでよかったなと思うから、また女でも、いいけど。

その答えって、今の性にまあまあ満足してる人って、だいたい今と同じって言うよね。違う性がいいって言う人って、よっぽどなにかがあったのかな」と答えた。

女って、私には、気楽って感じ。いろいろと自由にその時によってすりぬけてあっちこっち行ける。ぶいぶい頑張ることもできるし、のほほんとしててもいい。その点、男の方が世間が狭いような。でも、たったひとりで山の中に暮らす人って、男が多そうだしな。女には想像できない世界があるのだろう。その反対も。まあ、どっちもどっち、それぞれか。でも、男の人って、なんかかわいそうな気がしてしまうのはなぜだろう。

もし男に生まれたらと想像してみたら、悪いことしか浮かんでこなかったので、考えるのをやめた。もう一度女に生まれても、また一から人生を始めるとなると、同じように悪いことしか浮かばない。それで、今の人生がまずはここまで過ぎてよかったと、ホッとする。

ねじ花が咲いた。ピンク色の小さな花がらせん形にくるくると咲く蘭の一種。で、実家の庭にとりに行き、庭に植えた。根が深く、掘るのがむずかしい。根付けばいいのだけど。

今日、机の前に貼った標語。

「おこもり力を鍛え、練りあげる」

駐車場ができあがった後、9月からは家にこもって、じっくりと頭の中にある世界を練りあげるのが、今の希望なので。その時に、まわりのものを一時的に遮断できる集中力と周囲に気を散らさないようにスッパリと割り切る力をつけなくては。それまでのあと2ヶ月あまりは、おこもりへの準備期間として、まわりの荷物や本棚の整理整頓を頑張ろう。

6月26日（土）

カンチは相変わらずまだお腹が痛いらしい。時々みぞおちのあたりにきゅーっとさしこみがくると言う。今までかかったことのある風邪や腹痛とは違う、初めての痛みなのでお互いに気になる。

が、食欲もあるし、かなり元気にはなってきた。チャコとテレビゲームをしててケンカするぐらいに。

この数日の降ったりやんだりの変化の激しい天気もここにきて、だんだんと回復してきた。日が射すと蒸し暑くて苦しい。そんな午後、家中で大好きなヤン・シュヴァンクマイエルの短編「フード」のＤＶＤを３人で見てうだうだ過ごしていたら、「温泉にいこうよ。地獄！」と子どもたちがいいだした。

「地獄、地獄。地獄にいって、また地獄の蒸気でゆでたまごと焼きおにぎりを作りたい！今から行って、泊まろうよ」

でも、今日これから泊まりたいと電話するのは急すぎて気が引ける……、としぶったけど、とりあえず電話してみるだけしようと電話したら、泊まれるとのこと。で、ゲイリーもいれて4人で5時に予約した。ゲイリーをさがしに行く。まず、田んぼ。いました。行けるらしい。4時に迎えに行く約束をする。

準備して、4時過ぎに出発。

5時に着いた。歴史の古い、湯治場だった温泉宿。裏に地獄の遊歩道があり、熱い蒸気が絶えずシューシューでている。

さっそく温泉にはいる。まず白濁した「桜湯」。お湯のまわりは石張りで、その床は斜めに傾斜していてすべりやすい。日によって熱さが違うけど、今日のお湯はかなり熱い。2〜3分しかもたなかった。次は蒸気がたちこめる真っ暗な蒸し風呂。ここも、かなり熱くて、1分ほどで退散。あまりの熱さに恐怖を感じたのだ。そこから出るときがいちばん恐ろしい。中腰になると上の方の空気はもっと熱く、いつも戸がすぐに開けられず、パニックをおこしそうになる。ひとりだと、本当に怖い。ここで倒れたら死ぬかもと、いつも考えてしまう。

水風呂の水をぱしゃぱしゃとかけながら、一息つく。ふう……。

脱衣所に出て、ゆっくりと着替える。ここにくるとあの時のことを思い出す。前に書いたかもしれないけど、この脱衣所は、サッシのドアを開けるとすぐに、外。だから、外に人がいたら、ドアを開けるたびに見えてしまう。あの時も、ここで着替えていた。まだ裸。となりに着替え終わったちょっと年上のようなおねえさんがいた。髪が茶色で、ネックレスをしていて、姉御肌って感じの。その時、誰かがはいってこようとして、ドアをパッと開けた。ハッ！ 外につれらしい男の人の声がしているので、見られる！

その瞬間、おねえさんが裸の私を大きく抱えるようなみぶりで外の視線から守ってくれた。

おねえさんだって薄着だったのに。言葉もなくすごい速さで。

私が何かに惚《ほ》れるというのは、こんな行為にだ。

生きることの素晴らしさまで感じた。

6月27日（日）

まだ地獄で焼きおにぎりを作ってないので、昼までいて温泉の蒸気で蒸した鶏「地獄蒸し鶏」を食べたいとみんなが言う。早く帰りたかったけど、しょうがない。それまで山の中の美術館にいって、昼にまた帰ってきて、休憩をとる。広間をついたてで区切った部屋で、地獄蒸し鶏を待っていたら、チャコがついたてをおしてしまったようで、ついたては簡単に倒れて、ダーンというものすごい音とともに隣りのおばちゃんふたり連れのテーブルにぶつかった。幸い、おばちゃんには当たらなかった。「すみません、すみません」と何度も謝り、「大丈夫ですか？」とおばちゃんの腕に軽くタッチまでして恐縮する様子を見せたら、許してくれた。

蒸し鶏ができてきたけど、後から来た、声のでかいおじさんが「こっちだこっち」と言

って、先に食べてしまった。店のおばさんが「ごめんなさいねー、おそくなって」と私たちに何度も謝った。

私たちのがやっと来たけど、さっきの方が大きく感じる。

それから、子どもたちは裏山の地獄に焼きおにぎりを作りに行った。おにぎりの中に鶏肉をいれてアルミホイルで包んで蒸気であたためるというもの。

私は部屋で本を読んで、後でみんなで昼寝して、帰った。まあまあ楽しかった。

6月28日（月）

月曜日。休日との切りかえがまだできなくて、机の前に座る気にならない。

カンチは、まだちょっとお腹が痛いと言っていたので、具合が悪くなったらすぐに帰っておいでと言って、先生にも伝言を書いたけど、朝、窓から見ていたら、学校の中を走って行くのが見えた。

帰ってきて、「すっかりよくなったよ。学校にはいったとたん、急に、ああ、やっぱりいいなあと思って元気がでてきた。給食も全部食べた」と言っていた。

「走って行くのが見えたよ。病気でずっと家にいるとぐったりするけど、学校に行ってみんなに会うと、元気になるよね。力をもらえるんじゃない？」

「カンチもそう思った」

午後、帰って来てからもまたすぐ飛び出して行った。

これと同じ痛みが次にきたら、「あ、あれだ」とわかるだろう。

芸能人って、テレビで見てると、芸能人だけが集まってるので違和感がないけど、その中のひとりが仕事で一般の空間にはいると、ものすごく違うことがわかる。その衣装やメイクは、男も女もまったくの水商売だ。

夕食は、3日前のすき焼き。

3日前の夜、簡単すき焼きを作ったのだけど、他の物があったのでみんな食べなかった。それをミニ鉄製フライパンのまま冷蔵庫にいれておいたのを、次の日に食べようと思っていたら、温泉に泊まりに行ったので、そのままになっていたというもの。その日の昼間、「夕食はなに?」と聞かれて、「きのうのすき焼き」と答えたら、「いやだー」と嫌がっていたカンチだった。

それを発見したのだ。

大丈夫かなと思いながら、冷たく堅くなった肉や糸こんにゃくをいっときながめる。とにかくどこまでよくなるか、やってみようと、玉ねぎを追加してぐつぐつと煮込んで卵でとじたら、おいしそうにできた。カンチも、いやがっていた3日前のすき焼きとは気づかずに、「おいしいおいしい」と食べている。なんか得した気分。チャコは、こういう煮物みたいなのは嫌いらしく、いつも食べないので、納豆をあげた。

6月29日（火）

朝、昨日のすき焼きが小皿に残っている。子どもたちにはスープとトーストをだした。私はごはんをついで、その小皿のものをそっと口にいれ、腐っていないか確かめるためにゆっくりと食べてみた。
肉は、大丈夫。とうふは、どうやらわずかに変。たぶん……微妙に……おかしい。確かめるために、もうひとくち食べる。うーん、やっぱり。とうふはやめよう。それから、えのきも変だ。糸こんにゃくは大丈夫。肉と糸こんにゃくを丹念に選んでおかずにする。

夜、どうしても私といっしょに子どもらが夜遅くまで起きてしまう。昨日もベッドでごろごろしながら「スマスマ」を3人で笑いながらみてしまった。ゴローちゃんの魔法の杖《つえ》の要求で、のこりの4人がフランスまでおいしいワインを買いに行くというのだった。
その感想をカンチと、台所で話す。
カンチ「きのうの、おもしろかったね」
私「うん。草彅くんがおもしろいね。メリーゴーラウンドで前をむいてずっとポップコーンを食べててね」
カンチ「そうそう」
私「中居君もおもしろい。キムタクはおもしろくないけど、あれはあれでいいんだよね。

キムタクは『顔』だから」
カンチ「うん。キムタクはなんか普通だよね」
私「香取慎吾がいちばんおもしろくないかも」
カンチ「そうそう。ただワーワーいってるだけで」
私「大声で騒いでるのって、全然おもしろくないよね。ゴローちゃんはおもしろいね。しゃべりは下手だけど、なんか変わっててね」
カンチ「そうそう」
私、ゴローちゃんの物まねをする。
カンチ「気持ち悪い」と言いつつ登校。

ゲイリーに腕時計を買ってあげる。やはり、目覚し時計をぶらさげて移動ってのもちょっとね。
いくらの時計だって買ってあげるつもりだが、ゲイリーは千円のにするか2千円のにするかで迷っている。防水の方がいいからと、2千円のにしてた。ベルトは、のび縮みするのに取り替える。計、4千円。ブーッと車で送って帰る。

夜、チャコと風呂にはいって髪の毛を洗ってあげながら、急にこう言いたくなったので、言う。

「いいか〜、ぼーず。おっちゃんの言うことを聞くんだよ〜。ためてー、ためてー、ためてー、はきだせーっ！ ためてー、ためてー、ためてー、はーきだせーっ！ スッコーンとな！」

じっと髪の毛を洗われるままのチャコ。

「いいか〜。おっちゃんは、魚つりのおじちゃんだ！ ためてー、ためてー、……」

「ママにずいぶん似てるよ」

「ちが〜う。おっちゃんはな〜。ためてー、ためてー、ためてー、はーきだせーっ」

その後寝る前にもベッドで、「いいか〜、ぼーず！ おっちゃんはな〜。ためてー、ためてー、ためてー」と言いはじめたら、それにあわせて息を吸い込んでいる。

「はーきだせー！」

「ふー」

「よーし。もっかーい」

「ためてー（すー）、ためてー（すー）、ためてー（すー）、はーきだせー」

「ふー」

「よーし。いいぞー。おっちゃんはな〜」

「ずいぶんママに似てるけど？」

「ちがーう！ おっちゃんだー」

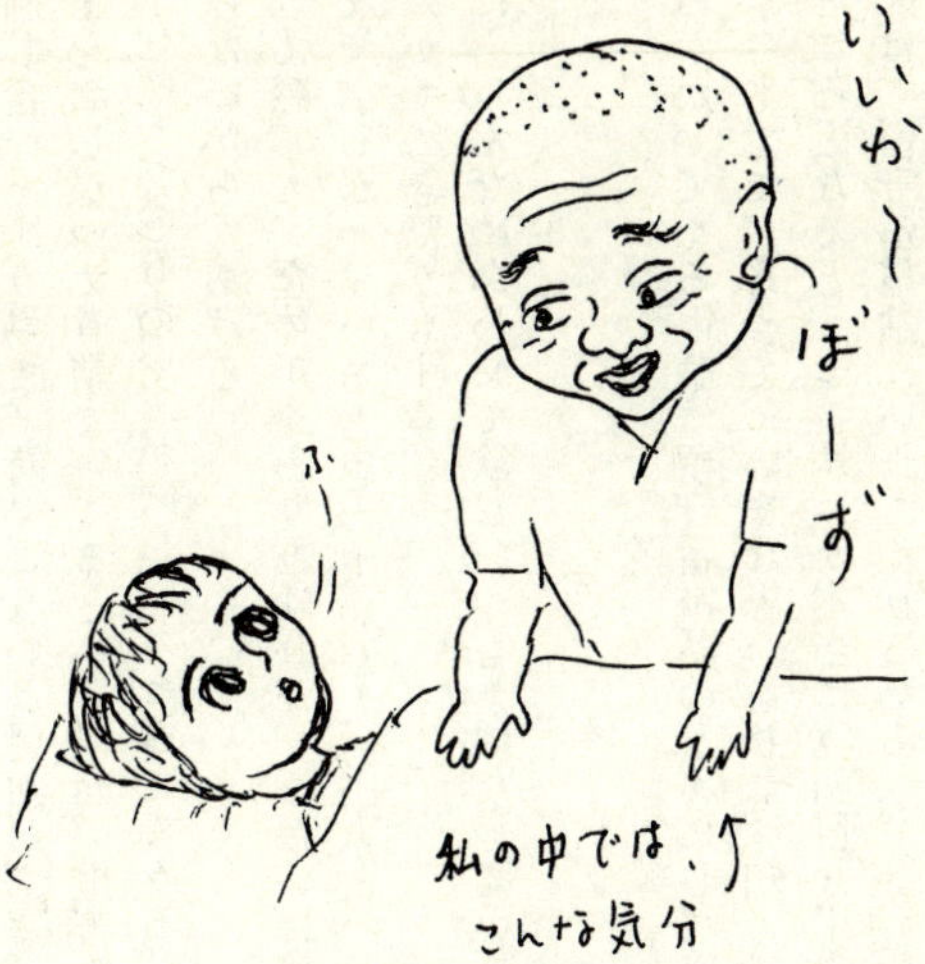
いいか〜ぼーず
ふ〜
私の中では、↑
こんな気分

6月30日（水）

みんなで集まって話し合いという場で、時々こういう場面がある。みんながみんな、たとえばひとつの青い玉を欲しがって煮詰まってるという場面。重苦しいムード。そんな時、「私はぜんぜんべつの赤い玉が欲しい」と言ってみる。もしくは「私は青い玉をもってるけどいらないから、あげる」

すると、あれ？　って感じで、全体がぐらりとゆれた、みたいになることがある。みんなの力が抜けて、今まで欲しがっていると思っていた人の中から、「実は私も欲しくないからあげる」という人がでてきたりもする。

本当はいらないのに、みんなにあわせて欲しいつもりになっている人って、多いような気がする。

知らないところからかかってくる電話は留守番電話のままにして直接でないことにしようと思っていたのに、今もでてしまって、いやな思いをした。知ってるところは登録してあるので、知らないところとなると、セールスか本当に真面目な用事があるところか。本当に真面目な用事の人は、留守番電話にいれてくれるだろう。

もう、これからはうっかりとでないようにしなくては。

なぜ私は数字に弱いのか……。

とにかく覚えられない。何かを買った後しばらくして、「それいくらだった?」ときかれてもさっぱり思い出せない。自分のことでそうだから、他のことではもっとだ。それとか年代も。だいたいこれぐらい、というのもわからない。無理に言いあらわそうとすると、桁《けた》をいくつも間違えたりする。うんちくも知らない。ほとんどのことが記憶に残らない。頭の中に残るものといえば、ぼーんやりとした印象だけ。興味がないってことなのかな。

7月1日(木)

上海ツアーは人数が集まらなくて中止になったけど、かわりに2名から催行保証の同じようなツアーを作ったと旅行会社の人がいうので、それに申し込んだ。値段も同じ、ひとり79、800円。でも、宿泊予定ホテルのランクは下がってるのをみのがさなかった。4ツ星ホテルと書いてあるけど、ガイドブックをみると、ひとつは3ツ星、ひとつはガイドブックにも載ってない。まあ、でも、初めてだし、家族旅行だし、てろてろと、格安ツアーを楽しんでこよう。

今回の旅行でいちばん気にいってるところは、鹿児島空港から直行で上海まで約1時間半というところ。羽田までとほぼ同じだ(正確には行き1時間20分、帰り1時間45分)。いつもの移動の感じで、ふと見ると上海なんて。

どれどれと地図を広げ、コンパスで鹿児島を中心に上海の上を通る円を描いてみると、東京よりも近く、箱根あたりに線が引けた。鹿児島空港までは車で40分だし、気軽な感じが素晴らしい。福岡発のツアーなら、もっと安くて種類も多いけど、それでは乗り換えになり面倒くさい。そこまでして今はどこかに行きたくない。とにかく、直行というのがいい。

ということで、7月21日出発だ。

さっそくパスポートの切れているカンチとチャコの分の申請に行く。申請は代理人でOK。

いちばん近いパスポートセンターまで、車で1時間あまり。閉まるのが午後4時（早っ！）ということは、受け取りは本人が行かなくてはいけないので、その日はカンチは学校を早引けしなくてはならない。

高速にのってとことこ進んで、1時間5分で到着。小さく静かな部屋。人も少なく、ゆっくり丁寧に応対してくれる。カウンターのとなりに座ってる人への言葉が耳に入り、ちょっとおかしかった。「季節がら、胸元が大きく開いた服を着てパスポートの写真をうつされると、裸でとったようにみえますのでご注意ください」

そのあと、お昼だったので、タンタン麺《めん》を食べに行く。

ひとりでタンタン麺を食べていると、前のテーブルにひとりの女の人がすわった。冷やしタンタン麺を注文してから、銀行の通帳をひらいてじっと見ている。ぼんやりとした顔で。私もよくあるなあ。銀行から外へ出て歩きながら、じっと通帳を、ぼんやりと見つめること。ときどき他の人のそんな顔を見ることもある。こないだもどこかのおじさんが、銀行の駐車場に向かいながらぼんやり見てたっけ。

通帳を　ながめるひとの　小宇宙

ケンタッキーのフライドチキンを買ってきてと頼まれたので、6ピースとサラダのパックを買う。それと、おにぎりを作って夕食にだしたら、「今日のごはんはおいしいねー」とチャコがにこにこ顔。

7月2日（金）

3年か4年前にまとめて作った石けんがまだある。あれからずっと使い続けているのに、まだ使い終わらない。

コードレス掃除機は、なんだかだんだん吸い込む力が落ちてきたように感じ、最近はとんと使ってない。ほうきをよく使う。でも近所で買った普通のほうきが、使うたびにはらりと穂がぬける。それで、いいほうきが欲しくなり、棕櫚《しゅろ》のほうきを注文した。手入れ次第では30年以上も長持ちするらしい。

去年迷った末に買った、重いけやきの座卓は、重すぎて掃除の時に邪魔だ。で、板の間に移動した。ひとりで動かせないような重いものは、もうよそう。一生そこから動かさなくていいものはいいけど。

人の髪形に興味のない私だが、さすがに最近のゲイリーの髪の毛には目がいく。

新しいかつらを買って、それを自分でカットしてかぶっているが、カッパのようなその髪をよく見ると、何かに似ている。ホームレスの人々の髪の質にそっくり。束になって固まって縮れてて。で、「それ、変だよ」と言ってみた。「かつらはやめて、地毛でいいじゃん」と。今まで「かつらは楽よ」と言っていたゲイリーも、他の人からも言われたようで、「美容院で相談するわ」と言ってた。

「きちんと見える」を大きく越えて、「奇妙」になってる。

でも本人がそう思わない限り変わらないのは、毛のないのを隠そうとして耳のあたりの髪の毛を反対側まで薄く広げてのばしてハゲている面積をできるだけ覆い隠そうとする男の人が多いことでもわかる。1：9分け。あれは見ていてすさまじいものがある。隠さなくてもそのままハゲでいいのにと思うけど。あの執着が、わからない。当人にはそれ以上の意味があるとしか思えない。

髪形って、センスや嗜好《しこう》や美意識がモロに現われるなあ。ちなみに私はぼさぼさで、カッコ悪くひとつにむすんでて、夏は帽子で隠してます。

7月3日（土）

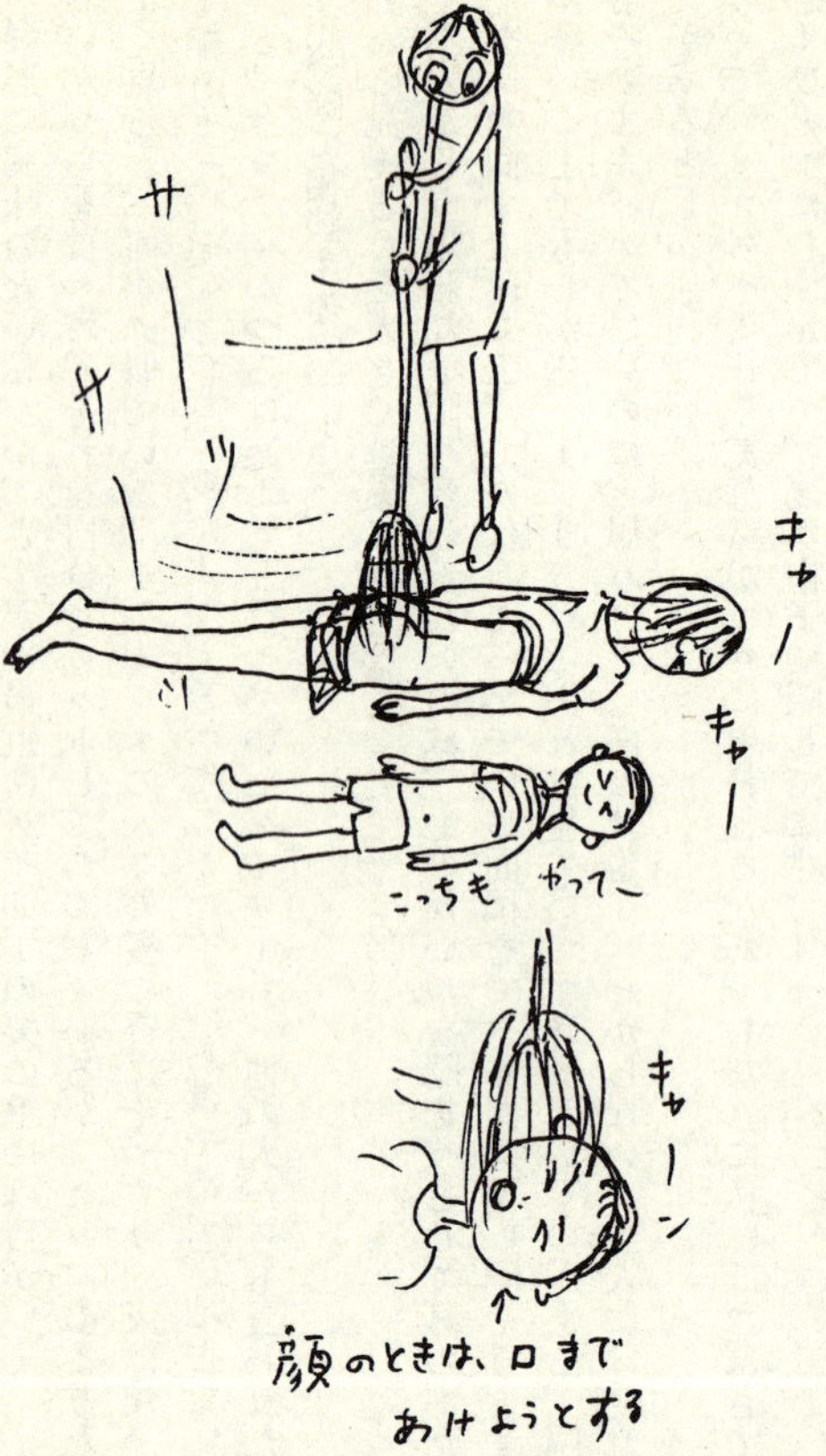
サーッ
サー
キャー
キャー
こっちもやってー
キャーン
顔のときは、口まで
あけようとする

ほうきでさっさっと床を掃除していたら、足元にカンチとチャコがごろんとしていたので、「さあ、ふたりとも、横になってごらん」と言った。何かおもしろいことが始まりそうだと感じたふたりは、すぐに並んで横になった。

ほうき（最近買った和風のほうき。まだきれい）で、足から顔までさーっとなでる。きゃあきゃあよろこぶふたり。あんまりよろこぶので、何度も何度もくりかえす。そして最後には、おしりまでだしてた。くすぐったくて、ちくちくして、なんともいえずいいらしい。私もやってもらった。

7月4日（日）

ペ・ヨンジュンのこと、「冬ソナ」の中の役だけが好きって人は多いと思う。堀ちえみも今朝のテレビで言ってた。素のヨン様って、「ケーキ屋ケンちゃん」に似てるし。と言いつつ、「ホテリアー」を見ている。

「愛の群像」は、主人公の女の人の顔（ユンソナじゃない方）がどうも嫌で、見なかった。

保坂尚輝の離婚会見。ひさしぶりに下品な人を見たなという感じ。

私のアキレス腱《けん》（弱み）のひとつがわかった。ある人。その人の話をされると、ぱっと感情的になってしまう。いやだな……。でも仕方がない。今のところそれを乗り越えてないから。なぜそうなるかわからないけど、いや、理由は考えれば考えるほどたくさんでてくるけど、それらを一括してくれる言い方がありそうで、まだ思いつかないところ。とにかく苦手な人がいる。でもいつもそのことでドキドキするのもいやだから、対策を考えた。その人の話をしそうな人（ひとりしかいない）の前ではいつも、「あの人の話がでるかも、でるかも……」と思いつつ接し、「もしでたら、すぐに強く反応せずに、ほほえむ、ほほえむ……」と心の中で念ずるのだ。

7月5日（月）

昨日もまた「細木数子VSウンナン！」を見てしまった。もう飽きたかもと思ったけど、ゲストが変わるとまたおもしろい。タレントたちがいろいろきついことを言われるのが、見てておもしろい。新婚の出川哲朗《でがわてつろう》に、「絶対離婚する」とか、「離婚しないと早死にする」とか。出川も思い当たることがあったようで、そうとうこたえてる。

アントニオ猪木が「新しいことを5つほど始めようかと思ってる」と言ったら、「やめなさい」と言われてた。私でも「やめなさい」と思った。そして、ふいに、新しいことをやらないってのもいいことだなと思ったので、さっそく紙にかいて机の前に貼った。

「他のことは　しない。」

うーん、いい。

この道、ひとすじ。

7月8月は整理整頓の月にしよう。9月からはおこもりするし。それで、本棚の整理をしようと、近づいて、手にとってみた。いるかいらないかを確かめるために、パラパラと中を見る。雑誌とかカタログとか犬関連の本はもういいか……。このドサッとあるカフェ関係の本は、カフェ作りに興味を持った先日、まとめて購入したものだけど、もう必要ないのでバザー行き。絵本や写真集や小説や専門書はめったに見ないけど、捨てる気にならないものが多いなあ。いつか旅行の時にでも読もうと置いてあるミステリーはどんどん増えてて、しかも忘れてしまってた。

そのままぼんやりとした気分でベッドに寝ころがったら、いつのまにか眠っていた。そして、いやーないやーな夢をみた。大工さんのトントンと戸を叩《たた》く音で目覚めて、あーよかった、あーよかった、たすかったあ！と思う。その後しばらくそのいやな夢をじっくりと横になって思い出し、とっくりと反芻《はんすう》してみるにつけ、本当に夢でよかった。

7月6日（火）

かつてはほぼ同じだった考え方がだんだんずれ始めた友人、について。

そのずれが小さいうちは、「……だよね？」などという同意を求める言葉にはっきり「違う」とは言えず、あいまいにあいづちを打ったりして話を合わせてしまう。が、差が本当に大きくなり、はっきりとしてしまったら、迷わずに「私はそう思わない」と言えるようになる。力まずにさらりと自分の意見を言えるようになる。それまでが苦しいけれども、それまでは我慢してもっともっと考え方の差が開くのを精進して待つ。開かずにまた近づく人もいるし、何度も繰りかえす相性もあるけど、生きている以上、自分が変化することには変わりない。お互いの変化の度合いの差が、ふたつの舟を近づけたり遠ざけたり、まるで進んでないようにぴったりくっついて見せたりしている。

この地域のゴミ捨て場が汚い。通り道になっていて、地域外の人が車からポイ捨てするらしい。最近、ゴミの分別化が始まり、みんな一生懸命だというのに。

それで、代わりばんこに立ち当番をすることになった。たしかに今までは汚かった。ゴミ捨て場が汚いと罪悪感も感じないけど、きれいにしてると捨てにくくなるから、きれいにして捨てさせないようにしようと、私も今日は立て看板を作って、張り紙をはった。花のプランターまで置こうかと思ったが、それはやめた。それから、杭《くい》を打って、ロープで囲んだらどうかなと、杭とロープも買ってきた。明日、近所のおじちゃんたちと作ってみよう。

近頃、お金や有名ってことや権力とかに、ますます興味がなくなってしまった。

今持ってる使わないお金をどう使おうかと考え、寄付してみたりもしたけど、寄付というのも、いろいろとむずかしい。本当によろこんでくれる人々に寄付するには、リサーチも責任も必要だ。

7月7日（水）

早朝、近所のおじちゃんたちとゴミ捨て場をきれいに作る。手書きの看板と杭を持っていった私や、トタンを持ってきてくれて下に敷いたおじちゃんなど、有志たちの手で。効果があらわれればいいが。（あらわれました。すっかりきれいになりました。）

　きゅうりがまた大きくなってた。知らないあいだに育ってる。それでおいしいかというと、そうでもない。確かに新鮮でみずみずしいけど、水っぽいというか、へちまみたいにずん胴で、大きすぎて味がない。私が好きなのは、細くて深緑でぼつぼつがいっぱいある昔の？　きゅうり。

　どんどん大きくなって食べきれないと人に言ったら、「せっかく自分とこで作ってるんだから、はやどりしなきゃ」とのこと。ほっとくとすぐ大きくなるから、まだ小さいうちにポキポキもいでお味噌《みそ》とかつけて食べるといいんだって。そうしよう。

　とうもろこしを買ってきてゆでたらおいしかった。ひとつぶひとつぶの皮が薄くて、噛《か》むと中身がぷちぷちとはじけて、つぶの皮が本体に残る、フレッシュなとうもろこしだった。

「へんなこときいていいですか？」と言われると、その人はどんなことをへんなことと定義づけているのかという方に興味がわき、思わず居住まいを正して、にっこりしながら、「はい」と答えてしまう。

でも、たいがい、そうへんでもない。もっと本当にへんてこなことを聞かれたい。

7月8日（木）

雨がばっと降ったりやんだりの、変化の激しい天気。洗濯物を何度も出し入れする。

昼頃、庭に出てうろうろしていたら、いつも家でカンチが吹いてる笛の音が聞こえてきた。しばらくそのままだったけど、もしやと思ってふりむいて学校の方を見てみると、ベランダに座って笛をふいている人影ふたり。

じっくりと見ると青い服。

カンチだ。

大声で「カーンチーン、カーンチーン」と呼んだら、何度目かで気がついた。

「よーく聞こえるよー」

はずかしかったから、
さいしょ ムシしていたらしい…
ピー
ピー
オーイ
オーイ

金に糸目をつけずというかお金のことは考えずに、好きなように好きなように作り始めた家と庭。庭つくりもそろそろ一年がたとうとしている。ガレージの内壁の塗装が終った。壁ごとに色を変えてもらった。次は床と渡り廊下。それから残りの庭の仕上げ。まだまだジャングルのようにはなってない。ひとつ終るごとに届く請求書の金額が怖い。ガレージと渡り廊下という大物で最後。

さまざまの街角街角に存在する、クセの強い人々に平気になりたーい！　大声でまくしたて人の話を聞かないとか、グチっぽいとか、すぐ文句を言う人とか、ひとりが消えたらまた次の新人、ってな具合に、いつでもどこの街角にもいる。終わりなき、次から次。「あれが消えたと思ったら、こんどはこれか……」。そんな強烈なクセのあるイヤな人々の言葉さえ、さらっと流して平気で接することのできる人になりたい。いちいち不快になりたくない。それには……、慣れだ。慣れなくちゃ、慣れなくちゃ。

本棚の整理を引き続きやってて、はじから本を手にとっていたら、雑草で作るレシピ集があった。ふーむ、と中を読んでみた。ぬいてもぬいてもでてくる生命力旺盛なスギナは、なんと驚くべきミネラルの含有量！　カルシウムはほうれん草の155倍と書いてある。マグネシウムやカリウムやケイ素もどっさり。ヨーロッパでは薬として使われていたそうだ。スギナのフレンチトースト、スギナのおにぎり、スギナの天ぷらかー。お茶にしてもいいのか。さっそく庭にでて、スギナを3〜4束とってきた。きれいに洗って、ザルに入れとく。後でミントとレモングラスを切ってきて、一緒にハーブティーにしよう。乾燥させて保存するっていうのは面倒なのでやりたくないけど、ぱっとできるのはいい。

テレビの「1ヶ月1万円生活」が異様に好きなカンチは、きっとこの本を見せたら、草をとりに行くだろうと思っていたら案の定、「草、食べられるんだって、ほら、この本、おいしそうだよね」と見せたら、しばらくぱらぱらと見ていたかと思うと、すぐに草を取りに飛び出した。クローバーやつゆくさ、オオバコ、など。

それで今日のおかずは、雑草入りチーズオムレツ。最初にゆがいてから、小さく切ってオムレツにいれる。ゆがいた状態でつまんでみたけど、かたくてざらざらした食感でおいしくない。で、小さくきざむ。黙ってチャコにだしたら、「おいしい、おいしい」と食べている。私とカンチは目配せしあい、にんまりする。

「これからは、これを食べようよ。これだったら、2ヶ月1万5千円生活できるんじゃない？」なんて言ってる。興奮気味に。

その後、おやつを食べながら、録画しておいた「ホテリアー」をみつつ、ハーブティーを作って飲んだら、おいしかった。私はこれからこのお茶にしよう。

7月9日（金）

体は確実に老化しているはず。私は、歩く時にあんまり足をあげないようで、平らな地面にも足をこすり、つんのめりそうになる時がある。あまりにも足をあげなさすぎではないだろうか。こんなだと、心配だ。

そんな今日も、雨。どしゃ雨と言ってもいい。どどーっと降っては、やみ。降っては、やみ。


さて、私は、イギリスのユーモア作家P・G・ウッドハウスの本が読みたくて読みたくてしょうがなく、インターネットで調べても、どの本も絶版で、古本屋で探したら、「ダメな犬はいない」っていうのがあって、代金引換ですぐに注文した。それがさっききたけど、それは、バーバラ・ウッドハウスという人が書いた犬の本だった。がっくり。

さらに時をおかず、「ウッドハウス短編集」というのが届いた。こんどこそ本人だったけど、中を見てがっくり。英文だった。

その後、いろんな人が書いた短編を集めた、「ネコ好きに捧げるミステリー」という本の中に一編あるのを発見。さっそく注文する。


マロンの一日。

マロンは朝起きると、だいたいうんちをしてる。私たちが起きてブラインドを開けるとうれしそうに走り回っている。学校の前にカンチがうんちをかたづけて、おしっこをシャワーで流す。日中は、暑い中、日陰をさがして小屋のまわりを移動しながらぐったりと寝ている。外から人が来た時以外は吠《ほ》えない。また、雷が怖いらしく、雷がなるとバタバタと走り回っている。たまーに気まぐれに私が軍手をはめて近づくと、お散歩と思い大喜び。で、ちょこっと散歩してあげることもある。夕食後、薄暗くなった庭で子どもたちが自転車に乗りながらマロンを散歩させる。それからカンチが食事をあげて、おしっこをシャワーで掃除して、マロンは眠る。

こんなふうに
さかさまになって
ねていた

夕食前。カンチが、自分の機嫌の悪さを関係のない私にぶつけたので、私は不愉快な思いをさせられた。そういうことは嫌いだし、共同生活をする上でルール違反だと、今までも何度も言ってることをまた注意する。小6にもなったら、感情をコントロールして接してほしい。いやになったので、「一緒にいたくないから、ゲイリーんちに泊まって」と、送って行く。そうなるとカンチはサバサバしたもので、急に感情的じゃなくなり、平気な顔をしてすっすっと行動をとる。

ふっ……、疲れる。

ゲイリーがちょうど帰ってきたので、「今日、泊めて」と自分から言ってる。「いいわよ。どうしたのかしら?」と私にたずねるゲイリー。苦笑いの私。

7月10日(土)

今日は「山登り会」初めての山登りの日だったのに、雨で中止。残念。昨夜《ゆうべ》はものすごい雨と雷だった。夜中に目が覚めて、じっと外を見た。

そしてこのあと、「山登り会」は一度も山に登らず……。

宮古島の土地に買い手がついたので、来月あたり決算に行かなくては。

50万、100万円とすこしずつ値切られるたびに、つい「はい、いいですよ」と言ってしまった。そのことを思い出して、ダメと言ってもよかったんじゃないかと、暗い気持ちに、ちょっとなる。売り買いの駆け引きが本当に苦手。するっと言われると、いやと言えないのはなぜだろう。すこしでも高く売りたいという気持ちがないからだろうか。売れただけでもよかったと思う気持ちもあるけど、あとから悶々《もんもん》としてしまう自分が情けない。それでも今回は買った時の値段よりちょっと下回ったくらいで売れたのでよかった。

思えば、最初の家を売った時は、買値の半分以下、次のマンションも別荘も2割引、仕事部屋は、いくらだったっけ……忘れた、と、どれも1年から3年くらいのうちに、安く手放しているけど、確かに今は高くは売れないとしても、そこまで安くしなくてもと思うものもあった。特にひとつ、あれはかなり価値があったから急がなければよかったというのがあって、それを思い出すたびに胸が痛む。でも、買った人はみんなそれぞれ気に入ってくれてるようだ。それがいちばんか。

必要になってぱっと買って、必要がなくなってぱっと手放しているので、売るときはもういくらでもいいから早く売ってすっきりしたいとばかり思ってしまう。いらないものを持ってるってことにストレスを感じて。

でももういい、過去のことは。これで持ってるものは、今住んでる家だけになるので、すっきり。土地はゲイリーから借りてるものだし。お金もどんどん必要なことに使って、身軽に暮らそう。そして、これ以上はもう不動産はふやしたくない。

7月11日（日）

雑草のいきおいはすごい。家の前のゲイリーの今は何も植えていない畑は、もう山のように草でおおわれている。ひときわでっかい蔓《つる》は、葛《くず》か。仮の駐車場にも、つる性の草がはいのぼってきた。暑い日はそこらじゅうむんむんしてるし、近づくとちくちくして、痛い。虫もいるはず。

家の庭は、雑草対策でバークチップと砂利を、とりあえずあいてるスペースには全部敷き詰めているので、そうでもない。散歩がてらに目についた草をぬいてあるくのにちょうどいい程度。やがてはそんな地面にもいろいろな草木を植え込みたい。

お弁当つきの列車に乗ってみたいとチャコが時々言うので、じゃあちょうどいい列車(山を越えて往復、駅弁もあり、景色がいい)があるからのせてあげようと、きのう、時刻表をさがしに本屋へ行った。その途中、病院の脇を通った。

「ここに人が入院してるんだね?」とチャコ。

「うん」

「そして、人が死んでるの? チャコ、人が死ぬとこ、見てみたいなー」

「ママも」

「……カンチが死ぬとこ、見てみたいなー」

いつもケンカして、いじめられてるからな。

で、今日になったけど、やっぱり列車には乗りに行かないで、家で「スパイキッズ3-D」を見る、暑いし、のんびりしたいし、と言いだした。けっこう出不精だ。

本の整理をしていて思ったが、本って、買ったその時に読まないと、あとからはなかなか読まない。買った時が読むタイミングだ。後になったら、気持ちが変わってる。今のところ前に買って読んでいない本が70冊ほどあった。しばらくこれらのものを読もう。

夜、私の部屋にまたみんな来た。

カンチ「ママー、また結婚すれば？」

チャコ「そうだねえ。もう離婚してるしねえ」

私「うん。どんな人がいい？　遊んでくれる人がいいよね。旅行とか一緒に行ったり」

カンチ「仕事してる人？」

私「そこが問題。働いてなかったら、はりあいがないだろうしねー」

カンチ「子どもがいる人がいい！」

私「これ以上、世話したくなーい」

いっそのこと世話してくれる人も一緒にって、それじゃあ家族まるがかえ。

でも、今後家族が増えるってことはどうしても想像できない。それにしても、恋愛にあまり縁のない人生である。世間にはいつもだれかとつき合ってる人もいるというのに。
好きな人以外はつき合いたくないし、好きじゃなくなったら一緒にいるのが耐えられないし、またなめったに好きにならないし、それ以上に好かれないし。異性関係に時間を使ってないなあ。

7月12日（月）

人の頭のよさっていうのは、ちょっとしたことから知ることができる。たとえば、誰かが友達と話をしていて、「え？　どういうこと？」って聞き返された時に、「○○ってことだよ」って、隣りにいて聞いてるのか聞いてないのかわからなかった別の人がわかりやすいひとことで通訳してくれた時など。

このあいだ言ってたクセのあるイヤな人に慣れてきた。最初からうまくいこうとしてあせらなければいいんだった。ゆっくりゆっくりで。誤解も、進行のプロセス。
そして、だれにも知られなくても寡黙にこつこつと人のためになることをしている人は案外いるのだと思った。それを思うと、私は言いすぎてる。いっときぱあっとあせるようなあの気分が、ネックだ。時間をおけること。寝かせておけること。それが課題。

白熊の季節。白熊……、いろんな果物がささってるミルク味のカキ氷。今年はまだ食べてないけど、そろそろ暑い日に食べに行きたい。近くに一軒だけ白熊がある喫茶店があるけど、ほんとうにおいしいのは鹿児島にいかなくてはないかも。鹿児島と言っても、よくガイドブックにでてる「むじゃき」の白熊は、種類は豊富だけど、おいしくないと私は思う。

午後は、子どもたちを早引けさせて、パスポートを受け取りに行った。ついでにショッピングセンターでゲームや買い物。

7月13日（火）

朝からカンチと言い合い。原因はパンが焦げたことを人のせいにしたから。

昨日も言い合った。原因は、私の言い方の「そういうところが嫌い」と、カンチが言ったから。「どこが」と尋ねると、「さっき言ったところ。忘れた。わからない」と言う。「わからないものを嫌いになれる？」と、そこをしつこくつっこんでしまい、時間がかかった。文句をいう時は、なにに、ということをはっきり明示してほしい。抽象的なケンカって、バカみたいだ。ふたりともかなり疲れた。

その後ももうひとつあった。

「声が大きいと損しないね」と言うので、「損することもあるよ」と答えたら、それで。

本人は「得することが多いよね」というようなことを言いたかったらしいが、それとこれとは全然違う。「ママの時とは時代が違うんだよ」とまで言う。

それからゲイリーが同乗してきたので、声の大きいゲイリーに聞いた。

「声が大きくて損したことない？」

「あるわよー。遠くから呼びつけないでってよく叱られたわ」

「カンチと同じだ」

後ろの席で笛を吹くカンチ。最後には間違いを認めていた。

ところで、ゲイリーはかつらをやめていた。よかった。


夕食は、天ぷら。

畑のなすとピーマンをとってくる。それに、庭からスギナとアザミの花と葉、ゆきのしたにどくだみ。スギナはさくさくとしておいしかった。アザミは葉はおいしかったけど、花はあんまり。ゆきのしたもおいしい。どくだみはくせが抜け切らず、あんまり。

7月14日（水）

暑い。

今日はガレージ工事に、大工さん、電気屋さん、水道屋さん、家具屋さん、左官屋さんが来てにぎわっている。

21日からの上海旅行の案内がきた。宿泊ホテルが決定してた。地図にもガイドブックにものってなくて、インターネットでかなりさがした。大きな道路沿いで駅からも遠い。1泊7千円くらいのとこ。どんなところだろう。不安だが仕方ない。安いツアーだし。

でも、初めての上海だから楽しみ。

7月15日（木）

向かいの小学校のにわとりが夜じゅう鳴いてる。なぜ、あんなにも鳴き続けるのだろう。2階で寝ていた時は、音が直接くるのか、あまりの大音響で夜中に何度も目が覚めた。今は1階で、外に木があるし、前ほどではない。それにしても、にわとり。

ゆうべは夜中に目が覚めてしまい、空腹だったので、台所に行ってそのへんにあるものをばくばく食べた。さつまあげとか。ついでに、眠れるようにと焼酎《しょうちゅう》の水割りも飲んだ。


昼間は暑くて、お昼ご飯を食べた後は、すずしい部屋で本を読みながら昼寝をしてしまう。

「ホテリアー」もついにあと2回で終る。夕食後に果物を食べながら毎日予約している分をみるのが日課になっている。で、今日も楽しみにテレビの前にみんなで座ってビデオをつけたら……、映ってない。どうしたのだろう。テレビの画面も映らない。そして、調べてみた結果、アンテナの線がはずれていた。今日はダスキンのひとがお掃除にきたので、「テレビのうしろもお願いします」と言ったのだが、その時に線をはずしてつけ忘れたのだろう。大、大ショック……。その後カンチも私も、しゅーんとなって、しばらくのあいだ立ち直れなかった。お互い、何度も口にだしてた。

カンチがトイレに行く前にリビングでパンツをさげておしりを見せながら行くことをなんども注意したので、最近はしそうになっても「あっ」と気づいて、やめるようになったらしい。が、今日、さっき、チャコがおんなじようにおしりをだしてトイレへとことこ向かっているのを発見。

そのことをカンチに伝えて、しみじみ語り合う。「うつったんだね……」「うつるよねー。兄弟って」

7月16日（金）

今日も猛暑。また昼寝をしてしまった。ずっと部屋に閉じこもり。ベッドで読書、ごはん、昼寝、その繰り返しで、だんだん気持ちが沈んできた。

昼作ったトマトとシーチキンのスパゲティはおいしかった。夜は鶏のから揚げを作ろう。揚げ物の油があるから。

私は、揚げ物は2ヶ月に1回くらいしか作らないので、一度作ったら、油があるあいだに続けて揚げ物をする。

7月17日（土）

庭の草に毛虫がいた。がしっがしっと葉っぱを食べている。ものすごいスピードで。みるみるうちに葉っぱが消えて行く。黒にオレンジ色の線のあるクールな毛虫。見捨てておけず、火バサミをさがしてきて、つまみあげ、向かいの畑に捨てに行く。3匹捨てた。1匹は道の真ん中で身をよじって脱走したので、そのままにしといた。

生ゴミコンポストはいまも活用中。土がさらさらと乾燥していて、去年のように虫もわかず、とてもいい。

親に気ままに呼び名をつけられるのって、いやなもんだろう。私は、よくつける。チャコには、「ぼんちゃん」。「ほら、ぼんちゃん。こっち、こっち」とか、「ぼんちゃーん。おふろー」とか。「ぼんちゃん」と呼ぶたびに、えもいえぬ快感。

ある人々との会話に、パターンがあることに気づいた。挨拶《あいさつ》や世間話の時、いつも同じような、気がふさぐような返事が返ってくる。たとえば、謙遜《けんそん》すると持ち上げられ、前向きなことを言うと、先の不幸をおどされる。とにかく何を言っても、繰り返される同じパターン。その人たちにとっては、それは普通の天気の挨拶のような会話なのだろうけど、私はそれがとてもいやだ。で、それを聞かなくてすむように会話の流れをくふうすることにした。くふうとは、「何も喋《しゃべ》らない」。

何を言っても、いやなことを聞かされるので、そういう人々と出会ったら、とにかくこちらからは何も喋らず、相手の言うことにうなずいて聞くだけにする。

ニュースを見ていたら、にがりダイエットで、にがりの取りすぎに注意、だって。そういえば私もにがりを買って、先月はおかずにふりかけてたっけ。1週間くらいは続けていたけど、いつのまにかめんどうになって、不自然にも思い、いまでは冷蔵庫に入れっぱなしになってる。余計な物を摂取するのって、抵抗を感じるってことがわかった。ビタミンなどのサプリメント類も、飲むとのどのあたりが気持ち悪くなるので飲まない。無理に飲んでたこともあるけど、それで体の調子がいいと感じたことは一度もなかった。私の体にはあわないのかも。それよりも、よもぎだ。

おとといだったかな、あ、きのうか。ブルーベリーの木のところで何かにチクッと刺された。しばらくしたら丸く赤くはれてきた。

うーん、こんな時はどうしたらいいのかなと、いつもの「一条ふみさんの自分で治す草と野菜の常備薬」をめくる。すると、よもぎのところに、「あと、打ち身をしたり、歯が痛かったり、虫に刺されたり、水虫のときは、生の葉を石のような硬いもので叩《たた》いてよくもんで、搾った汁を患部や傷口によくすりこむの。蚊に刺されて腫《は》れたときなんか、見る間にきれいに腫れがひけるよ。すっと治る。かゆみなんか本当によく止まるからね」と、ある。これこれ。さっそく庭からよもぎの葉っぱを1枚とってきて、石で叩くのはめんどうなのでそのまま小さくちぎってもんで、刺されたところにぎゅっとくっつけてセロハンテープでとめといたら、本当に痛くなくなった。30分ほどしてはいでみると、赤みもなく、ふくらんでもいない、反対によもぎを押しつけたあとがへこんでるほど。ふーむと思い、指のところにあった小さな切り傷にそのまま移動する。
カンチに、そのことを話したら、ほっぺたに赤くて触ると痛いのがポッンとできてるので、そこにつけたいと言う。で、指の傷のやつを、もうかわきはじめてたけど、剝《は》がしてくっつけた。それがどうやらよかったみたいだ。

ということで、私もいろいろと体の治療方法に興味を持ってフンフンとのぞいてきたけれど、身近なものがいいんじゃないかと今は思う。

インドのアーユルベーダ、中国の漢方薬、アマゾンやネイティブ・アメリカンの薬草、ヨーロッパのホメオパシーやアロマテラピー、フラワーレメディなど世界各地にはそれぞれにいろんなのがあるが、気候や風土が変わると、住む人の体も変わる。だから、住んでるところに昔からある治療法がいちばんそこに住む人の体にあってると思う。かえってやみくもになんでも使うと毒になりそう。

ってわけで、今はちょこちょこと身近なものから試し中。庭や草っぱらにあるから、楽でいいし。

7月18日（日）

朝起きると、パン焼き器のパンができてた。

朝食後もなんとなくいい気分で、子どもらに、温泉か山かハイキングに行かないかと提案したが、誰も行きたがらない。ゲームに興じるカンチ。「家が好き……」とつぶやくチャコ。

ところが一転。そのあとしゃべっていたら、プールのあるホテルに泊まりにいこうかということになる。電話したら大丈夫だった。かぶと虫のえさを買って、かぶと虫にあげてから、ホテルに向かい、すぐにプールにはいる。水もきれいで温度もちょうどよかった。

私の平泳ぎは、なんだかもがいているようで、手と足が相殺しあって前に進みにくく感じていた。私よりも泳ぎの上手なカンチが、「ママの悪いところを見てあげる」と言って、水面下にもぐり、手と足のタイミングを何度も教えてくれた。すると、だんだんわかってきた。そして前に進むようになったので面白くなった。

7月19日（月）

昼までプールで遊んでから帰る。

ず一っと見ていてくれ、
教えてくれた。
たのもしい。

この日、
もぐりながら
女をみているような
ヘンタイっぽい男がいたので
チラチラ見たら、目が合った。
きもち悪い男だった。

夜、寝る時、チャコがおしりが痛いと言う。見ると、あせもがぽつぽつとできていて、それをかきむしって血がでている。

「かいたらダメだよ」

「だって、かゆいんだもん」

「あれ、つけて、草の」よもぎのこと。

「うん。明日の朝、つけてあげる。もう外は暗いし」

「かゆーい。かゆーい。かゆーい」

「じゃあ、取って来るよ」

外に出て、すぐ前のよもぎを取って、つぶして汁をぬる。しみて痛がる。

「いたーい。いたーい」

と言ってるまに、寝ていた。

7月20日（火）

暑い。左官屋さんがきて、ガレージの床をコンクリートで塗ってる。石をところどころ埋めてもらう。

どくだみを陰干しにして、びわの葉を洗う。どくだみは色白にしてくれるらしい。お茶にするか、好きでなければ顔にふきかける予定。びわの葉は、切り傷用にアルコールに漬けておくため。

このところ雨がふらないので、造園一家が水撒《みずま》きにきてくれた。来月から庭の残りの部分の花壇つくりをやってもらう。もらったメダカはあいかわらず増え続け、卵もまだ抱いてる。最初の13匹は奥に沈んでて、もうめったに顔をださない。

7月21日（水）

今日から3泊4日の上海旅行。私たち3人と、母のゲイリーと兄のサム。早く目が覚めた。少々気が重い。理由は、ホテル。1泊7千円のホテル。どんなところだろう。

他の人のツアー体験談を読むと、格安で高級ホテルに泊まってる。もし私が個人でいくとしたら、マリオットとかウェスティンにしただろう。旅行ではホテルって大事だし。ちょっといやなことがあっても、ホテルが気持ちよければ回復もする。子どもと足の悪い老人（ゲイリー）をつれた家族旅行だから、もっといいホテルに泊まりたかった。でも、選択肢がなかったからしょうがない。鹿児島からのツアーはこれ一個しかなかった。でも、他のお客さんがいないってところはよかった。とにかく、いやなことばっかりありませんように。

カンチも、きのう友だちに「旅行、楽しみでしょ?」と聞かれ、口ごもったらしい。別に特に行きたいってわけじゃないし、そのあいだ学校の水泳教室を欠席しなきゃいけないして。

暑いし、トイレ事情も心配。

マロンをペットショップにあずけて、出発。


鹿児島空港の国際線乗り場はこざっぱりとして、静かだった。出国の手続きも簡単にすみ、中国東方航空の機内に乗り込む。お客さんは半分ほど。機内食がでた。カンチが、おいしいおいしいと言って、みんなの分まで食べている。そうこうしているうちに上海に着いた。白いスモッグの空気の中へ着陸。空気がもわっと暑い。

空港に、通訳の人が迎えにきていた。キューさんという人。

リニアモーターカーに乗る。所要時間は7分。最高速度は430キロだった。速いと思った。それから車で市内観光。温度が35度以上の日は、夜景のライトアップは中止になるそうで、今夜は夜景観光があったけど、それは中止になった。ピンク色のまるい玉がふたつ串刺《くしざ》しになってるテレビ塔の見える公園に行く。ものすごい暑さで、一歩も歩きたくない気分だったが、みんなで車から降りて、よろよろと歩く。テレビ塔をバックに記念写真をすこし撮って、電飾の輝く観光トンネルを通る。その先の公園もまたものすごい暑さ。空気も汚れてるようで、のどが痛い。のどが渇いて、やたらに水を飲む。もうどこにも行きたくない。が、時間があるので明日の予定の観光地をさきにひとつ見る。

多倫路というところ。日本と関係深い建物が並び、骨董《こっとう》品の店が多い。そこを歩いたけ

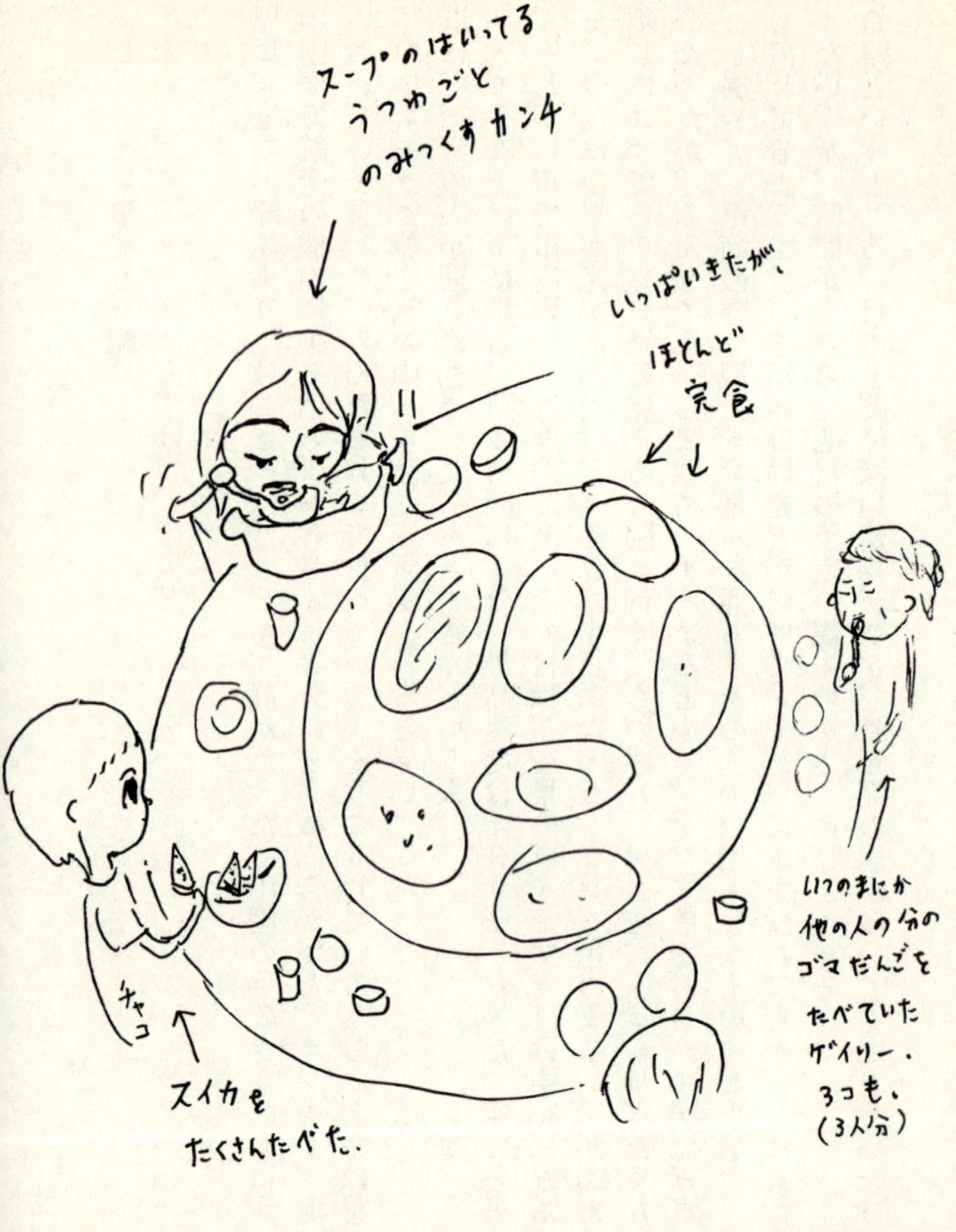
スープのはいってる
うつわごと
のみっくすカン チ
いっぱいきたが、
ほとんど
完食
チャコ
スイカを
たくさんたべた。
いつのまにか
他の人の分の
ゴマだんごを
たべていた
ゲイリー。
3コも。
(3人分)

ど、暑くてとても苦しかった。何にも見たくない。

それから夕食。広東《カントン》料理。広くて、観光客専用みたいなところだった。どんどんでてきた。みんな、おいしいと言いながらばくばく食べた。まあまあおいしかった。カンチはスープを丼ごとたいらげている。隣りのテーブルの欧米人の皿を見たら、ほとんど食べていなかった。

それからホテルに行く。市内から20分くらいのところで、思ったほど悪くはなく、こざっぱりとしていて安心する。観光客はいなくて、中国の人が商用で泊まっているような感じ。水は飲めないと聞いていたが、確かに、色は透明だけど味は泥のような……なまずのような……どぶのような味がした。

シャワーをあびて早めに寝る。

7月22日（木）

朝食のためにレストランへ。

人が少なくて、静かにゆっくりと食べられた。朝食の雰囲気は気に入った。英語はほとんど通じない。ホテルのスタッフで英語が喋《しゃべ》れる人はひとりだった。

今日は市内観光。キューさんと9時にロビーで待ち合わせ。上海動物園に行く。

猛暑。

歩きたくないので、園内を巡回しているトラムカーみたいなのに乗ろうと言ったら、キューさんが困ったような顔をした。キューさんの分も出すからと、ぐいぐいトラムカーに乗り込む。これで乗り降り自由。よかった。

パンダがいた。ササを食べていた。それから、さるやゾウもみる。小さなジェットコースターにも乗る。子どもたちは楽しそう。暑い暑いと言いながら、動物園を出る。

昼食の場所に連れていかれる。飲茶《ヤムチャ》といいつつ、点心は小籠包《ショウロンポウ》くらいで、あとは普通の中華料理がまた次々とでてきた。ここでもみんなばくばく食べている。小籠包は5個だったので、ひとり一個ずつ。ちゅーっとスープをまずすってから中身を食べるんだよと言ってたら……、チャコが床に落とした。

残念そうに拾い上げて手にかかえてる。

皿の上において、見ている。

みんながちゅーっちゅーっとスープをすっておいしいと言ってる。食べたそうにしてるので、じゃあ、外の皮は食べないようにして、中だけすってごらん。

ちゅーっ。

具も食べたそう。

じゃあ、具は食べていいけど、皮はだめだよ。

具を食べた。皮も大きく口をあけて食べようとしているので、あやうくとめた。

いつまでも、食べたそうにじっと見ている。小籠包はもっとたくさん食べたいので、明日の自由行動の日に食べよう。

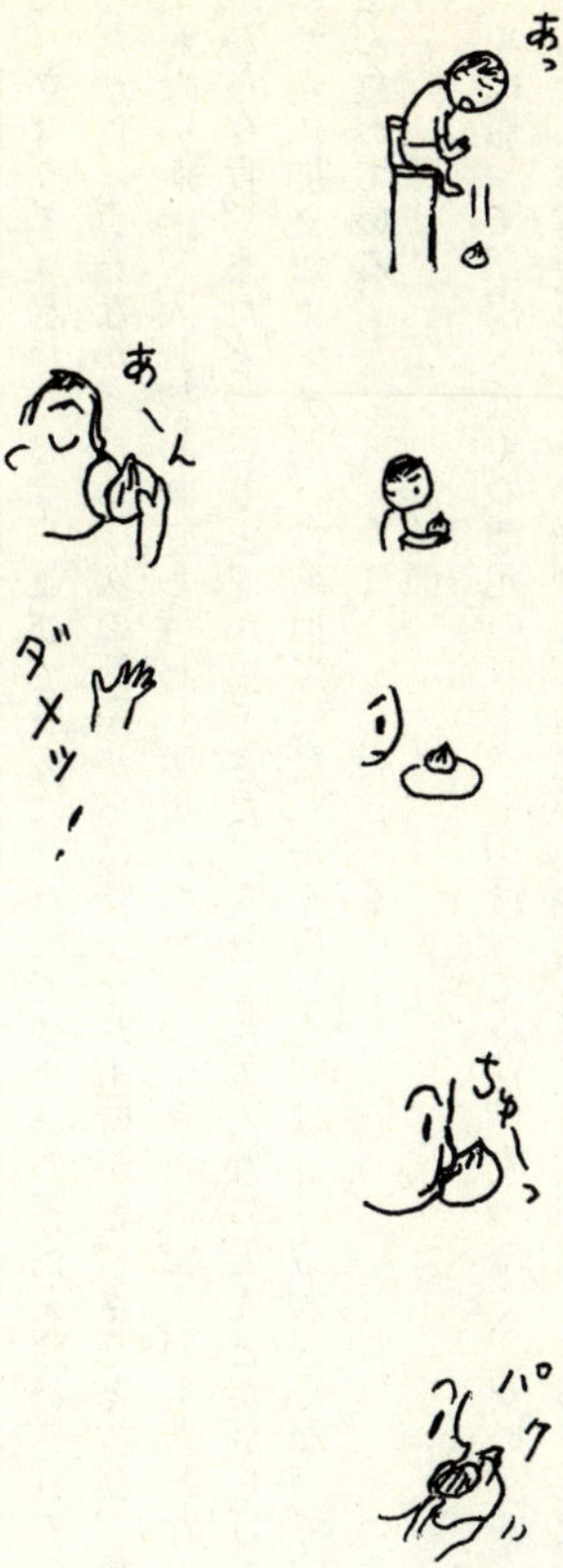
あっ
あ〜ん
ダメッ!
ちゃ〜っ
パク

そのあと、中国式庭園と骨董店街を見る。暑くて、苦しい。自由時間があったので、中国茶を飲む。それから中国茶の試飲に連れていかれたけど、さっきのお店の方がおいしく感じたし、観光客用の店みたいだったので何も買わなかった。その後、おしゃれなスポットというところに行くが、昼間で誰もいなくて、ただただ暑かった。夕食まで時間があったので、時間つぶしにもう一箇所連れて行かれた。そこは、他の客がいない広くて大きな建物で、ぎょうぎょうしくお宝が並び、最後に一万円でひすいの置物を買わされるというところだった。買わなかったら、次の部屋からは安価なお土産がどっさりと並び、買わないか買わないかと、入れ替わり立ち替わり店員たちが寄ってきた。でも何も買わなかった。

それから夕食。またどっさりと皿がでてきた。これまたみんなほとんどたいらげてる。最近はサムに加えてカンチが、食欲担当。育ち盛りらしく、みるみる大きくなっていて、どんどん食べている。

ホテルに帰って、夜、近くの地元のスーパーへ行ってみた。安っぽく、安い。子どもたちはガチャガチャをやった。種類があって、1元（約14円）から4元だった。安っぽいおもちゃなんだけど、喜んでる。

中国って香港みたいかと思ってたけど、全然違った。言葉も通じない。

道端でライチを売ってた。新鮮そうだったので味見したくなり、1元だしたら、15個くらいきた。桃も買った、1元で1個。ホテルの隣りのコンビニをみんな気に入って、いろいろ買っていた。カンチは消しゴムとかホッチキスなど。サムはつまみ類。部屋でライチや桃を食べる。ライチはみずみずしくておいしかった。桃はわりとかたかった。

7月23日（金）

今日は自由行動の日。食事も自由。私が予定を考えた。小籠包のおいしいところにも行きたい。

まずは店がひらくまで、水族館にいって時間をつぶそう。ところが、ちょうど朝の出勤時間とかさなって、タクシーがつかまらない。ずいぶん待って、やっと乗れた。今日の予定もちょっと変えよう。タクシーにあんまり乗らなくて済むように。

水族館をみてから、タクシーで歩行者天国へ。ここでデパートなどを見て観光をしようかと思っていたけど、あまりの暑さで、歩く気がしない。地下鉄に乗って、昼食に小籠包のおいしいところへ行く。迷いながらたどり着くと、小汚い店で、客はいなくて、小籠包もやっていなかった。がっくりと店をでて、次は名物の鶏の蒸し焼きを食べに行く。タクシーでたどり着き、店にはいる。蒸し焼きはわかったけど、その他のメニューは全然わからない。店の人のおすすめをいくつか注文する。何かをさかんに言ってたので、それを4人分注文したら、あわびの煮たのだった。そして、ぜんぜん好きじゃなかった。ぶったりとしていてしいたけみたいで。値段はひとつ300円くらいだったけど。

それから、漢方デザートの店にいった。客はいなくて、閑散としていた。つばめの巣入り杏仁汁《アンニンジル》を注文したが、甘味が少なく、おいしいと思えなかった。他の人のも味見したけど、みんなのもいまいち。

きのう中国茶を飲んだお店に、中国茶を買いにいく。そこのお茶がおいしかったから。でも後でよく考えてみると高かった。

そのあとホテルに帰ろうとしたけど、タクシーがなかなかつかまらなくて、困った。やっとつかまえて、ホテルに帰り着き、休む。

夕食はどうするか悩む。小籠包にも未練があるし、ガイドブックにのってるお店で行きたい所もあるし。でもみんな、もう遠くまででかけたくないと言う。

それで、いろいろ考えた末、ホテルのレストランで食べることに決めた。行ってみると、メニューがまた、わからなかった。ガイドブックの写真をみせたりしながら、どうにか注文をする。小籠包もあった。まあまあの満足度で食べ終える。その後、サムと子どもたちは、きのうのスーパーとコンビニにいそいそと出かけて行った。カンチは日本の「鋼の錬金術師」とかのアニメのイラスト集を買って大喜び。安いので。日本と同じのが中国語で書いてあって、値段は4分の1くらい。

夜遅くまで、隣りの部屋のテレビの音と話し声が筒抜けで、眠れなかった。どうやらよくあることらしい。耳栓が必要だった。

7月24日（土）

朝食後、ホテルをでてすぐに空港へ。
飛行機の中で軽食を食べて、1時間45分で鹿児島に到着。早かった。
感想。上海は、真夏に行くところじゃない。スモッグとビルの都会だった。次にもし行くことがあったら、街の真ん中のホテルにして、観光はせず、歩いて行ける距離の中のデパートやお店をじっくりと見て回りたい。本屋や家庭用品などを見たい。そして、食事も、近くで軽くぱっと食べる感じにして、のんびりすごしたい。そんなだったらまた行ってもいいけど、そうじゃなかったらもう行かなくていいや。

7月25日（日）

人と話をしていて、こちらが言葉を言いよどんだ時、相手が先を読んで次の言葉を言うことがある。それが近いこともあればまったく違うこともある。まったく違う時、へー、その人の思考はそう流れるかとわかっておもしろい。逆の場合もある。こっちが先に相手の心を読んだ気持ちになって、ぜんぜん違うことを言ってしまった場合は、思いすごしがはずかしい。

「週刊ブックレビュー」の推薦者の弁を聞いて、どれもこれも面白そうで、つい注文していたけど、届いた本を読み始めて、どうしても興味を持てないことが多い。例えば最近では、戦争体験、在日、歴史の本など。難しすぎた。なぜ買ったのかと、呆然《ぼうぜん》と手に抱えている。推薦者の語りが熱心で、司会者たちも面白そうに話すので、すごく面白そうに感じてしまうが、それはその人たちにとって面白いということだった。もっと冷静に判断しよう。

7月26日（月）

ずっとほしかった草花の苗を見つけたので、よろこんで18鉢買ってきた。一鉢128円。ほうき草という草。まるくしげって、秋の紅葉も赤くきれい。もっとほしいくらいだけど、とりあえずこれだけ植えてみよう。

本をだした人が、自分の本を「買ってね」と呼びかけているのを見ると、ドキッとする。世の中に毎日毎日、次から次へと発行されている本、本、本。

本は、好きな人にとっては宝のようなものだけど、興味のない人には紙クズだ。好みは人さまざまだから、あんなにたくさんの本の中で、好きな本はほんの少し。

わたしは自分の本を、「とにかく買ってね」と思ったことはない。好きな人は買ってほしいが、できればあまりむやみに買われたくない。嫌いな人には買わないですませてほしい。買って損したと思われて捨てられると、本が無駄になるから。捨てられる本の数は少ない方がいい。本がただたくさん売れるより、求める人に無駄なく届けたい。買われる数と好かれる数は、できるだけ近い方がいい。あらかじめ、その本を好きかどうかじっくりと確かめてもらいたい。

たぶん私は、好きな人に読まれると思って、ずいぶんいろんなことを書いているので、嫌いな人に読まれると思うと、身がすくむ思いだ。いや、まあ……別に……そんなことはいいのだけど。

私にとって、「買ってね」は、「抱いてね」と言うのと同じようなものだ。私を好きな人だけに抱かれたい。だから、「みなさん、私の本を買ってね」と無邪気に（?）言う人を見ると、ドキッとしてしまう。

7月27日（火）

今朝のニュースで、三宅島の帰島宣言のことを言ってた。何年も家に帰れなかったなんて、いやだったろうな。それに比べたら、私は幸せ。今、家にいるから。

天災はどうしようもない。ここもいつどうなるか。だから、ありがたく毎日をすごそうっと。

「ピクミン2」がとっくに終わって（最後の大物はカンチがやっつけてくれた）、今は「塊魂（かたまりだましい）」を買おうかどうしようか迷っているところ。で、今、他の人の感想をあちこち見ていたらおもしろそうだったので、買おうと思う。和久井映見も「はなまるカフェ」で、やってると言ってたし。

中国の買物事情っていうのを読んだら、値段はあってないようなものだから、言い値から最後のひとけたをひいて、それに2をかけて、50元たした値段を言えという（わりと高額の商品の場合）。すると、相手は怒って、「もういい帰れ」って言うので、帰りかけると、呼び止められる。それから交渉してどうのこうのだって。

まず、そんなパフォーマンス自体にくらくらっとする。駆け引きのある世界って、なんでも苦手。というか、そこにエネルギーを使いたくない。それを楽しめる人はいいけど、私はそんな買物は、値切っても値切らなくてもストレスだ。大きなデパートみたいなところはあまり値切らないそうなので、そんなところで買いたいな。あんまり安く買いたいとは思わないけど、そう高く買うのもいやなので、欲しいものは、まあまあの値段で時間をかけずにさっと買いたい。

ほうき草を庭に移植。すぐに植え終わった。もっと買ってこよう。

今日はカンチの学校選抜の水泳大会の日。去年は免許証の書き換えに行ったところの隣りでやってたので、偶然に見れた。今年は行かない。面倒くさくって。親たちはみんな応援に行ってるけど、私は全然行きたくない。参観日もそんな気持ち。なぜかな。愛情がないのかな。違う。もう見る必要がないんだよね。カンチの世界なんだよね。カンチも来て欲しくないって言うし。自分の世界に口出しされるのっていやじゃん。身内然として。

お互い、そんな感じ。と言いつつ、たまに行ったらにやっと笑って窓からのぞきこんだりしてます。

夜、「塊魂」とプレステ2の本体を買いに行ったが、「塊魂」はなかった。注文になるというので、帰ってインターネットで買うことにする。

ほうき草を12鉢買う。

収納棚で、十数年前に書いた「つれづれノート」をみかけたので、立ったまま読みふける。

昔のはういういしい。でも、昔を恥じてはいけない。

昔の自分は他人だ。

他人は尊重しなくては。

ただし、昨日までの自分は、いつでも嫌いだ。

いちばん好きなのは、今からの自分。まだ失敗してないから。

7月28日（水）

本棚にあった平松洋子の本を読み返した。そして反省。う～ん、いかん。もっと暮らしを快適にしなくては。いつのまにか散らかってる台所をこざっぱりとさせたいし、料理もおいしく楽しく作って、みんなにも提供してうれしがらせなくては。テレビの前はいつも散らかってるし、食卓の上もなんだかすっきり片付くひまがない。なんだこのお菓子の小袋やエンピツや紙類は。こんなこまごまとしたものがいつまでもでてるからここが片付かないんだ。

ふう……と、ため息をつきながら自室に入り、クーラーをつける。

ふふっ、いいなあ、ここは。一日中ここでゆったりとすごそうっと。

昨夜《ゆうべ》は、寝る前にまた上海のことを考えた。いろんなものを全然見なかったなあと思って。生活雑貨類を見たかった。また春に行こうかな。その場合、どうすれば一番いいか、ホテルや移動について考えていたら眠れなくなり、ガイドブックをひっぱりだしてじっくりと計画を練り始める。2時間ほど、考え抜いた。

7月29日（木）

自分がこれからやりたいこと、仕事のことについて思う時は、いつもわりとクリアな感覚なのだけど、恋愛や出会いについて考えると、急に頭の中に白いモヤがさあっとたちこめたようなぼんやりとした景色になってしまう。なぜかな。それらは異物だからかな。自分の軸足をずらさないですむ「強い憧《あこが》れ」ってあるんだろうか。想像できない。憧れが強いほど、前のめりになり、その時にバランスがあやうくなる。

相手次第のその感覚だから、前もって準備ができない。人あいてのことって、闇の中から飛んでくるボールのようだ。

ただ、私もずいぶん自分のできないことがわかってきた。

7月30日（金）

夜、夏祭りがあった。チャコが保育園のみんなと小さなみこしをかつぎ、踊りをおどってた。河原で、カキ氷を食べながら、花火を見る。

7月31日（土）

「塊魂」が届いた。くるくるまわる玉をころがしていろんなものをくっつけるというゲームなので、やってるうちに目がまわって来た。苦しくなって、やめた。

「冬のソナタ」17話をみて、気分が沈む。チャコが、私が泣いてるかどうか目をのぞきこんでいる。

「今日は泣くような話じゃないから、泣いてないよ」

泣くといつも、すかさずティッシュをもってきて目をおさえてくれるのだった。

それから、めくれあがっていたシャツを直してくれた。おなかのあたり。

「今、どうして直してくれたの？」

「さむいかなーと思って」

ふーん。

チャコ、5歳。まだ小さくてこんなにぴちぴちしてるのに、母親は、若くなく、どんどんふとってお腹はぷっくり。かわいそうになってきた。

8月1日(日)

カンチが、頭が痛いと言って寝ている。頭痛なんてめずらしい。

「ハリー・ポッター」のゲームと昨日からの「塊魂」をやりすぎたのではないかな。その頭痛、たぶん私は知ってる。私も子どもの頃、年に何回か頭が痛くなった。そうなると、どんどんどん痛くなって、気持ち悪くなって、吐く。そして、治るためには、眠らなくてはいけない。眠ると、治る。

「あのね、気持ちわるいでしょ。やがて吐きたくなるよ」

「もう吐いた。2回」

「眠ると治るよ」

「痛くって眠れない」

「しょうがないよ」

「うえーん。痛いー」と、わーわー泣いている。そして、「てーて」と言いながら、手をにぎってきた。
気持ち悪かったけど、ちょっとだけ握ってあげた。あと、ちょっとおかしかった。いつ

もはあんなに自分中心なのに、具合が悪いと急に「ママー」なんて言っちゃって。で、私は口もとをひんまげてにやりと笑う。

しばらくしたら、眠った。

そして、起きたら治っていたらしい。

生ゴミコンポストの中のゴミが増えてきたので、となりに穴を掘って、大きなゴミはそこに埋めようと思い、穴を掘る。わりと簡単に掘れた。まるいふるいですこしずつふるいわけ、ゴミだけを穴に入れる。チャコといっしょに楽しく作業は進んだ。

体重が、へらないなー。2ヶ月前から、へらしたかったのに。考えるだけでへる予定だったけど、へらなかった。私は、痩《や》せたいのではない。普通くらいになりたいだけ。もうすこし、続けよう。考えるだけのダイエット。心がけダイエット。

8月2日（月）

庭作りのまだやってなかった東側の部分を作りに、いつもの造園一家が来てくれた。ここには枕木を敷いて、花壇を作る。ここをこうしてああして、と言うだけで、どんどんやってくれることがとてもうれしい。自分じゃできないから。重いし。
午後になって、激しい雨が降ってきたので、中止。

夕ごはんは、ラーメンでも食べに行こうか、ということになり、3人でいそいそと出かける。開店したばかりで誰もいなく、ゆったりと食べる。

「塊魂」をやってから、ふろ。

ふろでチャコの髪の毛をあらってあげてたら、ちょうど顔のあたりに私のおっぱいがくるので、くちをとんがらして吸おうとしてる。いつもはダメというのだけど。気持ち悪いから。でも今日はそのまま近づけて吸わせてあげた。

そのあと、「あーあ。ちょっとだけでもミルクがでたらなー」なんて残念そうにつぶやいていた。

8月3日（火）

昨夜《ゆうべ》から曇りですずしい。

暑くないのが気持ちいい。こんな暑くなさは、ひさしぶり。

チャコを保育園に送ってきた。カンチは「塊魂」をやってる。

保育園は休みがほとんどないのでずっとあずかってもらえて助かったが、来年になったらチャコが小学生になるので、夏休みがある。どうしよう。40日間も相手をしなくてはいけないのか……。

まるく剪定《せんてい》していたコニファーがだいぶのびてきたので、剪定《せんてい》バサミでちょきちょき切る。髪の毛を切るように、ちょきちょき。やがてまあるくなって、一丁上がり。ぼうず頭のようにくりくりとかわいい。夢中でやってて、痛いと思ったら、指の皮がむけていた。

昼ごはん、どうする？　ということで、カンチと、ナポリタンと白熊を食べに行くことに。いつも行く喫茶店がお休みだったので、いつも行かないところに入ってみた。オムライス。味はまあまあだったけど、そこの女主人が新入りのバイトらしき女の子に大きな声で怒鳴りながら注意してばっかりで、怖かった。客に聞こえてるっていうのに叱るなんて、そのセンスに、気持ちがぼうっとなる。そしてまた、床に穴があいていて、足が落ちてがくっとなった。

帰ったら造園屋さんが来ていて、きのうの続き。枕木花壇が完成。木の根元にはバークチップをまいてもらう。すると、あっというまに夕方。カンチがバイト（一回百円）でチャコをむかえにいってくれて、カンチ作カルピス＆ブルーベリーゼリーを食べる。

部屋でパソコンに向かっていたら、チャコがやってきた。

「ママ〜、パソコンでしらべて〜。『かたまりだましい』のプレゼントのあるばしょ」

「ええーっ。そうしたらつまんなくなるよ」

と、「ウーパ、ウーパ、ウーパ」と言いながらぎゅっとだっこしたら、いやがって帰ろうとする。

「待ってチャコ、あれしまって」と、外の洗濯物を指さすと、

「イヤー。ママがウーパっていうから！」と言いながら去ってしまった。

ちぇっ。

向こうで、カンチに「ウーパー」って言ってる。


夕暮れ時。

「みんな、庭に行くよ」と声をかけて外に出る。枕木花壇をながめたり草をむしっていると、ふたりが出てきた。

「ママ。シャワーやって」と、チャコが言う。先日、水撒《みずま》き中、あんまり暑いので裸にさせてシャワーをかけてあげたらとてもおもしろかったようで、そのこと。

「きょうはすずしいから、やめたら」と言うのに、きかない。で、「じゃあいいよ」と、かけてあげる。

わーわー、きゃーきゃー。喜んでいる。カンチが、こっちの方がいいんじゃない？　と、お湯の出るシャワーをかけてあげた。

「あったかーい」

ついにカンチも我慢できなくなり、裸になって遊び始めた。わいわい、きゃーきゃー。

バーン!!

コンクリートのたたきにねころんでシャワーをあびている。

洗濯物を取り込んでいたら、「ママー、シャンプーもってきてー」の声。

シャンプーとせっけんとタオルを持って行く。

楽しそうに髪を洗っている。写真とってとって言われてとる。

気持ちよさそうだった。


昼間外食したし、作る気にならないので、夕飯は、粗食デー。

ごはんと、何にしよう。シーチキンのマヨネーズあえ。いんげんをゆでる、でいいか。

お腹をすかせて食べると、おいしいし。

結局、シーチキンマヨネーズと、カンチの作ったえびレタス卵とじ。みんなおいしいおいしいとぱくぱく食べていた。

8月4日（水）

家の掃除って、なんて面倒なんだろう。掃除はなかなかやる気になれない。

ガレージが完成したら、倉庫を整理して、家の中の物を片付けて、物を少なくしよう。

そうしたら、ほうき一本でささっと掃除しやすくなるだろう。


きのうの夜中。

チャコが寝ぼけてがばっと起きた。そして、私の顔を手でバンバンバンと3回ほどたたいて確認し、ママ、いる、と安心したのか、またゴトンと倒れて寝始めた。その時に頭をゴツンと壁にぶつけたのも気にせず。

顔をバンバンとたたいて確認、のところがおもしろかった。生き物の本能を見たようだった。いいものを見た。

「塊魂」。

王様がでてきていろいろ言うのだけど、その絵を見て、カンチが、

「ママ、ここがぷくりとふくらんでる」と、股間《こかん》を何度も指さす。

「うん。そうだね。でもそういうものなんじゃない?」

「曲がってるし」

「だってどっちかに曲げないと、ね。もしカンチだったら、どっちに曲げる?」

「左」

そういえば、自分にないものって興味深い。

私はよく風呂で、チャコのおちんちんとたまたまをじっと見る。見やすい位置に現われた時(お湯からあがるため風呂のふちをまたぐ時とか)の、時間にすれば1秒くらいの間だけど、何度見ても飽きない。

つるんときれいだし。

大人のはさすがに見たくないなあ……。何歳までなら見たいかな……。じ、18歳くらいかな……。いや、15歳かな。……やっぱり小学生までかな。

夕食は、またラーメン屋に行く。

私は中華丼、カンチはやきめし、チャコはラーメン。

8月5日（木）

朝9時に市役所の出張所で、児童扶養手当と、母子家庭のなんたらの手続き。めんどうだけど、近いし、すぐすむので行く。

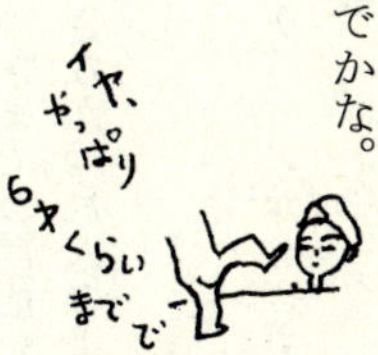

その後、銀行で通帳の繰越。

空を見ると、夏の空だった。先月の猛暑の空ではなく、見慣れたさわやかな空。

風が吹き、入道雲がもくもくで、セミの声。うーん、いい感じ。で、写真をとりに行く。

さっき、いいなと思った景色があったから。

それから、寿司やアイスを買って帰る。

カンチったら気持ち悪いんです。においが好き。

室内ブランコでぶらぶらしながら上海の本を読む私の足のにおいをかいでいる。

足のにおいを、くー。

ふくらはぎのにおいを、くー。

「やめてよ」

「だって、こことここ、ちがうにおいがするんだもん」

暑すぎない、静かな夏って、いいなー。

こういうこと、ありますよね……。

相手が何か言って、それがよく聞きとれなくて、「え？」と聞き返したら、また何か言って、でもまだわからなくて、もう一度「え？」と聞き返したら、その聞き返すのと同時にわかってしまって、「もういい。わかった」と言おうとしたけどその前に、ふたたびその人が言ってくれて、しかもそれがさっきまでの言葉じゃなくて、さっきまでの言葉をわかりやすく言い直した別の言葉になっていて、まるで、意味を理解できなかった人のように思われてしまって悔しい思いをすること。


夏休みになって、カンチがけっこう家にいる。ひとりでゲームしたり、ケンカもせず、まあまあうまくやってる。宿題の習字をやり始めた。

「火災予防」。

何度も書いては、「この紙が悪い」とか文句を言ったり叫んだりしている。やがて見て見てと言いに来る。候補が3枚。

「ママ、この中でどれがいい？」

「うーん。右のかな。あ、やっぱりまん中のがいいかも。予の字が」

「そうだよね。これにしよう」

納得した様子で、名前を書き始めた。そしてしばらくすると、「うわーっ」と大きな叫び声が。

「しっぱいしたー！」

え？　どこが？

よくよく見ると、学年を五年と書いてる。六年なのに。

それでもう書く気が失《う》せたようで、今日のところはおしまい。

次に、自由研究、何にしようかなといいはじめた。

「引力にしようかな。どうしてみんな空中に浮かばないのか」

「それ、どうやって研究するの？」

「………。磁石のはたらきは？」

「うん。やれば？」

「やっぱやめた」

「マロンに関係することやれば？」

「いやだ」

やけっぱちになってあれこれ迷走していたが、

「草をむしるのとむしらないのでは、植物の育ち具合がどう変わるかは?」

「いいじゃん、それ」

わたしも知りたい。

さっそく、ホームセンターで花の苗を6本買ってあげた。ブルーサルビア。ついでに私も花壇用の花をついつい買い込む。ホウセンカや百日草など。

出来たばかりでまだ草の生えていない、枕木で四角く囲った花壇に、サルビアを植えてる。真ん中に棒をおいて、大きさを見るためにジュースのいれものをたてる。写真を撮って、高さを計ってる。

私も隣りの細長いスペースに苗を植える。やはり、何か植えると感じがいい。

8月6日(金)

きのうの夜寝る前に、テレビでシューマイベスト3をやっていて、それをみんなよだれをたらすように見ていた。

「あした、シューマイにしようか」

「うん。作って作って」

で、今夜はシューマイ。

8月7日（土）

今日は、保育園の夏祭り「夕涼み会」。

私は、この機会にいらない本を売らせてもらう。いつもなら図書館に寄贈する本など。一冊50円で、利益は保育園に寄付する予定。じゃあそれを運動会の練習のあいだにだすかき氷代にしようと先生が言う。

机の上にずらりと並べて、お金を入れる箱をまん中に置く。無人本屋だ。

保育園ということで、料理、家事、園芸関係の本を中心に。「生きながら火に焼かれて」（スアド）とか養老孟司《ようろうたけし》の本とかも。こんな小規模でも、売るとなると売れゆきは気になる。数日前から緊張していたほどだ。商売はむかないと思う。

最後、見ると、「生きながら……」は売れてた。だれが買ったのか。「負け犬の遠吠《とおぼ》え」など、話題になった本は売れてる。案外、小説は売れてない。おもしろいエッセイもあるんだけど、押しつけるわけにもいかず、じっと表紙を見る。知らない作家だと、買いにくいしな……。炭焼きの本やマイナーな趣味の本も売れてない。売れ残った本を見るのはつらい。これだって、それが欲しい人にはお宝なんだけどな。欲しい人に見つけてもらうには、時間や機会がもっと必要だ。まあ、今日はこれで、これが普通で、こういうものなのだろう。3分の1から2分の1くらいは、売れたかな。

最後はタダでどうぞと声をかける。残った分は先生たちに処分をお願いする。

園庭では、きんぎょすくい、ヨーヨー、フランクフルト、生ビール、地どり焼き、わたあめ、焼きいかが売られていて、ひととおり買う。地元の太鼓の披露もあり、私はビールとワインを先生たちとのんびり飲みながら、おにぎりをいただきつつ空を見る。夕方の雷と夕立のあとは、雲が黄色っぽい色になり、その奇妙に怖い色にぼーっとなりながら飲み続けた。

「まだ飲みたりないかも」と帰りがけに言ったところをみると、酔っていたのだろう。

中国で行われている中国対日本のサッカーの試合を見る。私は、サッカーは好きでも嫌いでもなく、たまたまテレビで見る気になった時はそのあいだだけ応援して楽しむ。今日のは3対1で勝った。

そしていつも思う嫌いなところは、わざとぶつかったり足をかけて、ぶつかられた方が倒れて苦しむ姿を見るところ。本当にぶつかったり、いきおい余ってもあるだろうけど、解説者の自国をひいきする感じや、サポーターたちの声にも、眉間《みけん》にしわがよる。しょうがないんだろうが、痛そうだ。上手なチーム同士の試合だとこんなことあんまりないけど。

「エンタの神様」。波田陽区《はたようく》がでてるのに、うとうと。

8月8日（日）

蒸し器つき土鍋《どなべ》がひびの形にぱらりと割れてしまったので、どうしようと思っていたところ、本で、深さの浅い伊賀の黒鍋を見て興味を持ち、それをインターネットで注文したら来ました。

担当の方が、おまけを入れてくれてました。秋田の佐藤養助商店というところの稲庭うどん。お礼のメールを送ると、丁寧なお返事が返ってきた。その方の大好物のうどんだそう。

土鍋を使ってみた。豆乳鍋。豆乳にお豆腐と豚肉と水菜。おいしかった。そして稲庭うどんは、おすすめのざるうどんで。こしがあっておいしかった。

絶滅しそうな種を救えという人がいるけど、数が少なくなってからではどうやったって無理だろう。保護できるかできないかのボーダーラインってもっと数も多くてずっと昔の段階に訪れていたはず。そして、数が少なくなったのが自然の流れだとしたら、それはどうしようもできない。人間が増えて住環境を壊してしまったことも含めて、自然の流れだから。

人間が異常に増えたせいで、いろんな生き物が絶滅して、このまま行くとやがて人間も滅びて、残った生き物がそこでまた世界を作っていくって、とても自然な感じがする。

ふう……。

そう。

夏のあいだに奄美大島《あまみおおしま》に行きたいと思っていて、20日以降がいいかなとぼんやり考えていて、ちらっと調べてみたら、行きたいホテルはどこもいっぱいだということがわかった。どうしよう。あしたから数日間はどうにかあいてるところもあるから、あしたからにしようかとか、すごく迷ってしまい、本当に行きたいかということもわからなくなった。

うーん。うーん。と考えて、ここに2泊ここに1泊したらどうかなとあれこれ検討する。子どもたちに意見を聞いたら、そう乗り気じゃなさそうだったけど、そのうち行きたいと言いだし、じゃあ電話してみるねと、電話をかける。すると、ホームページでは空室少々ありと書いてあったのに、満室だった。もうひとつのところは1日だけあいてて、もうひとつは「海の見えない部屋なら」とのこと。こんなふうに予約が困難な状況になると、妙に熱くなってしまい、なにがなんでも探すぞと思ってしまうところが私にはある。で、結局、最初の希望じゃないホテルふたつに2泊ずつ。ひとつはさっきの海の見えない部屋。「その部屋って、どんな部屋ですか?」「ダイビングの人たちがよく利用する、値段がちょっとお安い部屋です」。しょうがない。

ということで、あしたから4泊、奄美。

私は、「決めつける」という言葉に異様に反応することがわかった。

さっき、テレビゲームのディスク（「塊魂」と「ハリー・ポッター」）の出し入れのことでカンチと言い合いになった。その時カンチが私に「決めつけないでよ」と言った。私は自分が人を「決めつけたり」、人に「決めつけられたり」するのがすごく嫌だ。そうならないように気をつけている。なのに、そう言うのが妥当だと全然思われない状況で言ったので、その言葉をあの状況で使うのは間違っているということについて、くどくどくどくどと15分ばかり説教をする。時々話がずれそうになるので、間をとったり口調を変えたりして乗り越える。ついに最後にカンチに「自分が間違っていた」と言わせて、溜飲《りゅういん》がさがる。

「いい？　ママは、『決めつける』と言われることが大嫌いだから、その言葉を使うときは、ものすごく気をつけて。気をつけて。気をつけて。使い方を間違えないで。わかった？」

「うん」

「なんて言葉？」

「決めつける」

「もう一度」

「決めつける」

「よし」

という感じ。

え？　ホントにそんなに嫌いだったっけ？　今はじめて聞いたような……。

そのあと、重い腰をあげてみんなで家の掃除。ほうきではなくて掃除機で。板のすきまにはいったほこりは掃除機じゃないと取れないから。

怒りモードにはいっている私は、その後3時間ほどのあいだは、ちょっとしたことで怒りの種火をぼうっぼうっと点火させつつすごす。

あしたからの海が楽しみだ。シュノーケルセットと本も持っていこう。

夜、友だちのJP&カナブン親子が、コンポが壊れたのでダビングさせてとやってきた。ついでにビールを飲みながら、買ってきてもらったものなどを食べる。子どもたちはカナブンとジャンケンゲームやその他いろいろをやって遊んでいる。私のコンポは、説明書がどこかにいって、私も使い方がわからず、困った。もうひとつの小さなのでやったけど、なかなか大変だった。説明書を捜そう。

8月9日（月）

説明書が、あった。最初に捜していた本棚に。もっとよく捜せばよかった。

今日から奄美大島。天気もよさそう。

空港で昼ごはんを食べる。オムライス。

飛行機はいっぱいで、3人の席はばらばらだったけど、飛行時間が55分と短いのでよかった。

湿度が高い。レンタカーを借り、「奄美パーク」でさとうきびをばりばりばりっと搾ったジュースを飲む。大好きなこれを飲んだ。これで、よし。思い残すことはない。

ホテルへ向かう途中の道で、氷の文字をみつける。奄美フルーツかき氷。種類はパッションフルーツ、グアバ、すもも、黒糖。グアバ以外の3個を買って、それぞれ味見する。パッションフルーツの種がはいってたり、ハイビスカスが飾られて、スプーンは貝のお手製。おいしかった。明日はすももにしようかなと思う。

ホテルにチェックイン。シーズンオフは寂しいだろうなと思われるようなところだ。海に出てみたけど、岩が痛いので引き返し、プールで泳ぐ。チャコが浮き袋ごと上下さかさまにひっくりかえって、足をばたばたさせてたのが、マンガみたいだった。あわてて助けると、目を大きくあけて必死の形相。あとあとまで大笑い。

夕方、海からの風が気持ちいい。こんな風が南の島らしい。

カンチはプールで笑ってからのどが痛いと言いだし、夜、ベッドでずっとコホコホしている。風邪か。苦しい苦しいと言っている。寒がるので、暑いのにクーラーもつけられず、私とチャコは汗びっしょり。ものすごくつらかった。

バタバタバタ
バタ
バタ

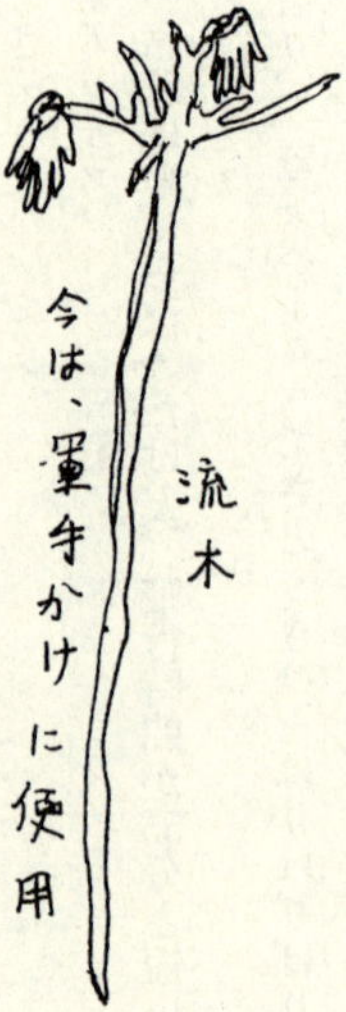
流木
今は、傘手かけに使用

ヒーッ

カキ氷
貝がら

8月10日（火）

カンチは朝になったら快復していた。

そして、突然、台風発生。こっちへまっすぐに向かっているらしい。帰りの飛行機が飛ばないかも。

午前中は、プール。昼食は「みなとや」で奄美名物、鶏飯。ここのはスープが濃い目だったけどおいしかった。これでまた思い残すことなし。

前の浜で流木を見つける。流木ってやせこけた老人みたいで今まであんまり好きではなかったけど、それは老人っぽくなく、気にいったので車に積む。スーパーマーケットで、パッションフルーツをみつけたので買う。

ホテルにおいてあった名刺を見て行った、カフェ「ゆりむんや」でデザート。マンゴープリンとアイスクリームのエスプレッソがけとりんごのマフィン。その後またかき氷に行って、すももを食べる。

海とプールにはいる。

夕方から雨。

8月11日（水）

夕食のバーベキュー小屋には煙が充満していてすごかった。

起きると、わりと晴れている。台風は南に進路を変え、沖縄方面へと進んでいた。

今日はホテルを移動。昼は陶芸＆カフェの「夢紅」でスパゲティ。外のテラスでゲームをしながらできるのを待つ。

かき氷。あの屋台の店は2号店。本店の方ですももを食べる。

次のホテルに着く。そこは、さびれていた。

ロビーに三田佳子のサインがあった。今年の1月の日付け。ここに来たのか……。

8月12日（木）

天気はまあまあ。

午前中、綺麗《きれい》だという倉崎ビーチでシュノーケル。曇りがちだからと油断したら、日に焼けて、痛くなった。

きのうの氷屋でタコス。「ゆりむんや」でアイスクリーム＆エスプレッソ。また氷屋でかき氷、グアバ。

子どもたちがプールで遊んでいるあいだに写真をとりにドライブ。好きな景色がたくさんある。ここまでくると植生が変わり、南の植物だ。ここもあそこもいいなーときょろきょろしながら運転する。

夕食は「ゆりむんや」でカレーとスパゲティ。庭に黒い犬がいて、行くたびにカンチたちがさわりに行く。その犬が、どうも股間《こかん》のにおいをかぐのがくせみたいで、チャコやカンチの股《また》のあいだに鼻をつっこんでクンクンしている。ハハハと笑って見ていたけど、「どれ」と私も近づいてみる。やってるやってる。

8月13日（金）

今日は帰る日。台風がこなくてよかった。

ブロックにパンの絵が描いてあるだけのかわいい看板があったので、帰る前に寄ったら、まだ開いていなかった。残念。名前がいいよ。「まんまる」。

「奄美パーク」で最後にもういちどさとうきびジュースを飲む。これでますます思い残すことはない。カンチはパッションフルーツジュースを飲み、もう1杯のみたいと言っていた。

それからレンタカーを返却し、飛行機に乗って帰る。流木は飛行機に乗っけられるだろうかと心配だったけど、大丈夫だった。根っこのところをぷちぷちで保護してくれていた。

また近いうちに行きたい。


マロンと金魚のせわをサムにお願いしておいたのだけど、どうだった？とたずねたら、金魚が2匹死んだとのこと。のこり6匹。

8月14日（土）

朝見ると、また金魚が死んでいる。土に埋めた。

！

外の道路沿いの塀の下の花木を見るともなく見ていたら、ひとつ、木がなくなっている。ここにはたしか……、さるすべりの小さなのがあったはず。高さ40センチくらいの。ピンクの花も咲いていた。去年買って植えたのだけど、冬のあいだに枯れそうになってて、もうダメかなと思っていたら、春に新芽がでてきて、よかったとうれしく思っていたさるすべり。

抜き取ったあとに石が置いてある。

しゅんとなる。

カンチに変な声音を使い、「おいらが丹精こめて育てた木を、どろぼうがとっていきやがった。やな町だぜ。この町にはどろぼうが住んでるぜ。とったあとに石なんかちょこーんっとのせやがって！」などと、ミュージカルのせりふのように大声で歌う。

でも、こんなことする人っていうのは、普通の人ではなく、とても変な人に違いない。そんな変な人なのだから、被害がこれひとつだったということだけでもラッキーだった。こっちのもあっちのもとられてた可能性もあるんだし。これからだって、もっととられるかもしれない。それどころか、火をつけられたり、刺し殺されるかもしれない。殺されるよりは、ずっとよかった。

買物のついでに、２９８円のコニファーを買って、とられたさるすべりのあとに植える。

あとでサムも来たので、「どろぼうに木をとられた」と、またにくにくしげに訴える。そう言うと、みんな笑うのが楽しい。

夜、テレビを見ていた。真剣に見ていたので、「静かにして！」と子ども達に怒鳴る。それでもまだうるさく騒いでいるので、

「しずかにしてーっ！　おねがいだからーっ！」と叫んだ。

「しずかにーっ!!」と。

カンチがおもしろがってチャコを怖がらせ、「うわーっ！」とまた叫ぶチャコ。

その頭を、バッチイィーン！　とぶっ叩《たた》く。

「あっちへ行けー！」

テレビの時だけは、冷静になれない。

その後、くどくどと、「テレビをみている時に静かにしてと言ったら、必ず静かにするように」と説教する。またあんなふうなら、ごはんを作らないよと。

8月15日（日）

クルソン峡という峡谷に泳ぎに行く。

ごとごと道を進み、にぎわっているキャンプ場を通り過ぎ、しばらく行ったところに車をとめた。巨大な岩、青くきれいな水、誰もいない水辺。透きとおった水に足をつけると、

つめたい。カンチたちはさっそく泳ぎだす。私は泳がずにきれいな色の石を集める。ゴーグルで川の中をのぞくと、小魚が見えた。

10分もはいっていると芯《しん》から体が冷える。がたがたふるえているチャコ。しばらく休んでまたはいる。

帰りの車の中ではみんな眠くて、体はぐったり。

知識がふえると、世の中のことがなんでもおもしろいだろうなあと、頭のいい人の本を読んでて思った。

8月16日（月）

明日から、弟家族、しあさってからは妹家族が遊びに来るというので、近所の実家へ掃除に行く。

普段は誰もいないほこりだらけの広間を掃除する。ぼろぼろの障子やふすまは取りはずす。庭の木を剪定《せんてい》して、草を焼く。まだまだきれいにはできなかったけど、疲れたので午前中でギブアップ。

家に帰って洗濯物を干していたら、すごく暑くなった。こんな時にクルソン峡で泳いだら気持ちいいかもと思い、サムに電話して、カンチと一緒にまたでかける。前もって水着を着こんで。

あんなに暑かったのに、川沿いをどんどん進むにつれてすずしくなっていった。着いた頃にはすっかり汗もひいている。もう泳ぎたいとは思わないほどのすずしさ。でも、水にはいった。

今日は、充分に泳げるほどの広さで、まん中が深くて、流れのおだやかなところにした。中学生くらいの女の子たちが浮き輪や飛び込みをして楽しそうに遊んでる。

冷たい。ザブンとつかるには勇気がいる。思いきって泳ぐ。冷たいというか、気持ちいというか……。しばらく泳いで、私は岸にあがり、石を集める。ふたりはぶるぶるふるえるほど泳いだ。岩の上から飛びこんだりしてる。

帰りの車の中では、またみんなぐったり。カンチは爆睡。

暑い日に泳ぎに行きたいけど、行くともうその渓谷は泳がなくても涼しい。

暑いまま、飛びこみたいものだ。

帰ったらお腹がすいてすいて、ホットサンドイッチを作って食べた。カンチはさらにインスタントのスパゲティを自分で作って食べている。

オリンピック。満身創痍《そうい》で勝った谷亮子《たにりようこ》選手。試合をじっとみてしまう。うまい人の動きってどんななんだろうと、興味しんしんで、ぼーっと。

「相手の歩き方を見ると、どんな技が得意なのかわかる」とインタビューで答えていた。

キャー

「組んだ瞬間に、どうやって勝てるのかがわかります」と。

谷亮子。ぴょんぴょんと跳ねている……。

性別や年齢を超越してると思っていたが、人間さえも超えている気がする。


人は、自分の流儀で世界を再構築する。

得意なもの、好きなこと、ずっと続けてきたものなどを足場にして、自分の言葉で世界というつみきを積み上げる。

同じ景色の中に、だれもが自分だけの景色を見ている。

8月17日（火）

時々、パソコンで原稿を書いていて、変なことになってしまう。エラーがでて、ロックして、読み取り専用になってしまうのだ。それがでたら、ガーン。今日のいままで書いた分が消えてしまい、そこにそれ以上書けなくなってしまう。どうしてこんなことになるのかはわからない。変なところをさわったのだろうか。そんな気がする。

ガーンときて、まず、その読み取り専用になってしまった原稿をコピーして、新しく「新つれづれ14」とか書いて、保存する。そして、それを開いて消えたところから書き直す。いつあれが来るかわからないから、こまめに上書き保存をしなくちゃと思ってるけど、なかなか面倒で。今は、それが4月以降3回あって、「新新新つれづれ14」だ。でもこれからはこまめにやらなきゃ。

上書き保存。


日焼けあとを掻《か》くと気持ちいい。快復してきたってことだ。

金井美恵子の「目白雑録《ひびのあれこれ》」をおもしろく読む。この中に書かれてる作家や評論家や映画をよく知らないので、知ってたらもっと楽しいだろうなと思う。

上書き保存。


今日から実家に弟一家（てるくん、なごさん、たいくん）が遊びに来る。今夜は私の家で食事を作ることにしたので、買い出しに行く。大人子ども合わせて8人分の食事なんて、どうしたらいいのだろう。まあ、自分が食べたいものを適当に作ることにする。

鶏肉のカルメラ煮。鶏ひき肉とごぼうの炊きこみご飯。鯛のカルパッチョ。マカロニサラダ。夏野菜の揚げびたし。サイコロステーキ。デザートはカンチが最近凝ってるゼリー。庭のブルーベリーも入れて。

私たちはみんなで会話で盛り上がるというよりも、それぞれが思い思いに好きなことをしながら食べて飲む。見ると、子どもたちとてるくんは遊び。ゲイリーはテレビでオリンピック。サムは、黙々と食べながら飲んでいる。私となごさんは、しゃべりながら食べたり飲んだり。

遅くなっても、ブランコに登ったり、興奮して遊びまくっているので、10時半頃、帰らせる。カンチとチャコも実家にお泊り。明日は、クルソン峡に行くことをすすめる。ひとりになって、静かな自室のベッドでねころびながら本を読みながらオリンピックを見る。

上書き保存。

庭、ガレージ作りも、はや1年がすぎた。あとは渡り廊下。いろいろと思いつくたびにあれやこれやと細かい注文をだしていたが、ふと気がつくと、時間もお金もかかるし、もう面倒になったので、これ以上の細かいのはやめることにする。水場の水栓柱まわりのしつらえや、たたきのタイルもようなど、本当にそうしたい？　と自問自答したら、べつにそこまで凝らなくてもいいという心の声だったので。細かいところに凝るのに、もう飽きた。今まで、じゅうぶんやった。思う存分、楽しんだ。

あとは、生活に必要なものだけ。渡り廊下と、すきまの扉と、残りの塀と最後のタイル張りがさっと出来上がればいい。

上書き保存。

天気の変化が激しい。

日が射してきたので、洗濯をして干す。ズボンのポケットにぬいだ靴下をまるめていれないでほしい、カンチ。干す時にポケットがふくらんでいたので気づいた。さわるのがいやだったから、そのまま干す。

上書き保存。

カンチの父方の祖母、オーママ（むーちゃんの母）より梨が届き、お礼の電話をする。お元気そうでなにより。

上書き保存。

ワイドショーでは芸能ゴシップ。

なぜ、芸能人の恋愛話を好きな人が多いのか。

それは、なりたくてなれなかった自分を重ね合わせて見ているからじゃないか。もし自分が、きれいだったりカッコよかったりお金持ちだったら、あの芸能人だったらと思いながら見ているんじゃないかな。悪意のあるうわさ話って、嫉妬《しっと》だもの。あこがれる要素のまったくない人のうわさって、してもつまんない。

上書き保存。

8月18日（水）

今日はみんなで栗野岳温泉にお泊り。温泉にはいって、寝ころんで本を読もう。

さっき思ったこと。
さっぱりしたものは、ドロドロしたものに負ける。
さっぱりした人は、ドロドロした人に負ける。
さっぱりした人間関係は、ドロドロした人間関係に負ける。
それで、さっぱりしたものたちは、ドロドロしたものたちから、
それと感じた瞬間に、
とにかく一刻も早く、逃げるのが賢明。

でも、その次がある。

ドロドロしたものに、愛がある場合、強い愛がある場合、
さっぱりしたものは観念する（ということもある）。
そして、逃げきれないと思った時に、
さわやかな諦念《ていねん》。すずしいあきらめの境地に至り、その狭っこい道から、新たな世界が広がる。
そこは、他の何にも似ていない独自の場所だ。

そこまでいくと、もうどうでもよくなる。「幸せ」と言ってもいいかもしれない。

8月19日（木）

まだ時々、夜中にいろんなものをインターネットで注文してしまう。
それがさっき届いた。
小豆島のブラックオリーブ、1缶。262円。送料、代引き手数料が800円。
イタリア産チーズ3種、3250円。送料1050円。
どうしてもそれが欲しかった？
ううん。
衝動買い？
はい。
格を下げるもてぶりより、格を上げるもてなさぶりを！

8月20日（金）

兄弟の家族たちが実家に集まっている。バーベキューをしたり、川に遊びに行っているらしい。
私は用事のないおおぜいの集まりが苦手なので、静かな家の中で本を読んだりテレビを見たりペペロンチーノを作っている。

ひとりはいい。


ホームと旅。

旅は、人の家にそっとはいりこむようなものだ。郷に入っては郷に従えで、そこではひたすら謙虚に、いろんなものを見せていただく。美しいもの、めずらしいもの、恐ろしいものなど、いろいろある。心惹《ひ》かれるものは多々あるけど、所詮《しょせん》そこは他人の家。そこでの日々の営みをうらやましいような思いで見つめ、客は静かに去るばかり。

ホームは、そんなうらやましいような思いを、今度は自分が人にさせられる場所だ。誰にも見られていなくても。

自分のいる家やまわりや町を、いごこちよくしつらえることは楽しい。

仕事や家庭のこと、友だちや人間関係。トラブルとその解決の作法。さざ波のように寄せては返す喜びと悲しみ。波が連れてくるこまごまとした出来事。その痕跡《こんせき》や波紋。

毎日のささやかな絶え間ない繰り返しの中に、幸せは織り込まれている。何もないようでいて、いつか振り返った時に、その織物の中に描かれた模様に気づくのだろう。

旅に出るたびに感じていた、ある淋《さび》しさ落ち着かなさは、今いるところに丁寧な目を向けることによって、ずっとたった今になって、解消され、あたたかいものに変わっていった。

でも、あたたかいものになって地面に消えていったあと、私のこころは、淋しさもあたたかさもない、なにか軽いものだけになって、今度こそ何もかもなくなる。

8月21日(土)

くもり時々雨。アテネではオリンピック。庭ではトントントンと渡り廊下工事。クーラーですずしくした部屋のベッドにごろんと寝ころんで、穂村弘《ほむらひろし》の「もうおうちへかえりましょう」を時々にんまりと笑いながら読む。共感しつつ。

ブルーベリーの葉っぱに、触れると痛い毛虫がいた(本で調べたら、イラガというのだった)。ちくちくしてしばらく痛くて、赤く腫《は》れる。あれが触れたらかなりショック。刺されたのはこれで2回目。おそるおそる、よく見ると、葉っぱの裏にまだ数匹いる。家に戻り、ビニール袋をもってきた。軍手をはめて、ハサミで葉っぱを切り落とし、袋にいれる。

8月22日(日)

二日酔い……。

昨夜《ゆうべ》のことをあんまり覚えてない。近所の料理上手のくるみちゃんの家に6時頃行って、まだ料理ができる前から、すきっ腹にシャンパンをひとりでぐいぐい飲んでいて、料理ができて、みんなで食べて、他の友だちもやってきて、庭で花火を見ながら赤ワインをおいしく飲んでたところまではうっすらと覚えてる。いろいろと調子に乗ってしゃべりまくったような気がする。今度飲む時は、まずなにか食べてから飲もう。すきっ腹だけはやめよう!

そのくるみちゃんちの素敵な男の子ふたりが、チャコを夜のかぶと虫捕りに連れていってくれるというので、私も2回のうちさいしょの1回はついて行った。2回目のときは酔っぱらってた。くぬぎの林で、木の幹を足で蹴《け》ると、ばさばさっと落ちてくるらしいが、雨あがりで、小さいくわがたが1匹いただけだった。2回目はかぶと虫2匹とくわがた1匹はいたらしい。

きょうのさっき、「えーっと、2回目はいなかったの?　えっ、いたの?　1回目はくわがただったよね。なにがいた?」とあれこれしつこくたずねたら、「きのう話したのに、覚えてないの?」と、チャコが怒りだしたのできくのをやめる。酔ってたんだもん。

一日中、ベッドで寝たり、テレビと読書。

子どもたちはずっと実家。チャコは寝る時だけ帰ってきて、朝起きたらすぐに行く。

夜、「冬のソナタ」の最終回を見た。泣いた。最後のクレジットの直前のところを見ていて、ここはこうした方がいいんじゃないかとか、いろいろと頭をよぎったけど、年末放送予定のノーカット版でもう一度みてみよう、カットされてるのかも。ふたたびはいりこんで、感慨にふける。

8月23日(月)

昨夜《ゆうべ》も夜遅くチャコだけゲイリーに送られて帰ってきて、今朝起きてすぐにまた行った。寝るだけだったら泊まってくればいいのに。どうして帰ってくるのだろう。寝るだけのために家に帰ってくる夫みたい。けじめか。母恋しか。カンチは行きっぱなし。(チャコにたずねてみたら、ママが心配だから、とのこと。)

オリンピックで、選手とコーチの絆《きずな》をかいま見るたび、私とはまったく違う世界だなと思う。師匠や監督やコーチとのがっちりとしたつながりのある世界がまぶしい。

「イサクのジョーク」発刊。これは、ずーっと以前、10年以上前に、「ロックンロール・ニューズメーカー」という雑誌に連載していたもので、それを読み返していたら、下手なんだけど、なんか好きだなと思い、捨てきれずに、書き足してまとめた一冊。

虫とりの穴場、魚とりの穴場は、その道の人に気安く聞いてはいけない。まずは弟子入りするとか、1回おともさせてもらうとかからはじめて、教えを待たなくては。どうしても聞きたいときは、「初心者向きの穴場を」と言うべき。

穴場は、独自に手探りでさがしだすところに意味がある。努力しないでおいしいところだけいただくというのは、人生の、いちばんおいしくない味わい方かもしれない。おいしいお店もそうだけど、先入観をもたず、いい店は足でさがそう。時間をかけて、勘をたよりに。失敗もまた教訓。

8月24日（火）

橋本治の「男になるのだ」を読む。この人の本は、読みたい時はおもしろいけど、そういう気分じゃない時はくどい。長い長いこじつけみたいに感じる。この人って、どんな結論にも結びつけようと思えば結びつけられそう。自分が思ってもいないところへでも、やろうと思えばひっぱって行けそう。

オリンピック。テレビでは、「勝て、勝て、金、金、メダル、メダル」と、自分が戦うわけでもないのに、うるさいものだ。

試合直後のインタビューって、なくていいと思う。そっとしとけよと思う。でも、あるので目にはいる。その答え方が好きな選手と嫌いな選手がいるので、そういう目でみると、面白い。室伏広治《むろふしこうじ》は、冷静で大人っぽくてよかった。レスリングの伊調千《いちょうち》春《はる》が準決勝で勝った時のインタビューは、声も低くて素敵だった。それで、決勝戦を楽しみに見てたら、負けてしまった。銀。

インタビュアーが、「今のお気持ちは？」

「……また銀か、って感じですね」

「この競技、はじめてのメダルですが」

「はじめてだからこそ、金をとりたかったです。オリンピックの銀でも、うれしくないです。今まで自分をささえてくれた人に申し訳ない気持ちです」

無表情で、つくり笑顔も皆無のかっこよさ。インタビュアーも、それ以上、聞けず。

レスリングって、はじめて見たけど、妹の伊調馨《かおり》の試合も見ていたら、なんだかかっこよく見えてきた。吉田も浜口京子も、試合を見ると、みんなかっこいい……。

ちなみに、答え方でいちばん嫌いだったのは水泳の北島。率直で好感がもてるという人もいたけど(うちの弟)、私は口数がすくないのが好きなので。体操でいうと、冨田。ああいう暗いのが好き。

で、ぼーっと見ていたら、今度は競歩(女子)。

競歩って、どうだろう……。もどかしい動きだ。もどかしすぎる。

スタートしたとたん、何十という女たちの腰が左右にカクカクカク。腰が左右にカクカクカク。腰が左右にカクカクカク。

ここでまたどこかを押してしまい、エラーがでて、「読み取り専用」になってしまって、数行が消えた。でもこまめに上書き保存してたからよかった。今は、「新新新新つれづれ14」だ。

昨夜も夜の12時にチャコは送られて帰ってきた。そして、今朝早く行った。今日の夕方に妹家族が帰るので、遊ぶのも今日が最後。畳の部屋で、みんなで大暴れしているとのこと。

私は、大げさな言い方が苦手。ものごとを大げさなふうに表現しようとするように思えるものを前にすると、サッと警戒してしまう。それが何につながっているように感じるかといえば、「自分たちはすごい」という自慢ごころだ。自慢に対しては、軽く受け流せないので、そこでひいてしまう。美意識として、いやなのだ。

渡り廊下の屋根がだんだん出来ていく。トントントンと、板を打つ音。

1度目の結婚で学んだことは、低いテンションのまま結婚生活を続けているとカッコ悪いことになる可能性があるということだった。ならないかもしれないけど、なる可能性が高い。低いテンションとは、お互いに相手がいなくなっても困らないような状態のこと。その頃、相手の仕事の関係で生活時間帯がすれ違う日々の中、会話もなく、お互いに必要としあっていない感じがすごくすると思った私は、このままではいけない、なにかしなくてはと考えた末に、こう提案した。

「交換日記をしましょう」

そして始めたけど、私がその日の子どもの様子とか、相手へのお願い、生活の中で感じたことを書いたのに対して、相手はその頃話題になっていたニュースに関する自分の意見。そんなこと聞きたくもないような堅い話題で、これはダメだと思ったものだった。お互いにおもしろくなかったから、交換日記はすぐに終わった。むこうも、日々の私の感想なんて聞きたくなかったのだろう。

好きでない人と一緒にいるとどういうことが起こる可能性があるかというと、他に好きな人ができる、だ。そして、相手が実際そうなってしまい、私は「やられた！」と思った。だって、その可能性は当然あったし、そうなると私の完敗だ。必要とされてなかったのだから、しょうがない。寝耳に水だったから驚いたけど、結局それが自然の流れだった。フラれもいろいろあるけど、夫にフラれることほどカッコ悪いことはない。

しばらくショックだったけど、そのショックは、自分の甘さへの怒りでもあった。緊張感のない関係を続けていたことへの自戒。そして、どう努力しても回復しないほどの低いテンションのつきあいはもうやめようと誓った。

さて次。2度目の結婚で学んだことは、まだわからない。なぜその人と結婚したのかがいまだにわからないから。でももしかすると、自分は結婚にむいていないということを知ったということかも。

結婚にむいてないなと思った理由はいろいろあるし、思うたびに書いてきたけど、あらためて今思うのは、自分の思ったことを自由にできないからかもしれない。共同生活をしているとと、夫婦じゃなくても、共通する小さなことも相手に相談したり、承諾を得たりしなくては生活が円滑に動かないが、そんなことも負担になる。自分も相手も、どちらのいうことも尊重したいと思うと、引き裂かれる。

支えるとか、ついていくとかができない。でも今の世の中では、そんなことを言う妻って、素敵じゃない。支えるとかついていくことが、素敵な普通の妻の条件だということは私も思う。私が男だったら、そんな奥さんがいたらどんなにうれしいだろう（ピンとこないけど）。とにかく、それ以外にもあると思ういろんな理由で、普通の結婚はむいてないということがわかった。まあ、結婚のことはもういい。書けば書くほど、本当のところから遠くなってるような気もするし。

あ、でも、犬や子どもは、（私が）泣きながらでも一緒にいるのだから、別れられないっていうのは強いですね。そして忍耐力もつく。悪くすると病気か。それでも、修行と思えば、人間としては成長するだろう。

別れたくても別れられない、離れたくても離れられない、そんな苦しい関係の中で人は多くを学んでゆく。

どうしてここに家を建てたのかなと思う。

今までも家を建てたり買ったりしたことはあったけど、そのどこにも、強くここに住みたいと思うものはなかった。どこにいてもよそ者みたいな感じ、旅行先で感じるようなお邪魔感があった。よくテレビなんかで、「日本中を探し回って、やっとここだという場所をみつけました」とか、「ひとめ見た時に、ここに強い何かを感じた」という人がいて、うらやましかった。私にはそんな場所はどこにもなかった。

今いるこの場所は、他に行き場がなくてやってきた場所だ。早急に逃げ場所を見つけたくて、とにかく避難してきたというか。生まれた場所だけど、ここここそ帰るところというような一体感があるわけじゃなく、そもそも場所に対してそんな一体感をいだくのは実は好きじゃない。一番近い言い方は、ここには、ここに家を建てることの負担が少なかった。家を建てる重さが。余計な土地をいじくってお邪魔したというマイナス感がなかった。家を建てても、この世に余計には家を建ててないような気軽さがここにはある。

死ぬときのことは常に念頭にあるので、ここならその時の後始末も簡単だ（と思う）。時間に埋没するように処分できる（気がする）。だから、ここは私にとって、日本の中でいちばん、家を建てるには軽く、縛られない場所なのだった。

死ぬ時のことは常に念頭にあると書いたけど、生きてることがうれしいと気づいた時から、手持ちの悪いカードさえも大事にするようになるものだ。

と書きつつ、先のことはわからない。そのうちまたどこかに行くかも知れないし。そうしたくなったらそれもいいと思う。

「やりたいことを口にださない方がいいかも」と思ったことについて。

ちょっとやりたいことがあった。そのことをうまく人に説明できないようなことだった。イメージではははっきりとしてるけど、人に説明しようとすると、失敗例しかみんなが思い浮かばないようなことだった。自分でもよくわからないことだったので、いろんな人に話してみた。だけど、人に話すたびに、どんどんずれていく。あたりまえだ。他の人が興味をもたないもの、想像できないものだったから。聞いた人の頭の中で、ちょっとずつ違うものとして形づくられ、それで意見をあれこれ言うものだから、ますますわけがわからなくなり、私もいったいどれが自分の気持ちなのか、最初の思いさえあやふやになり、気が重くなってしまった。

それで、しばらくやる気をなくして、放っといた。

そして今は、こう思う。誰にも話すまい。自分だってよくわからないんだから。

そして、強い気持ちが何度も襲ってきたら、どうしてもやってみたくなったら、今の自分にできることを、ひとつひとつそのつど黙って実行しよう。その結果、実現しても、しなくても、思いがけないことになってもいい、というスタンスがとれる範囲で、楽しみながら自分の気持ちを見ていこう。

（さっきの私のやりたいことって、実はそんなたいしたことじゃない。）

雷がゴロゴロいう中、メダカにえさをやる。金魚のえさも買ってこなくては。一緒に水面上のメダカのえさを口を大きくあけて食べている。あげる前に、水鉢のまわりをカンカンとたたいて合図するのだけど、そうすると上にでてくるようになった。ちょっと、かわいい。

ここ数日、子どもたちがいない生活をしてるが、どう違うかというと、まず時間が自由。起きる時間も寝る時間も自由。ご飯も2回ほど、好きな時間にひとり分作ればいい。うるさくない。叱らなくていい。平和。仕事がはかどる。

叱らなくていいって、大きい。注意したり、叱ったり、掃除などいやがることをさせなくてはいけない時、お互いに気分が悪い。それがないからいい。けど、夕方に帰ってきたら、また始まる。いつもの日々。

帰ってきた。

いままでの大人数、大騒ぎの楽しい日々から。シーツにくるまれて、くるくるまわしされたり、大声で叫びながらジャンプしたりの日々から。

カンチが、沈んだ声で、「さびしいね。3人暮らしって……。はあー。悲しい」とため息をついている。チャコまでも、「パパがいたらなー」とつぶやく。

私もちょっと気が沈む。沈んだ子どもたちを見てると。

私は子どものとき、どうだったかな。ひとみしりだったたし。家に帰ってほっとしてたような気がする。

私は静かな家が好きだから、子どもとわいわい遊ぶのが好きじゃないから、ここは子どもたちにとっては、つまらない家かもしれない。

でも、それだって悪いことばかりじゃないだろう。外へ向かう気持ちも強くなるだろうし。ここにないのなら、外の世界に楽しみを見つけてほしい。

8月25日（水）

気弱になってたのもつかのま。

朝、寝過ごして、チャコはばたばたと急ぎぎみに登園。

カンチは朝寝坊して、ベッドでマンガを読んでいる、静かな朝。

なすと豚肉のセイロ蒸しを作る。カンチ、来る。

セイロ蒸しはお気に召さなかったようで、「またこれ〜」と浮かぬ顔。

「卵とハムがあるから、ハムエッグを作れば？」

「作れないんだよね」

「作れるじゃん」

「作れないの」

と、しぶしぶなすを食べている。

オリンピックが夜中にあるので、夜中、ふと目が覚めてテレビをつけるとライブで競技をやってて、瞬時にいろいろな場面がみられていい。きょうは、暗闇のなか、枕もとのリモコンをつけたら、女子棒高跳びの決勝のいいところだった。跳んだ時、思わず手をたたいてた。そしてまた目を閉じる。

私のこの夏の服は、2枚。白と青のTシャツ。それと、こないだひきだしの奥から黒をみつけたので、3枚。それを順繰りに着ている。

ムンクの「叫び」が盗まれたそうだが、あの絵、昔は気持ち悪いとしか思わなかったけど、パソコンのニュースの画面に小さく映ってるのをみたら、小憎らしいかわいらしさ。思わずプリントアウトして机の前に貼る。5cm×4cmという小ささのもの。

カンチはきのうまでの余韻が忘れられないようで、ゲイリーんちへ宿題しに行った。夜に帰ってきて、テレビを見てる。文句ばっかり言うモードにはいったようで、こうなったらもう会話は無駄と、「カンチのそういうところが大嫌い」と言い置いて、自室にひっこむ。しばらくすると、もとに戻ったようで、スリスリと私のベッドへやってきた。3人で新体操の輪とボールの演技をびっくりしながら見る。各選手の体の曲がり具合や、足が棒のように一直線に開くところ、「パンツに絵がかいてある！」などと言いながら。

8月26日（木）

夫婦仲よくというか、お互いにそれぞれの役割りを粛々と受け止め、暮らし続けている夫婦を見ると、頭がくらっとしてしまう。そんなことができるということが、私には本当にわからない。私でも、相手によっては可能なのか。それとも何かが根本的に違うのか。外から見て、お互いをけなさない、うまくいってるふうな夫婦ものを見るたびに……、私は驚きのあまり立ちすくみ、理解できないものを目にした時のような、うーむというひくいうなり声を心にひびかせる。

8月27日（金）

保育園の奉仕作業。剪定《せんてい》をすこしして、草取り。あんまり草はなかった。もみじの木の下に、小さな新芽がいっぱいでてたので、30本ほどもらい、家に帰って植木鉢に植える。

今年最大の台風というのが接近中。渡り廊下は屋根を張っているところ。

作業途中の屋根に登ったカンチが「ここはきぶんいいよー」というので、いつでも登れるようにはしごを取りつけてもらうことにする。夏は暑いけど、冬はあたたかくていいかもしれない。

人の適応能力は、すごいものだ。どんなに劣悪な状況でも対人関係でも、それを直視したくない場合は、否定的な感情をねじふせて、ものすごい力で、これでいいんだと思いこむ。思いこむこと、ドブを珊瑚《さんご》礁の海の、岩塩をダイヤモンドの、ごとし。そうしなければ自分が苦しい時、強制的に事実をねじまげて自分をなぐさめるその仕方の妙よ。

カンチの自由研究。草の植物に与える影響を調べるのは、草がぜんぜんのびてこないので中止。それで、今日、いろんなジュースに毛糸、綿、麻をつけて色がつくかの実験を、もう夏休みも終わりそうなのであわててやる。ジュース数種類、コーラやファンタ、お茶に、生のオレンジやりんごをしぼったジュースなど。24時間つける。

夕方、カンチは友だちの家に泊まりに行った。チャコとふたりで静かにすごす。ふたりなので、夕食は、チャコは昼の残り物の八宝菜、私はゆず味明太子のみ。夕食後、チャコが「大阪のおじいちゃんおばあちゃんと話したい」というので、電話する。

2回目に結婚した人は、私が何に怒って、何には平気というのがわからない人だった。一度、彼にとってはささいなことだけど、私にはこだわってることがあって、そのことでドカンと怒ったことがある。普通は、その経験から、「この人は、こういうところが地雷か」と次からは気をつけるようになる。それに共感できなくても。人との付きあいって、その人の地雷の場所を知ることがポイントだと言ってもいい。そこさえ踏まなければ大丈夫な。

そのことがわからなかったようで、何度も地雷をふんでいたし、そうなると、私のひとことひとことに怯《おび》えるようになる。

愛称ではなく、「名前で呼ばれると、怖い」と言っていた。愛称で呼ばない時は言いにくい話をする時だったので。それを聞いて私は、できるだけ名前で呼ばないように気をつけた。また、私に「わかった」と言われるのが嫌だと言っていた。「(あなたの性格が)わかった」ということだが。

怖かっただろうな。私が。

私をだいたいわかる人にとっては、私は全然怖くないが、私をわからない人には、私は怖いだろう。

もちろん私だけでなく、

「その人をわかる人にとっては、その人は全然怖くないけど、その人をわからない人には、その人は怖い」だろう。

怖いものと結婚したものだ、彼は。

でも、それが間違いだったとも、言えないのだ。人生は。

8月28日（土）

槇原敬之の昔の歌ってすきだったな。「MILK」とか。「世界に一つだけの花」は、あんまり好きではないけれど。よく読むと詩が奇妙なんだよね……。それにしても、槇原敬之と聞くとどうしても覚醒剤《かくせい》所持のことを思う。それってプロ意識の欠如じゃないかな。私は、プロ意識のない人が嫌いだ。覚醒剤と音楽をはかりにかけて覚醒剤をとったという、その弱さ。甘さ。それも創作の源になりえるとしても。音楽よりも大事なことが他にあった人だ、と思ってしまう。

8月29日（日）

今年いちばんの大きさの台風16号がもうすぐやってくるらしい。

図書館の本を返したり、現像にだしたフィルムをとりに、3人で車で出発。風は強いが、雨は降ったりやんだり。

帰りにスーパーへ。雑誌を買うためにレジに並んでいたら、前の女性の娘らしき女の子が「あれ、買ってくれないよねー」と一生懸命な目でお願いしている。「だめ」とその母。私のかたわらではチャコが、「ムシキング、1回やらせてー」とお願い。「だめ」。食料を買う。アイスを買ってというので、ひとつずついれる。「ムシキング、ムシキング」とうるさいので、「じゃあ1回だけね」と百円わたしたら、走って行った。

会計して、ゲームコーナーへ。ムシキングの前に同じような年頃の男の子が5人も並んでいる。チャコは3人目。時間がかかるし、「アイスがとけるから行こうよ」と言っても、「やる」と言う。「じゃあ、先に車に乗ってるから、連れてきて」とカンチにたのむ。

車の中で、できあがった写真を眺める。奄美大島とか、庭ではだかでシャワーのやつだ。にやにやしながら見ていたら、帰ってきた。

テレビの前のたたみコーナーと私のベッドでは食べ物禁止。ぽろぽろこぼすから。テレビのバレーボールを見ながら、さっき買ったアップルデニッシュと牛乳を、私のベッドでパクパク食べていたら（私のベッドだから私はいい）、チャコがやってきて、「いいなー」とうらやましそうに見ていた。

台風がやってくる…くる……という中、夜の3人は、あなぐらの中にいるように心安らかに好きなことをしている。テレビを見たり、チャコはパンツ一丁になってボールをおしり部分に入れ、「リス」と言いながらおしりをつきだす。「ハチじゃない？」「ハチ」。チクッとさすしぐさ。見るとこっそりとちんちんも出している。

私は気分がいいと、部屋から台所に行くまでの間など、歌をうたいながら体をそれにあわせて動かして進む。こころから、高らかに。

「ママがそんなふうにすると、チャコが変態になるよ」と、カンチ。

チャコのくせ

いつも
ズボンを
きゅっと
さわる

「どうして?」ときいたら

「おちんちんの たれが
つくから」
ひきはなしてるらしい.

たれ だって…

「ホントだよね。気をつけようね」

私とカンチはいつもそれが気になっている。カンチはすでにおふざけ人間だけど、できればチャコには普通の感覚を持って育ってほしいと、私とカンチは願っている。

でももう無理かも。

8月30日（月）

夜中じゅう、すごい暴風雨。なんども窓から外を見た。

オリンピックの最終種目、マラソンを時々見ながらも、外が気になる。

家はがっしりしてるようで不安は感じないけど、庭の木があまりにも揺れている。

朝、風の中、見回る。マロンは玄関にいれてある。桃の木の枝が折れてる。メダカの水鉢の水があふれてる。鉢が倒れてる。ざくろが、ざくろのまるい実が、百個くらいおっこちてる。アカシアの枝も折れている。

風がすこしおさまったので、みんなで車に乗って町を見に行く。

川は増水している。橋を渡るのが怖かった。道路が一部、冠水して通行止めになっていた。ゲイリーの家に行くと、薪《まき》をいれていた小屋がぺしゃんとつぶれていた。雨が強かったので、会わずに帰る。

家に入るまでにぬれたので、そのまま風呂にはいる。

風呂上り。また風雨が強くなってる。午前11時。今がピークのようだ。

ビールでも飲むかと、飲み始め、ベッドで寝ころんでテレビを見ていたら、いつのまにか眠っていた。


起きて、スパゲティを作って食べる。

家から見える遠くの水田は海のように水浸しだ。

今はレーダーで台風の大きさや進路がわかるけど、昔はわからなかったんだな、と思う。

その頃はとにかくじっとしてたんだろうか。


カンチは紙粘土で作ったショートケーキ形の貯金箱にペチペチと絵の具で色をつけている。いちごの赤い色。チャコはゲーム。

「ゲーム、やりすぎないでよ」と言うと、

「まだ5分ぐらいだよ」と横からカンチ。

私はゆっくりとブランコに腰かけると、いきおいをつけてこぎだす。

「そこまで言うなら許してやるわ。そ・こ・ま・で、泣いて頼むならな！

そ・こ・ま・で、パンツ見せるなら！」と、にくにくしげに叫ぶと、

「ママ、なんでそんなにいやな子に育ったんだろう」

午後はずっと、子どもたちは大声で騒いでいた。夕方、薄暗くなったので、「マロンを一度散歩させなさい」と、いやがるカンチを外に出す。すると、またはだかで遊びたいと言い出した。「じゃあ、風呂、わかしとく」

チャコとふたりではだかになって雨の中、落ちたざくろを拾い集めてる。まだうすピンクだけど、たくさん拾って風呂で割って食べていた。私もまた風呂にはいり、ざくろを食べる。甘酸っぱい。

はだかで外、といえば、料理上手の友達の家のふたりのにいちゃんたち(たしか高校生と大学生、かぶと虫を捕りに連れていってくれた)もこの台風の暴風雨の中、自転車で、「おかあさん。ちょっと川に行って来ていい?」とパンツ一丁になって飛びだしたのだという。帰ってきて、「スッゲエ痛かった」と言ってたらしい。雨が背中にあたってね。

台風の日に外に出たいというのは、本能だろうか。私も子どもの頃、台風の雨を利用して土の山でダムごっこをした記憶がある。

庭の塀が完成して外から見えなくなったので、次に台風がきたら、私も庭ではだかになって走り回りたい。

8月31日(火)

台風のあと片付け。落ち葉をはいたり、植物の植えなおし。メダカが鉢から流されて二匹死んでた。大きいのが。

ざくろ、百個余りも、テーブルに並べる。

「夏休み最後の日、なんていままで言ったことないのに」と言いながらもカンチがついてきてチョコレートパフェをたのんでいた。

「夏休み最後の日だから」と言って、白熊を食べに行く。

帰り、「夏休み最後の日だから、きょうはカレーにしよう」と、カレーの材料を買う。

夜、カンチは自由研究を必死になって書いている。雑草ははえてこなかったのであきらめて、ジュースによる布の染まり具合にしたという、あれ。15種類の市販のジュースや生ジュース、お茶などに布をひたす。100パーセントのぶどうジュースやコーラ、コーヒーが特に濃く染まっていた。そのことを大きな模造紙にばりばりと紙の音を立てて書いている。

私は自分の部屋で宿題をされるのがいやなので、眠くなって眠る時、「お願いだから、ゴメンだけど、あっちでやって」と言って追い出す。

書評について思った。

書評作業の素晴らしさは、その本の中のいいところを見つけて、他の人に伝えるってことだ。けなしてる批評もよくあるけど、意地悪くけなすのは自己顕示欲からだろう。

案外……、みんながほめる本よりもけなす本、その本をとりあげるのがはずかしいような本について、その見つけにくいよさをさしめす書評というのが、案外、いいと思う。

自信と勇気がないとできない。

それは人についても同じだ。

9月1日(水)

学校も始まり、静かな日。


チャコの靴はウルトラマン。同じ靴が3人いて、間違えたというので、左右の靴のウルトラマンの目に黒いサングラスを描いてあげた。

「どうしてメガネ？」

「自分のだってすぐにわかるでしょ」

返事なし。


俳優やタレントなどテレビに出る職業以外の人がテレビに出て画面に映るのって、本当にカッコ悪いと思うんだけど、多くの人がそう思っていないようで驚く。画面に映る必然性のない人が映ってるのは、みっともない。素人がライトをあてられるということは、知性において軽率だ。また、断わりもなくカメラが自分にむかってきた場合、そんな失礼なことを簡単に許してはいけない。

9月2日（木）

雨のち曇り。

ずいぶんすずしくなってきた。朝、「寒い」とチャコが言うほど。出かける時、今日は、きのうのウルトラマンの靴じゃなく、別の、スヌーピーのを捜してた。「あれ、どこだっけ？」って。

やっぱり、黒メガネが気にいらなかったか！　残念。

暖炉屋さんがえんとつ掃除にきてくれた。彼は話し方がとても落ち着いている。いつも、話すとすーっとひきこまれそうになる。今日も、何か質問したら、ゆっくりと区切るように話すので、「あ、またあれだ。あの感覚」と思った。ゆっくりと喋《しゃべ》りながら、人の目を見て、時々にやりと笑う。

めまいがしたり、足がしびれたり、ときどき調子が悪い。調子が悪いと、すぐに重病かもと思う。そして、暗い気持ちで今後のことを考える。でも今はどうしてもと言うほどの途中のことがないので、そうなったらしょうがないかと思う。重病になったら、そこから新しく病気の人生が始まる。今までの人生が終わって、新しい形で再スタート。そこではまた一からいろんなことを考えて、いろいろ思っていくのだろう。いままでの価値観も変わり、新しい物の見方になるだろう。

病気になることで、私がひとつ心配なのは、面倒くさいことはしたくないってこと。病気を治すために遠くの病院とか行きたくないなあ。四方八方手を尽くす、なんていやだな。治るかもしれないから頑張って挑戦、なんていやだな。すこしでも長く生きるために必死になって右往左往する人の話をよく読むけど、そこまでするのいやだな。でも、そうしなくてはいけないのかな。そんな気持ちになるのかな。その時にならなくてはわからないけど、できれば遠くには行きたくない。できる限りのことはした、じゃなくて、あんまりなんにもしなかったけど、いいや、と思いたい。そんな自分になれたらいいけど。そんな気持ちになれる人をめざしたい。

いろんなことは、きりがないけど、このへんでじぶんはいいやというあきらめどころ、納得どころ、受け入れどころに、迷わない人になりたい。自分らしさ、自分の分というものを知る人になりたい。そして、自分の分をしらずしらずに守って生きているような人になりたい。自分の分を知ることは、平安を得られることだと思う。

入り口の門のところの柱がモルタルで塗られたので、そこにまた貝を埋めこむ。らせん状にちりばめたけど、後でよく考えたら、らせん状にしなければよかった。うねってる、すぎる。情感がありすぎ。等間隔にカチリカチリと埋めればよかった。もう遅いから、もういいけど。しかも、近所の女の子が見に来て、手で触って指の跡をつけて、なまがわきの柱に「山」って漢字を落書きしてたよ。こらこら。

子育ての中では、いちばん苦手な行事、運動会（つぎが参観日）。その練習のため、保育園へ。親子遊戯と、母親たちのフォークダンス2種。鬱々《うつうつ》とした気分でやりすごす。その後、子どもが踊りの時に着る袴《はかま》の着付けの練習。これはなんだか楽しかった。そこで気分を持ちなおして、帰宅。

自分の敷地を他人が通って裏に抜けることを嫌う人と、どうでもいいと思う人がいるが、私の兄、サムは前者。サムの住む敷地は、以前店だったところで、広い。その端っこを通って数人が裏の方に抜けていた。それをよく思っていなかったサムだったが、敷地の一部を賃貸にしていた都合上、今まで柵《さく》で囲えなかった。それがその貸していた人がでていくことになり、さっそくサムは人が敷地にはいれないようにと木の柵でぴっちり囲った。それを見て、「細かい。あなたは細かすぎる」と人に言われたらしい。が、サムは胸をなでおろしていた。

そういえば以前、無断でサムの敷地内に車を駐車されるのが嫌だといって、いつも飲み屋に行くために無断駐車してる犯人をつきとめようと、真夜中、すぐ追跡できるようにバイクを敷地前の路肩にとめて、ヘルメットをかぶり、バットを持って、ずっとその車の主の帰りを電信柱の陰に隠れて待っていたら、逆に不審者とみられ、近所の人に通報され、警察の人に職務質問されたそうだ。

だいぶん、変わっている。

9月3日（金）

朝はさわやかな霧。

ついにすずしい朝がやってきた。これからは暑い寒いを行ったり来たりしながら、あっという間に寒くなる。あのさむーいさむーい冬がやって来るのだ。いい時ってほんとうに短い。

さわやかさに導かれるように、庭の落ち葉を掃きよせたり、のびた枝を切っていたら、ショック！

またチクリと、刺された。あのきみどり色の毛虫、イラガ。手袋をはめていなかったのがいけなかった。チクチクチクチク、痛い。先日作ったびわの葉エキスを塗ってみる。効いたのかどうかわからないが、気持ちが落ち着いたので、何もしないよりはよかった。

9月4日（土）

気持ちダイエット（やせようという気持ちによってやせようというダイエット）を始め

てから、そろそろ4ヶ月。4ヶ月で1キロ減って、どうだろう……。誤差の範囲か。気持ちをやめて気分にしようか。気分ダイエット。ますますだめそう。じゃあ、気合いダイエット。うーん。「気合い」という語句だけで、疲れる。うっかりダイエットってどうかな。うっかり目をはなしてるまに、あれっ、やせてる。


夜、カンチが、「にんじんジュース、作っていい？」と言って、おろし金ですりだした。

「なんかへんな匂いがする」

「それ、新鮮じゃないからおいしくないかも」

すり終わって、そのままボウルにはいってる。やはり飲まなかったか。

「どうするの、これ。しぼらないの？」

「うん……。これさあ、炊きこみご飯にできなかったっけ」

「そういえば前、やったような」

「それにして」

9月5日（日）

朝、炊き上がりました。にんじんの炊きこみご飯。

色はきれいなみかん色。食べてみると……、おいしくない。にんじんのいやな味がする。

3合も炊かなければよかった。

おそるおそる朝食のテーブルにならべる。

チャコはどうにか食べた。カンチは納豆でごまかそうとしたけどダメで、鼻にティッシュをつめて、匂いをかがないようにしてたけどそれでもダメで、残した。

「これさあ、すごくいっぱい残ってるけど、どうしよう。にんじんが気にならないもの……オムライスにしようか、夜」と私。

「うん。それがいい」

「カンチのリクエストだったけどね、炊きこみご飯」とちくちく数回、刺す。

「だって、もっと薄かったような気がしたんだけどな……」

昼は、にんじんご飯を忘れたくて、カルボナーラを作った。

そして夜、大量のチキンライス。そしてそれを卵でくるんでオムライス。おいしいようなおいしくないような……。カンチはおかわりしたけど、結局残ってしまった。

9月6日（月）

むむう……。

外に出ると、いろんな気持ちを味わわされる。

外ではできるだけ用心して、心を硬くして、目立たないように静かに、我が身を守っているのだけど、それをものともせずに乗り越えてくる人には！

負けてしまう！

気をつけよう。

というのもさっき、買物に出て、ある店に寄ったのだが、そこで品物を待つまでの間、店のおじさんが話しかけてきた。

あ、その前に、私が注文したとき、「ご主人がよろこびますよ」なんていうので、「主人はいません」と、気をつかっておだやかに受け答えしたりして、その時からいやだったのだった。

そのおじさんが話しかけてきて、ちょっといやだなと思いつつ、あいづちを打っていたら、私も知ってる人のうわさ話をはじめた。いやな感じに。そこで、遠くの空をみながらかなしくほほえみながら小さくあいづちを打っていたけど、ついにうわさが下ネタになった時に、さすがにほとけのわたしもストップ宣言。

「そういうことはひとそれぞれでしょう。わたしは人のうわさは嫌いなんです」と。

おじさんはなおも反論しようとしていたが、あいまいに笑ったあと、かすかに下ネタの余韻をひきずりつつ、じょじょに方向を転換して、亀好きで亀をコレクションしているという知人のはなしへと歩を進めていた。その顔を見ながら、こうやってめげずにどんどんお喋《しゃべ》りする人って、あんがいこっちもはっきりと言いながらくいさがっていけば、そのうち気安い仲になるのかな、とちらりと思い、いやいや、会うたびにきっと嫌な気持ちになる、絶対なるのは今までの経験から言って100%確実。もうここにはこないようにしよう。と、まだ続いてる話を聞きながら思った。そうこうするうちに前の駐車場にとめといた車が邪魔かなと思って外に出て、他のものを見たりするうちに、品物ができて、お金を払って、帰る。おまけまでつけてくれた。

でも、もうあそこには行くのはやめたい。今まで2～3回行ったけど、あのおじさんがいなかった時でも、行くたびにうっすら憂鬱になったものだった。何かよくないものがある。

そしてまた台風。あした、最接近しそうだ。

長くのびてる枝をいくつか切る。倒れそうな木を紐《ひも》でくくる。ジュースやパンやカップラーメンなどの台風の時に食べたら子どもがよろこぶものも買った。

これからハムカツサンドを食べて、午後は、仕事に付随する作業をいくつかやろう。

夜、夕食に、今朝のいやな店で買ったものを料理してだした。カンチもチャコも、おいしいおいしいとパクパク食べている。おまけも、すごくおいしかった。

うーん、どうしよう。カンチに、あのおやじとおいしさとを秤《はかり》にかけたら、どっちが重いか？　と相談する。「おいしさ」という意見。そりゃあ、買うのは私だしね。

いやなうわさを聞かされたことは、カンチには夕方話していた。「どんな？」と具体的に聞かれ、「言えない」。「聞きたいなー」と聞きたそうだったが……。

「そうだ。こうしようかな。耳にイヤホンをいれてMDかなんか聴いてるの。それか、『どうもー！　あとでとりに来ます』と言ってすぐに去るとか。知り合いに買ってもらうとか。とにかく対策を考えなくては……」

と思いつつも、やはり行きたくないので、行かないと思う。

BSで韓国ドラマ「秋の童話」をみている。今日で3話目。いつも天気が悪くて、モザイクみたいになって、画像がみえにくく、ときどき真っ黒になり、字幕も上に「受信状態が悪くなっています」の文字がでるので、うっすらとしかみえず、近づいてじっと凝視してかすかに判読できる程度というかなり苦しい状況なのだけど、今日は泣いた。少女時代の女の子がかわいくて。げっ歯類のかわいさ。

真っ黒になると、みんなが「5・4・3・2・1・パワー！」といいながら画面にパワーを送ってくれる。そして、最後のいい場面で特に長い真っ黒状態が続き、その間、ケンカまでして、ふたたびうつった時にはもう最後のクレジットのところだった。

（このBSのうつりの悪さの原因がのちにわかった。なんと、配線が逆になっていたらしい。それ以降はくっきりきれいにうつるようになる。）

9月7日（火）

台風です。

このあいだよりも強風。夜中に何度も起きた。明け方からますます風は強くなるいっぽう。学校は休み。

窓から外をみると、コンポストの蓋《ふた》がとんでいる。重石を3個も載せといたのに。白いカッパの上下を着て、蓋をしに行く。風と雨がおそろしい感じに吹きつける。蓋をかぶせて、重石を5個載せる。見ると、園芸道具を入れておいた3段ボックスが飛ばされ、ばらばらになって散らばってる。ざくろは、また落ちてる。カンチが赤いカッパの上下を着てでてきた。庭を見て回る。ついでにちょっと外に行こうかと、外に出てみる。近くの川のそばまで行く。飛ばされるかもしれないから、腰をひいて遠くからのぞく。雨量はこのあいだの台風の時ほどじゃない。ひきかえす。風がきた。強い。しゃがみこむ。ひとっこひとりいない。「先生から、指いっぽんも、外に出てはダメって言われた」。「えっ、じゃあ、はやく帰ろう」。家に帰って、玄関でカッパを脱ぐ。

電話は不通。断続的に停電になり、ろうそくをつける。が、あまりに細いほのおだったので、意味がない。かえって危ないからと、消す。

洗濯もの干し場にとめている3人の自転車は、どれも倒れてる。

カップラーメンやパンを食べる。

造園屋さんが見回りにきてくれた。すると、家の西側の、畑から移植した大きなつげの木が倒れてるのがわかった。小学校の大きな木も、倒れているという。

夕方、台風が過ぎ、風雨もすこしおさまったので、カンチとチャコがまたはだかで外で遊びだした。そのあとは風呂。プルーンを2個ずつ差し入れ。

9月8日（水）

台風一過。

と、ここまで書いたところでまた、エラー。急いだのがいけなかったのか。読み取り専用になってしまったので、またコピーして新しく保存。今度は、「つれづれノート新新新新新14」となってしまうので、やめて、「NEWつれづれノート14」にした。

暑い。造園一家がきてくれて、倒れた木をおこしてくれたり、落ち葉をはいたり。草むしりを一緒にする。

洗濯をして、干す。

夜。パソコンでいつものカードゲームをぼんやりやってるうちに眠くなる。

今日はなんだか胸の中がふくらんでるような幸せな気分で眠りについた……。のも、つかのま。夜中に目が覚めて、いつものように本を読み始めた時には、幸せな気分はすっかり消えていた。

9月9日（木）

朝、学校のカンチから電話。体操服を忘れたから、さがしてとのこと。学校は向かいなので、塀から細い道をはさんで家まで数メートル。「そこに来て」と言って、電話を切る。さがしたけど、ない。

裏の戸を開けて、「カンチー、ないよー」と声をだすと、「どっかないー？　いつものところ」とカンチの返事。

「ないー。2階にある可能性ある?!」と2階もさがしたけど、なかった。

保育園に行く途中、校庭が見えたので、車をストップして目を凝らしたら、準備体操をするカンチが見えたような気がした。体操服を着ているような気がする。

隣りの保育園に行ったら、庭木の剪定《せんてい》を園長先生がなさっていたので声をかけた。私も手伝って剪定をする。小学校の練習がよく見える。

その校庭に、台風で倒れた大木があったので、見に行く。地面には、椿の実やぎんなんが落ちてる。ぎんなんを拾いに来ようかな。木を処理するおじさんがいて、枝や切り株をもらってもいいという。ストーブの焚きつけにと、ケヤキをいただく。家の前の梅畑まで運んでくれた。

それから家に帰ったら、先生から留守番電話。体操服は家に持って帰ったと言ってるので、さがして下さい。替えもあったほうがいいとのこと。朝みえたあれはカンチじゃなかったんだ。ふたたびさがすけど、なかった。また車に乗って、近所で体操服を買って、学校にとどけに行く。

忙しい午前中だった。何かまだやりのこしてるような落ち着かなさを感じる。

発展のコツというのが浮かんだ。

発展のコツは、逆説的だけど、今いるところで満足することじゃないかな。楽しく働いて、感謝して、にこにこしてたら、その感じのよさに、どうしても人も寄ってきて、しかもいい人が寄ってきて、どうしても発展してしまいそう。その集まった力を大きくすることに使うか、深めることに使うか、維持することに使うかはその人次第だけど。

思うに、人がそこに寄っていきたくなる中心になるような人って、落ち着いてて満足感がにじみでてるような人じゃないかな。それは「安らか」っていうようなものではないかな。そこに行って、何を話すってわけじゃないけど、ただ同じ空間に一緒にいるだけで、気持ちがふわっとするような、許されたような気になるような。そんな。

9月10日（金）

コニファーの葉がだいぶのびてきて、丸じゃなくなったので、また剪定する。ちょきちょきちょきちょき。かわいいぼうず頭の子どもたち。たくさんいるから大変だ。

夕方の昼寝の中で、電話が鳴って目が覚めた。夢の中の電話にかけてきた人は誰？

また、エラー&ロック。コピーして保存。今度は、「新NEWつれづれノート14」。

結局、カンチの体操服はまだみつからない。

「先生から、心配してまた電話があったけど。

まあ、そのうちでてくるよ。ひょんなところから。

それともだれかのいたずらかな？　捨てられたのかな？　こころあたりある？」と私。

「ない」とカンチ。

「でももし、人だったら、その本人がいちばんいやな気持ちだよね。今ごろ反省してるかもよ」

「でもそんな人じゃないかもよ。よろこんでるような」

「本当の悪人？」

「うん」

「たまにいるんだよね、本当の悪人。そういう時は、こう思ったらいいよ。

殺されなくてよかった、って。

悪人は、なんでもするから。殺されることを思えば、体操服がなくなることくらいいね。

それにあの体操服汚れてたし、ちょうどよかったかも」

「うん」

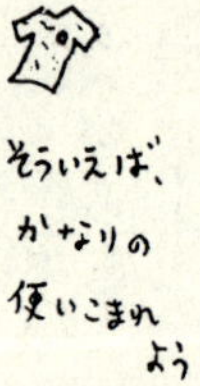
そういえば、
かなりの
使いこまれよう

9月11日（土）

保育園の運動会。

早く起きてお弁当を作っていたけどいつのまにか時間がすぎてて、間に合わなくなりそうで、あわてた。

親子リレーがある。子、母、父の順。走れない人がいる時はだれか代わりをたのまなくてはいけない。父のところで走ってよ、とカンチに頼むと、「いやだ」。

「おねがい」

「絶対いやだ」

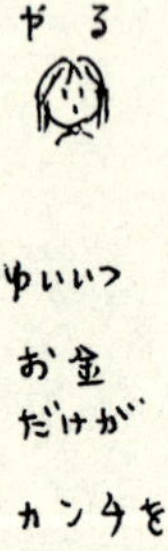
やる
ゆいいつ
お金
だけが
カンチを
うごかす

「千円」

「やる」

カンチに走ってもらうことになった。でもまわりをみると、同じように兄弟が走ったりと、さまざまだった。しかも、みんな人のことは見てないし、遅くても平気だし、気にすることはなかった。

千円のかわりにインターネットで注文した洋服にしたけど、届いたのを見るとどれも大きかった。やっぱり服は見て買わないと。

9月12日（日）

今日から東京。

チャコを連れて行き、空港でチャコのパパに渡す。いつも姿を見つけるとタタタと走って、ポーンと飛び込む。それをみるのが好き。

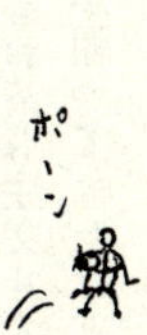

9月14日（火）

渋谷に映画を見に行ったら、見たいのはもう終わっていた。

「ブックファースト」に、今日会う友達にあげたいと思ってる本を買いに行く。単行本のところに行ったら、さまざまな本の美しいカバーがまわりじゅうにぐるぐる飾られてて、胸がいっぱいな感じになって、そそくさと立ち去る。怖かった。いつものように、あの中のどこかには、きっと、読むと好きになるような本もあるのだろうと思いつつも、とてもどれかを手にとるところまではいかなかった。

どの表紙もおんなじことを叫んでるみたいだった。私は素晴らしいのよ、と。

本は、偶然出会ったものを、疲れない程度に、今後もさっと買おう。私の本も、これからどうなるか。買ってくれる人がどれくらい続くかな。買った人数分だけ1冊ずつ売れるっていうはっきりとした形態はうれしい。必要とされているかどうかが、自ずとあきらかだから。売れても売れなくても、それはただそれ。ただそのものを、受け入れよう。そしてそれは、いろいろなことの中のあるひとつを示しているだけだ。

旅先で通りかかった小さな本屋でひまつぶしに何か買うっていうのも好き。

買いたかった本も無事に見つけたので、買って、ホテルに帰る。

行きのタクシーの運転手は、スマートな運転をする上品な人だった。道順を選ぶセンスがよくて、早く着いた。帰りは、やたらと話し続ける人。角に出るたびに、どっちからでも行けるけど、どっち？ と聞いてくる。そのしつこさが怖いほど。「おまかせします」と何度も言ったにもかかわらず。そして最後に、ちょっと遠回りになってしまったからと、80円まけてくれた。何度も「いいです」と言ったにもかかわらず。

夜、友だちと、好きでときどき行ってた有名イタリアンに。

カウンターに座ったら、中でシェフが弟子を蹴《け》ったり、怒りながら料理をしてて、息が詰まった。味も今までのようにおいしく感じられなかった。デザートもお茶も注文せずに帰る。帰りがけ、「おみぐるしいところをお見せしまして」とシェフが謝ってきたけど、もう行かないと思う。

客の前でスタッフを怒鳴るシェフ……。人前で弟子を叱る人って、いる。カメラマンとかスタイリストにも、いる。あれって、まわりの雰囲気を壊すよね。お客さんを大切にしていないんだと思う。

9月15日（水）

昼はホテルでチャコとチャコのパパと3人で中華。おいしく食べる。それから飛行機に乗って家に帰る。

疲れた。3泊4日って、長い。次は2泊3日くらいにしよう。

家に帰ると、あれこれまたやることが。

母のゲイリーに一応たのんでおいたのだけど、家事一般が苦手な母。外の洗濯物干し場の近くを通ると、なにか銀杏《ぎんなん》が腐ったようなにおいがする。なにかな、なにかなと首をひねりながら、服を入れてたたむ。服からにおいがしてる。カンチに聞くと、洗濯したものをかごにいれたままいちにち放っておいてたよと言う。そのあいだにくさくなったのだ。乾いてもくさい。

台所の生ゴミ入れもなんだかくさい。台所の床に食べ物のくずが散らかってる。コンロのまわりに油がいっぱいはねている。

掃除も洗濯もしなくていいから、子どもに夕食を運んできてくれる人がいないかな。

9月16日（木）

きのうのくさい洗濯物を熱いお湯でじっくりと洗いなおす。

曇り空で、静か。ひとりの時間を、ひとりで過ごす。

夕方、カンチが学校から帰ってきた。「なにかがすっごくくさかった。ちょっとにおいかいで。汗のにおいじゃないの」と言う。くんくんと服のにおいをかぐと、きのうの洗濯物のにおいだ。あれを着てったらしい。

「服だよ。きのうの。ぎんなんがくさったようなにおい」

「そうだ！　みんながなんかくさいねくさいねって言ってた。もしかしてカンチかなと思ったけど、そうか、これか！」

「早く、全部着替えて」

そして着替えて、遊びに行った。

夕食前の口ゲンカ。

カンチ「(「ムシキング」のカードコレクションをじっくりと眺めながら、楽しげに)百円って、安いよねー」

私「でも、10回やったら千円だしね」

カンチ「(むっつりと) そんなことわかってる」

私、このあと3分間ほど「そんなことわかってる」に対して、くどくどと注意。「わかって」ないことだけで会話を成り立たせようと思うなら、「百円って、安いよねー」なんて気安く語りかけるな、と。カードの一覧表に丸つけながら、聞いてるような聞いてないような。

台所でキャベツをきざんでいる時に遠くから聞こえてきたなにげない語りかけに対して、誠実にあいづちを打とうと、自分なりの返事をしたのに。しなければよかった。カンチって、カンチの意見に賛同した場合はいいけど、何かちょっと違う見解を言うと、不機嫌になる。「うん」しか言っちゃいけないのか。

9月17日（金）

朝起きて、枕もとのテレビをつけた。ティファニーのオープニングに集うタレントたち。「ダイヤモンドがキラキラしてて、すごくきれい。いつか誰かにもらいたい」などと、コメントしてる。高価だけど、自分にはちっとも興味のないものを見ると、気が軽くなる。身につけたいと思わないあんな貴金属は、タダでも欲しくないなあと思うと、にんまりと笑いがこみあげる。まあ、その反対に、人が驚くような物に私もお金を使ってるのだろうけど。それでも、大多数の人が価値を認めるものに価値を感じないというのは、自由なものだ。

次の話題は、「冬のソナタ」の演奏コンサートにチェ・ジウがゲスト出演のために来日。質疑応答には一切応じないというもののしさ。それにしても、これほどまでにドラマがヒットするって、本当にいやだろうな。ちょっと人気、とか、けっこう人気、ぐらいまではうれしいだろうけど、爆発的なヒットとなると、犠牲になるものが大きいだろう。いつでもどこでもだれからも、「ユジーン」「チュンサーン」なんて呼ばれて、気の毒。自分じゃないのに。

言葉って、使う人によって意味が変わるってつくづく思う。

あの人のあの言葉は気持ち悪かったけど、他の人の同じ言葉には感じ入ってしまったとか、言葉の意味は、人と場合によるものだ。

このあいだ聞いた話でよかったのは、目に見えないアクションというものがあるという話。

自分が何かをやって、ちぇーっ……、反応ないなーとうなだれてる時でも、目に見えない反応というのは返ってきていて、影響を与えられるという話。だからあんまりあれこれ気にせずにやってみようという気になった。

で、やってみました。

それだけでも、スッキリした。

それで何ということはないかもしれないけど、目に見えないアクションが返ってきてるのかもしれないと、いいふうに考えると楽しい。

今、私の生活が、できるだけ小さなエネルギーでまわせるように、基礎を作っている。

そして、余ったのは、外へ。そこからそのまま自然に流れていくように。

自分たちが暮らす小さなエネルギーの循環と、外とつながる、外への循環のふたつの流れが、よどみなく行くように見守りながら、今、目の前で生み出したものが、今、目の前で消費されるように、やっていきたい。


死に関しては、この前も書いたように、重い病気や事故など、現実的に死と向かわざるをえない状況になった時に、今までの価値観とはまったく違う新しい人生が始まるのだと思うので、その時になってから考えようと思う。それは、その時にならないと、前もっては考えられないこと、想像できないことだろう。

以前は、健康な状態から病気世界を見ていたので、今の価値観で病気になった自分を見ていたので、苦しく恐かったけど、たぶん、病気世界に行ったら、健康世界は遠ざかってしまい、今までの世界が、遠くの、周りの、別のもののように感じられるんじゃないかな、と思ったら、気が楽になった。新しい世界で、一から身をたてなおそうと思ったら、気持ちが落ち着いた。その場合、余計なものがない方が、より楽だろう。そのためにも、自分の日々の望みをはっきりとさせつつ生きていきたい。

なにか起こったら起こったで、その時に考える。

途中の今は、今のことを考える。

今は今のことだけを、考える。

午後、温泉へ。

最近できたところで、石がいろいろと使ってあり、それを見るのが楽しみ。白に黒の模様のは、おにぎりに海苔《のり》みたいだし、床の石は赤茶に白で、脂ののった牛肉スライスそっくり。露天風呂や水風呂を行ったり来たりしながらゆったりと入っていると、空が暗くなってきた。雨が降りそう。これはいけないと思い、出る。出たときにはぽつりぽつりと降りだした。途中までは道も乾いていたのに、途中からはびっしょり濡《ぬ》れてる。近いところなのに、気づかなかった。ここらは雨が降ったのか。空がまっ白。家に近づくと、ザーザー降りになってきた。あわてて、コンポストに蓋《ふた》をする。ああ。濡らさないように気をつけているのに、また濡れた。洗濯物も、奥に移動する。

毎日の時間割を作ろうかな。いつも昼ごはんを食べておなかいっぱいになって昼寝しちゃって毎日からの脱却。

朝食はほとんど食べず、お茶だけにして、洗濯なんかしたあと、仕事。11時から昼ごはん。午後、温泉。さっきの石のとこ。夕方まで自由。

規則正しい日々をすごすのもいいかもしれない。

9月18日（土）

ひまだったので、年下のかわいい友だちに電話したら、いた。

お茶に誘う。家でたらたら話してて、話題はこのあいだの下品なおやじの店のことに。

「私はもう二度と、行かないと思う。今度、よかったらそこに行って見てみて」

「はい。ちょっと見てみたいです」

「あ、今から行ってみようか」

ひまだったので、サングラスをかけて、ふたりで行ってみた。あのおやじが、いた。こっちを見たけど、無視した。買って、帰りながら、

「ふふ」と、その子。

「あそこって、他の従業員もはつらつとしたさわやかさがないよね」と、私。

「ないですね」

「商売って、それじゃあ、だめだよね。行く気、しなくなるよね。それに、明るさも暗いし」

「うーん。奥のほう、暗かったですね。あそこは……時間の問題かもしれませんね」

また家で、さっきは紅茶、今度は中国茶を飲みながら話す。

雨がザーッと降ってきた。

「雨って落ち着くよね」

9月19日（日）

きのうたまたま聞こえてきた、裏わざのサビの取り方を実験してみたところ、すごくとれたので気分がいい。自転車のハンドルとブレーキの接続部の一面の茶色いサビに木工ボンドを塗って、乾いてから剝《は》がす。きれーいに、つるんととれた。

また兄弟ゲンカ。「ムシキング」カードのことで。朝からカンチに蹴《け》りを入れる。「こないだなんか、『必殺ふうじ』をとって、パンツの中にかくしたんだよ」と、チャコ。

パソコンにはいってたカードゲーム「スパイダ　ソリティア」を暇があるとついついやってしまう。中級だけど、難しいから、なかなかできない。ぼんやりと、朝に、晩に、気がつくとやっている。

確か昔は、私の体温は低かった。足が冷たくて眠れないってこともあった。いつのまにかそんなこともなくなったけど。今はどうなのだろう。とにかく体温は高い方がいいと聞いたので、さっそく体温計を買って、朝9時ごろ計っている。36・5度くらいあったほうがいいらしいが。過去4日は、36・1、36・4、36・2、36・5。おっ、わりとまあまあいいじゃないか。これから、体を冷やさないように、できるだけ意識していきたい。病気しにくくなるそうだから。食べ物、ちょっとした体操、お風呂など、あらゆる方向からちょこちょこあたためることを、忘れずに習慣にしよう。

マロンのことで、またカンチに説教。最近また、ご飯をやり忘れたり、散歩を3分くらいしかしなかったり、ウンチの始末をのばしのばしにしたりで、世話してなかったから。散歩をちゃんとしないなら、もう人にあげる。ということにした。「あげたくない。これからはちゃんとやる」と言う。「もししなかったら、悪いけど、本当にある日、急にいなくなるからね、怒らないでね」「うん」

今、夜の暗闇の庭を、さっそく散歩させている。私は、兄のサムに電話。「あのさ、百万円つけるから、マロンを飼ってくれない？　かわいがってくれる人の方がいいと思う。マロンも慣れてるし」いろいろと説明したら、「うーん。じゃあ、今度ためしに2〜3日飼ってみようか」と言ってくれた。やった！　希望の光がみえてきた。

これから黙って観察してて、もし、カンチがまただめだったら、5回ほど見逃したあと、すぐにサムの家に移そう。

9月20日（月）

息子のチャコは今、5歳半。風呂で髪の毛を洗う時など、あおむけにひざの上に寝たときに、ちょうど顔の前に来る私の乳首をくわえて吸うのが好き。と、前にも書いた。いやだけど、時々はそうさせてやってる。すると、気持よさそうに、目をつぶって吸ってる。

「でなかったでしょ」「でたよ」と意地になって言う。

さて、大人の男女のエッチ時、男性が女性の乳首を口にふくみ、吸ったりするが、あれは、チャコの吸うのと、どう違うのか、同じなのか。別なものであってほしいが、同じだったら、ちょっと妙な……気持ち。気持ち悪い。これとあれはつながってるのか。うーん……。と、風呂でちょっと思いをめぐらせる。


お礼はめぐる。

お礼は、次の人へ。

私が、まだ若く、お金もなかった頃、先輩の仕事仲間がいつもご飯をおごってくれた。それは、私にとっては、すごくうれしいことだった。それで今、若い子達にできるだけおごってあげてるところだが（機会があんまりないのが残念なくらい）、やさしくされるうれしさを知った人は、同じ立場になった時、他の人にも気前よくできるようになると思う。それは、知らないと、できないかも。

9月21日（火）

1日のスケジュール表を作成した。それにのっとって、昼から石の温泉。

温泉には、ちゃっちゃっと入って出る人や、ゆったりと時間を気にせずリラックスする人がいる。今日は、ゆったり派の人がひとりいた。忙しそうな人がいると、まわりも気ぜわしく、ゆったりとした人がいると、まわりものんびりするものである。

そのゆったりさんは石で囲まれた露天風呂で、石をまくらにして上を見ている。ゆったりさんが去ったあと、私も同じ場所に寝ころんでみた。空が見えた。けど、体が浮いて落ち着かなかったので、すぐにもとにもどす。今度は、かどの石の腰かけにひざを曲げて乗ってみた。左ひじをまるい石に乗せ、両手でその先の細長い石をつかんだら、ちょうどよく落ち着いた。これからはここに来て、この姿勢でしばらくいよう。まるでさるが片手でござるをふわっとかかえているような、安定感のある姿勢だった。

先日会った、長いつきあいの男友達が、

「髪の毛とか、あんまり石けんで洗わない方がいいんだって。体もね、皮脂をとりすぎない方がいいんだって。だからボク、最近そうしてるの。でも、ちょっと心配だから、け、毛のあるとこだけ石けん使ってるんだ。そしたらね、シャワーがすぐ終わっちゃうんだ」

と言っていたのがおもしろくて笑った。そして、好奇心の強い私は、さっそく実験してみることにした。それからシャンプーは使ってない。体も、石けんは毛のあるとこだけにした。まだ6日だから変化はない。頭は、2日目は痒《かゆ》い気がしたけど、今はそうでもない。こういうのは長く様子をみないとわからないものだ。1ヶ月か、3ヶ月か、半年か。


風呂からでたら、ぐったりと疲れてた。ぼんやりとしたまま、買物をして帰る。

夕方、カンチがチャコを誘って、マロンの散歩。

散歩が面倒だから、「30分も散歩させたら心臓発作をおこすんだって友だちが言ってた」なんて言ってる。

「じゃあ、リードをはずして自分で全速力で走るがままにさせるのを3分から5分いれたら、15分でいいよ。思いきり走らせてあげるのが大事だから。マロンって、活動的でしょ」

9月23日（木）

このところ、ずっと曇りがちで、毎日雨が降ったりやんだり。降ってない時は、湿度が高く暑い。

洗濯物がへんな匂いがしたひとつの原因は、洗濯に合成洗剤ではなく粉石鹸《せっけん》を使っているからかもしれない。合成洗剤だと、除菌や消臭成分が入ってるのが多い。こんなに毎日なまがわきだと、まずいなと思い、除菌成分入りの合成洗剤を買ってきて洗ってみた。雨の日の外の軒下に干しても、いい匂い。

ヒマだったので、ホームセンターに行ってエゴマオイルを買ってきた。

チークの椅子とテーブルを庭にだしっぱなしにしていたら、色がとれて、だんだんカビがはえそうになってきたから。

ボロ布にオイルをつけて、ゴシゴシとこする。ゴシゴシ、ゴシゴシ。

手入れをしたら、愛着がでてきた。すると、雨がまた降ってきたので、今度は雨にぬれないところに椅子を移動した。テーブルは重くて移動できなかったので、そのまま。

ハードディスク付きDVDビデオレコーダーが壊れた。ハードディスクの方なんだけど、再生途中に画像が止まり、今まで録画しておいたものも全部消えてしまった。ガックリ。

カンチが、「ママ！　髪の毛ね、夏はみじかく切って、冬はのばすから。今度、切るって言ったら、のばすって言ってたよって、言ってね」と言う。

「うん」と答えながら、それと同じようなことを私も子どもの頃よく言ったなと思い出す。そして、そうは言っても、切りたいと思ったら、誰が言っても切っちゃうんだろう。

9月24日（金）

ガレージ分の請求書を監督さんが持っていらした。好きなように、予算をたてずに思うままに作ってもらったので、高いだろうと思っていたが、思った以上だった。気が沈む。

高めに想像していた金額よりさらに3～4割増しという感じ。ここまで高価なものにしなくてよかったんじゃないか？　もっと簡単なもので、と思ったが、ガレージに対する考えがあんまりなかったから、こういうものなのかも。監督さんも、申し訳なさそうに、「鉄骨関係が値上がりしていまして」とおっしゃる。大きいので、構造は鉄骨だし、門扉も自動ドアにしたしなあ……。そういえば基礎がすごく頑丈で、「ふかい穴ほりましたね」って近所の人が驚いていたっけ。

そして、これが終わりじゃない。このあと、渡り廊下とその床のモルタル工事と外のタイル工事と塀の残りがある。家造りにかかった金額を合計するといくらになるか、考えたくない。といいつつ、今までの分をたしてみた……。じっと紙を見る。

でもこれって、よくテレビで耳にする、貴金属やブランド品を買って、カードの請求書がきてびっくりという話や、ホストにお金を貢いだ話と同じで、自分の好きなことに、趣味にお金をかけたのだから、しょうがない。月曜日の朝、すぐに銀行に行って、払ってこよう。

こんどは、貯金通帳をじっと見た。うーん。しばらく慎んで、おとなしくすごそう。

買うときに、品物とお金を交換するのならいいのだけど、あとからまとめて支払うのって、買った時の昂揚感《こうよう》がなくなった頃なので、めいる。その場で払いながらっていうのがいいんだけど。

9月25日（土）

家が重すぎたことについて。

家、家のまわりのテラス、通路、倉庫、ガレージ、渡り廊下。全体的に、ちょっと重すぎた。しっかりとしすぎたというか。もうすこし、2〜3割ほど軽くてもよかった。その方が、自分に合ってる気がする。重いのは、コンクリートモルタル部分が多いせいもある。公共の建築物のようだ。メンテナンスは楽だけど、壊す時にはどうなるだろうと心配になる。時間もかかりすぎた。家まわりに1年3ヶ月もかかった。

でも、そういうことは造ってみないとわからなかった。頑丈なことは、いいことだし、丁寧に造ってあるから、これからどんどん使うことによって、気持を軽くしよう。あと、木が繁るともっとバランスがよくなるだろう。

カンチが友だちと昼頃帰ってきた。テーブルと椅子のオイル拭《ふ》きのバイトしない？　と言ったら、するというので、30分ほどやってもらう。ガーデン用の丸テーブルと椅子4脚。友だちはおとなしくやってくれたけど、カンチはモンク言ってばかりで、頭に来た。ひとり300円ずつあげたら、また遊びに行った。

9月27日（月）

きのう遊びに来た友人から魚釣りの話を聞いたせいか、夜中に目が覚めて読書をして、そのあと最初に「魚拓」の夢だかなんだかを見た。

魚釣りに行ってみたいけど、ここからどこの海に行くにも2時間くらいかかるので、腰が重くなる。釣り好きの人の書いた文章を読んでいたら、本当に寝ても覚めても釣りのことばかり考えていて楽しくてたまらない、なんて書いてあった。ふーん。いいなー。そんなに夢中なんだ。それを読んでかえってこっちは冷静になる。

よし、釣りは君にまかせよう。


きょうは一日中、なぜか気が滅入っていた。暗い気分で、一日が過ぎた。

今は夜の7時だけど、まだ沈んでいる。

これから、バナナのおやつを作るけど、それを食べてもまだたぶん沈んだままだろう。

どうすることもできない。自分の力では変えられない。

ただ、ため息をついて、その気持の中にいるだけ。

9月28日（火）

きのうの暗さの理由がわかった。

わたしは今、ギアチェンジをしているのだ。シフトダウン。ローへ。

とにかく、この家が完成したら、しばらく静かに過ごすことが大事だ。まだ自分らしく暮らせていないから。深海魚のように静かに静かに暮らしてから、次のことを考えよう。

自分らしさ、自分の暮らしをとりもどしたい。

サムから電話。マロンのことで。やはり生き物を飼うのはちょっと無理とのこと。それに、世話しないから人にあげるっていうのは、カンチにとってもよくない気がする、と。

ちぇーっ。そりゃそうだけどさ。

なにがいちばんイヤかと、考えてみた。

そして、答えがでた。おしっこの匂いだ。マロンの小屋まわり、近くやちょっと離れたところが、ときどきすごくおしっこくさい。あれがイヤだ。吠《ほ》えるのは、人が来た時だけだし、まだ我慢できる。ごはんや散歩についてはカンチにまかせて何も言わなければいいとして、やはり私に迷惑がかかるのは匂い。

9月29日（水）

台風。学校関係は休み。

朝から激しい雨と風。カンチはぶどうジャムを塗ったトーストやカップスープを自分で作っておいしそうにむしゃむしゃ食べている。

今日はどうやら私は虫のいどころが悪いようで、カンチにあれこれふっかける。

その後、台風の雨の庭をみわたせるソファに3人でごろごろしながら、とりとめのないバカ時間を過ごす。

それにしても、すごい風。

ニュース番組で、街の人の意見を聞くコーナーが嫌いだ。あれが始まると、リモコンが近くにあればチャンネルを変えるか、消音にする。すべてのひとの意見を聞くってことならまだ意味もあるだろうけど、たくさんのなかのテレビ局が選んだ数人ってところが、意味なし、と思う。生放送で聞くなら、いいけど。すごい人や意見が聞けそうで、ドキドキ。

ゲイリーから電話。

「うちの田んぼに青い花がたくさん咲いてるけど、あなた興味ある?」

「うん。それ、もらってもいいの?」

「いいわよ。雨の日はしぼんでるから、晴れた日に連れていくわね」

9月30日(木)

昨夜《ゆうべ》、カンチとチャコが夕食後に黒豆ココアを作って、うまいうまいと言いながらぐびぐび飲んでいた。そして「おかわり」と言って、2杯目を作ってた。2杯目を飲み始めたら、急に「おなかいっぱい」と言って、残してる。「おかわりする時は、よく考えてからするようにって言ってるでしょ。また調子にのってー。残したらダメ」と注意する。そのあとチャコは、風呂で柿を食べ、残った黒豆ココアとつめたい水をぐいぐい飲んでいた。

そうしたら、けさがた、おねしょ。ひさしぶりだ。

洗濯をする。ちょうど台風一過で、青空が広がっていた。

カンチ
コレクション

きれいな虫

くちびる形
グミ
Woody

いちごつみに
行きました

カブト

プールで
水あそび

タブの木
すぐまっ黒に
なった

うんどう会

かいだん

パンツ
うしろまえ
黄身がふたつ!

子どもらしい
ねころがり

ケーキ作り

カンチ、背がのびました

でんきを消すための
棒
こうやって消す。

おきな めぐみか〜

髪をカンチに
むすばれた

外でシャワー

ブーン〜
ブーン〜
ムシキング
カード
大すき〜

庭でとれた
ブルーベリ

おすまし
マロン…

どうぶつえん

上海!

パンダだよ〜ん

ふたり なかよく
まばたき中

アマミ大島の タコス屋
ペプシ 2本ずつ

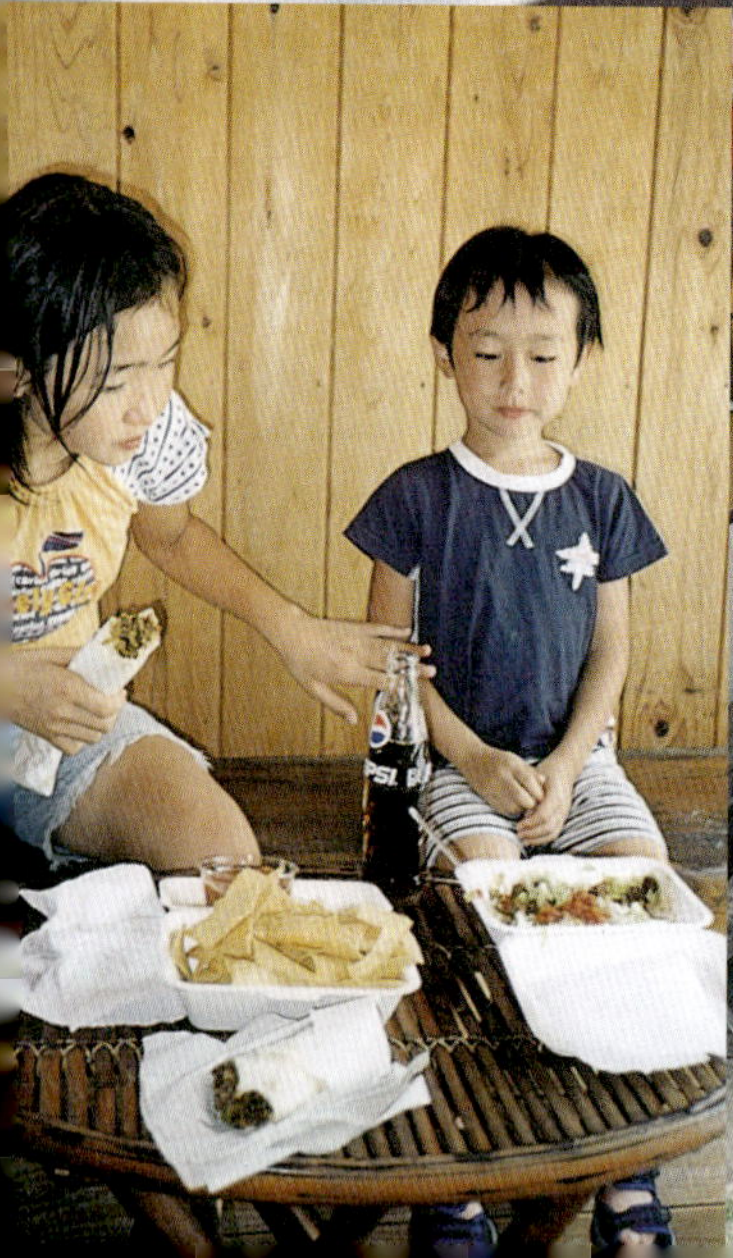

みなとや

けいはん

リラックス～
かき氷

流木、ひろった、
海で。

プール
完売しました
P
パン屋さんのかん

鹿児島県 阿久根市の海
うみ〜
さかな
つれました
くっきり
びしょぬれ

つれたところ

ついに
はだか

フロでリラックス
アンガールズ？
お気にいりの
ハダギ上下
6年生に
おくった詩
またパンツ
ついに コタツ
かいました
ランドセル

10月1日（金）

ついに家のまわりの工事もあとすこしで終わる。渡り廊下の床のモルタル塗りが、今日、あった。私も丸を書いたり、タイルを埋め込んだりしたので、腕が痛い。トントンとずっと叩《たた》いて埋め込んでいたから。

ひさしぶりに労働したので、疲れた。それで、ビールでも飲みたくなった。友達に電話して、焼き肉でも食べない？ と誘う。自転車で焼き肉屋まで走る。生ビールを飲みながら、焼き肉ジュージュー！

帰ったら、お腹が痛くなる。そういえば……、先日も、牛肉のしゃぶしゃぶを食べたら、痛くなった。霜降りの牛肉を食べるとお腹が痛くなる体になったか、と思う。ちょっとうれしい。

田んぼの青い花は台風で流されたらしい。しかも、その花って、つゆくさだった。それなら家にもある。

10月2日（土）

豆乳鍋《なべ》が、私とカンチのあいだで人気。

「スゴイダイズ」の大きいパックで作る。具は、種類が少ないのが好きなので、豚肉と豆腐と水菜。じぶんちで作る鍋は、中身が3〜4種類までが好き。

10月3日（日）

小学校の運動会。朝6時の花火で目覚め、きのうから準備しておいたお弁当の続きを作る。

カンチは応援団の副団長で、白組の旗をもって行進していた。新入予定児のかけっこもあり、チャコが走った。お弁当を木の下で食べて、6年生親子の団技が始まるまで、シートの上にねころぶ。親子団技は、二人三脚と風船割り。夕べ、家でちょっとだけ二人三脚の練習もした。

青空に白い雲。気持ちいい……。

いつのまにか、眠っていた。いま、どこだろう。団技の前の「ソーラン節」の音楽で目が覚めると思っていたけど……。熟睡していた。校庭を見ると、風船がでている。あれ？団技のだ。

あわてて走って入場門に近づくと、カンチがこっちに向かってきてる。どうやら、私ひとりが来なくて、みんな待っている様子だ。集まってくださいのアナウンスも繰り返しされている。すみませーんと言いながら、みんなの中に入っていく。顔が熱くなる。どれくらい待ってた？「私もさっき来たから大丈夫」と、後ろのおかあさんが言ってくれた。何分くらいだった？とカンチに尋ねる。30秒ぐらい。じゃあ、まあ、よかった。

そういうドキドキがあったので、しばらく落ち着かない。

けれど二人三脚も風船割りも快調に進み、チームはビリだったけど、点数に加算される競技ではなく、楽しめて、よかった。

いつのまにか、
眠っていた。

10月4日（月）

今日は、ガレージの外側のタイルを張る場所の下地作りのためのコンクリート打ち。ようやくここまで来た。あとは、コンクリートが乾いてからタイルを張って、隣りとの塀を作ったら終わりだ。

工事が終われば、人の出入りもなくなるので、犬も吠えなくなり、私も仕事に集中できる。工事中だと、どうしても仕事をする気持になれないので。

家にひきこもることができるようになったら、おのずと今までの問題も解決することになる。

なにより気持が変わるだろう。本当に待ち遠しい。

その日が来ることを、祈るような気持で待っている。

村上春樹の「アフターダーク」を読む。

日本語の勉強というか、正しい正確な表現がされているので、そう好きな作家ではないけど（人生相談とかは好きだったけど）、文章の勉強のような気持で読んでみた。最初の章を読んだところで、どうして村上春樹の小説があんまり好きじゃないのかわかった。登場人物が、私の好きなタイプじゃないのだ。

片岡義男の「自分と自分以外（戦後60年と今）」という本を読んでいる。おもしろい。

今日、遠くにいる友だちと、しみじみ電話で話す。

現在、私が悩みやぐちを話せるような友だちは何人いるかなと考えてみたら、ひとりだった。ついにひとりになってしまった。

これから先に、そのような人に出会うことがあるかないか。

同じような境遇の人がすくなくなってしまった。

そして、ますます突き進みたいと思っている。

みわたせば、遠くのあちこちにも、過去にも、似たような人は、いる。

点在していて、それぞれみんな独自の道を歩いている。

このひとりぼっちな感じは、しょうがないものだ。

ここが私の居場所だから。最も快適な場所に、だんだん近づいているのかも知れない。

もう夕方。

これから買い物に行って、夕食のおかずを買って、子どもをむかえに行って、夕食を作って、食べて、テレビを見て、笑ったり怒ったり驚いたりして、お風呂をいれて、入って、眠る時間だ。

テレビでMr.マリックをみていたら、チャコがめずらしく頭が痛いと言う。熱を計ったら

37・9度。保育園で流行ってる風邪かも。ぐったりと横になっているので、タオルで冷やしてあげる。寝る時も、時々うんうんうなってる。

今、体の中で、病気とたたかってるから熱がでてるんだよ。寝るとよくなるから。がんばって。そして、よくなったら、うんと体が強くなってるよ。と、はげます。

夜中にも、苦しそうで、トイレに立ったら一緒に起きてきたので、水をのませ、タオルで汗をふいたり、うちわでそろそろとあおいであげる。電気をつけてと言うので、スタンドの明かりをつける。

10月5日（火）

朝、私が起きたら、チャコもさっさと起きだした。そして、「ママ、きのうの夜、たのしかったね。チャコたちだけ、おきて」なんて言ってる。

ずいぶんよくなったようだ。熱を計ったら、37・3度。今日は保育園をお休みすることにする。気分はだいぶいいようで、寝たら？　と言っても眠くないようで寝られずに、ビデオをみたり、うろうろしている。

室内ブランコにゆられていたらチャコがきたので、一緒にぶらぶらゆられる。青い空と木の枝を見ていたら、私の好きなカレーはどうやったら作れるのかなという思いがうかんだ。カレーはどんなカレーもほとんど好きだけど、あ、ルーがびしょびしょ、しゃびしゃびの水みたいなのはあんまり好きじゃないけど、好きな中でも、こげ茶色のは自分では作ったことがない。普通の市販のカレー粉で作るなじみの味のや、ココナッツのはいったタイカレーはよく作る。こげ茶色のカレーは好きだけど、店でしか食べたことない。デミグラスソースみたいな色のやつ。カツカレーになるような。あれが食べたくなった。あんなの、自分で作れるのかな? やってみようかな。どうやるんだろう。

こげ茶色の。香ばしいカレー。


タイルの工事が始まった。刻一刻と、できあがりが近づく。うれしい。完成したら、私の人生ひとり旅への再出発だ。やっとひとりの時間が作れる。思えば、完全に自分以外をシャットアウトできる環境は、宮崎に引っ越してからずっと、過去2年以上、なかった。完全に密閉された空間でなければできないことがあり、そこでなければ入り込めない境地がある。

あまりにも長いあいだ、そこから離れていたので、息が切れそうだ。ハアハア。死ぬかも。もしかしてじんわり続いた(結果的に)すごいストレスだったかもしれない。


ベッドでチャコとごろんとしながら。また外を見る。

きのうのひとりぼっち感は消えうせ、きょうは平和な満たされた気分だ。

どうも自分の気持がわからないな。

まったくと言っていいほど、わからない。

昔よく感じていたなんともいえない底知れぬ怖さは、最近はなくなった。自分の思いと行動、それぞれの、ぼんやり感は増している。

夜、夕食後、みんなそれぞれにおやつを食べたり、好きなテレビをみたりしている。気持ちよく寝ころがる。

帰属意識というのが、本当にない。同郷だとか、同じ学校出身だとかで、親しさを感じる人たちっているけど、その気持がまったくわからない。私はそういう気配を感じると、かえって冷淡になってしまう。共同体というのが、苦手だからかもしれない。

10月6日（水）

雲ひとつない淡く青い空。秋。

車で登園するとき、「雲がひとつもなくて、山がはっきり見えるね。てっぺんの木も見えるね」と言うと、「そうだね」との返事。

家の支払いもあと1回を残し、もうしばらくお金は使わないだろうから、銀行に行って、当分使わないだろうお金を普通預金から定期にうつしてきた。

普通預金の残金がすくなくなると、自制できる。余計なことをしでかさずにいられる。

イチローの奥さんの弓子さんのような(?)生活全般とりしきってくれる有能な秘書を妻に持てるということが、男と女の違いだと、いつも思う。好きな仕事に集中できて、身の回りのことや面倒なことは全部やってくれる。うらやましい。私は女だから秘書みたいな妻ももてず、全部自分でやってる。それはそれでいい面もあるのだろうけど……。

おいしいものに関しても、健康なものに関しても、どうしてもこれを食べたいという気持ちはなくなった。今、目の前にあるもの、無理しないで食べられるものの中から選ぶという場合は、その中で熱心に好きなものを選ぶけど、今、目の前にないものを求めて遠くまで行こうという気持ちはない。おいしい、めずらしい、高級なたべものも、自然な流れでそれを食べるのならいいけど、それだけのために意識して求めさすらうことはない。ごはんと、自分で作る好みのおかずがすこしあれば、しあわせだ。

好きなものの的(まと)がだんだん絞られてきた今、自分にとっての「自然なこと」の範囲が狭まってきたと思う。

きょうのお昼は、ドライブして、先日教えてもらったお店に、大好きなゆば懐石を食べにいくはずだったけど、ゆば懐石はもうやっていないのだそう。ショック。気をとりなおして、普通の懐石で、引き上げ湯葉鍋《なべ》入りのコースにした。

着きました。普通の住宅街の中に、そこだけ料亭風の門構え。旅館のような落ち着いたたたずまい。戸を開けると、広い玄関に和風の中居さん。しずしずと通された小部屋は、庭園をかこむお茶室のようなしつらえでいい雰囲気。ぬれ縁や灯籠《とうろう》、大きな靴脱ぎ石。梅の木。お腹もすいてたし、景色に大変に感激しながら食べはじめる。

あっというまに食べ終える。ゆずシャーベットがおいしかった。

すると、最初はあんなに感動していたのに、お腹いっぱいになり、時間もたつと、すべてに慣れてしまい、最初の気持ちは消え失《う》せている。

不思議なものだ。

景色を見ても、なんとも思わない。神秘的だとまで感じていたのに。

愛や恋も、こういうものかも。愛に飢えている時や恋してる時には、素晴らしく見え、飢えがおさまり、恋がさめると、神秘さが消える。

「ゆずシャーベットがおいしかったな」というそっけない感想だけがポツンと残って。

10月7日（木）

チャコの遠足。お弁当を作る。食べる量が少ないので、すぐに終わる。小鳥がついばむような、ちょこまかしたものの詰め合わせ。おにぎりなんて、直径2センチ。それが4個。たこ、カニ形のウィンナー数個。インスタント肉団子4個。卵焼き2個。ゆでブロッコリー2個。プチトマト1個。焼き豚1枚。

今日も外のタイルはり。3分の1ほど終わった。見てると、小さなタイルをコッコッコッとたたいてらして、細かい作業だ。あともうすこし。

私も工事が完了したら、倉庫やガレージの道具類の整理をするので、台車や洗車用踏み台やホースなど必要なものをホームセンターへ買いに行った。

ブーゲンビリアの鉢植えの枯れかかっているのをひとまわり大きな鉢に植え替える。

きょうも、ひとりぼっち感はない。どちらかというと、みっちり詰まったあかんぼうの腕の肉のようなぷりっぷり感。

ほんとに、もう、家はいいや。もう一生、建てたくない。家造りは、性格に合わない。せっかちだから、自分でできないことを人に頼むのが、合わない。すぐに済むことならいいけど、長くかかるものは、もうなんにもいらない。

凝り性と言っても、それはそうだけど、案外そうでもない。途中まではたしかに凝るけど、あるところを越えたら、もうどうでもよくなる。たとえば、「理想をいったらこれがいいけど、そんなに時間やお金がかかるならもういい」と、急にひるがえすことができる。とにかく、すぐにやめられないもの、ひるがえせないものには要注意だ。相手の都合で長引くって状況に、陥らないように注意したい。

これからは、「それって、すぐ済む？　途中でやめられる？」をチェックポイントにしよう。

10月8日（金）

台風がまた近づいていて、朝から雨。

夢の中で生きたので、今朝は充実感と幸福感に満ちて目覚めた。夢の中では、別の人物になってその人を生きる。そして目覚めると、現実の自分はリセットされている。夢はいいなあ。


人って、すこしずつ変わっていくものには慣れてしまい、気づかないものだ。そして、気づくといつのまにかとんでもないことになっている。

というのも、毎朝、洗顔後に顔につける酸性水のスプレーがあるのだけど、そのスプレーの押しボタンがすこしずつ調子悪くなってきて、最初は軽く引っぱりあげる程度だったのが、今では一押しするたびにぐーっと引っぱりだすことを何度も繰り返している。すごく不便で、最初からその状態になったなら買い換えていただろう。容器は百円だったたし。でもそこまで至ったのが本当にすこしずつだったので、だましだましで今日まできて、さっき気づいた。

対人関係の心理的なことも、こんなんだろう。日々の中でちょっとずつひどくなる事態に対して、人はじりじりと適応してしまう。地獄っていうのには、そうやって落ちていくのだろう。

ふふふふふ……。ふふふ……。あー、ははは。

と、キーボードを打ちながらも顔が熱くなるほど、笑いが出る。

マロンの吠《ほ》え声をどうにかしたい私は、ふと、「たしか……『犬用さるぐつわ』って聞いたことあるなあ」と思い出したのです。さっそくパソコンで検索。

「さるぐつわ」はみつからなかったけど、無駄吠え防止グッズ「しつけじょうずラブリーワン」というものを発見。一万五百円。首輪形の機械で、吠えるたびに1秒間振動するという動物好きな人からぶーぶー言われそうなもの。効果があるのかわからないが、即注文した。

それが今届いたというわけ。箱を開き、注文した色である黄色いその物をもちあげる。他に青とピンクがある。ストラップで首に装着するらしい。電池の透明シートをとりはずし、自分の声で実験した。

ワン、ワン。

3種類の感度を選べる。それぞれに声の大きさをかえて吠えてみた。震えている。震えている。感度がいちばん低いレベルでは、なかなか大声で吠えても振動しないので、頑張った。ワン！　ワン！　と絶叫。やっと振動。
ふふふ。窓の外の小屋で寝ているマロンをちろんと見て、「こんど、使うからね」と、
にんまり。
でも、工事が終わったら、吠える機会は減るだろう。使いたいのはお客さんが来た時ぐ
らいか。
思いこみの強い人って、自分ではそう思っていないのかも。
創作意欲もある種の思いこみかもしれない。だとしたら私は時々思いこみが強くなるの
で、ドウドウと諌《いさ》めながらやっているが、そのパワーが創作に向かわずに現実に向かう人
で、そのなかでも危ない人は、「思いこみ」なんて言葉、なんのこと？　ってなもんだろう。
思いこみ。
ふーむ……。これって、心の中のことなので、目に見えるところに出てくるまではまっ
たくわからない。どこがどう現実に即していて、どこがどう思いこみなのかってのも、は
っきり指摘しにくい。心の中にだけ住まわせて表に出さなかったら、だれにもわからない。
私が思うに、ロマンチックな人ほど、思いこみが強い。
夢見がちなあの人、この人。みんな自分の都合のいいようにものごとを解釈してます。
そうやって今この瞬間も突き進んでます。

自分の都合のいいようにものごとを解釈、という言葉がでましたが、これこそ、困ったものだ。自分の都合のいいように解釈されて、どれほど事がこじれることか。大事な場面では、相手の都合のいいように解釈される余地のない、タイトな表現をこころがけよう！

でも、気を抜いてる時、やさしい気持ちの時、エアーポケットのようにぽっかりとあいたところに、落とし穴はあるのだ。

10月9日（土）

もうすぐ完成といううれしい日々なので、私も庭つくりの作業をやる気になった。踏み石を4個買ってくる。重かった。白い御影石の大小と、フェイクの切り株形の大小。それから、ひめつるそばをカットしていろんなところに植え込む。これはすぐに根がつくから、いたるところに這《は》わせたい。ひめつるそばは、ピンク色のこんぺいとうのような花がつく、よく石垣やコンクリートに這い広がっている植物。大好き。庭中の地面がこれでもいいほど。あの小さなまるまるがなんともいえない。いまちょうど花が咲いている。

「ママという呼び方を変えたい。おかあさんって、呼びたい。けど、ママに言うのがいやなんだよね」と、カンチ。

「わかるよ〜ん。ママも子どもの頃、母親の呼び方を変えようとしたけど、できなかった。

やっぱり、最初からじゃないとね」

そういえば、チャコにもおかあさんと呼ばせようとして練習してたことがあった。これから時々またやろう。

10月10日（日）

引き続き片岡義男の「影の外に出る」を読んでいる。

日本とアメリカ、今の日本の政治・経済についての読みやすいコラム集。

今の日本の現状を客観的なデータをもとに、冷静に読み解いている。そうなるとほとんど状況は悲観的なのだけど、語り口が非常に落ち着いている。落ち着いた語り口のコラムを読むのは楽しい。なぜこんなに心が浮き立ち、読んでいて癒《いや》されるのかわからないほど、幸せを感じる。いや、わかる。客観的でクールで、それゆえに悲観的な語り口の物が大好きだからだ。手に持って移動しているだけで、同じ気持が持続している。バイブルって、こういうようなものなのだろう。読まなくて、持ってるだけで心を落ち着かせるもの。もはやこまかい内容は重要ではなく、そのものがかもしだす雰囲気に価値があるという。

日本って、経済的にも、アメリカとの関係、世界の国の中の立場的にも、ものすごく大変なことになっていそう（日本だけじゃなく他もそうだろうけど）。そして、なぜそうなったのかは、もうずっと前から続いている流れの結果なので、簡単に変えることもできず、できるのは、危ないとわかっていながらそのまま流されて行くこと。このまま流されて行く先を見るしかない。どんなふうになるとしても、それは日本らしい。自爆しても自業自得だ。私もその中で、みんなと一緒に流れに流されている。どうなってもしかたないと思う。その楽しさかもしれない。

ただ個人的にできる自衛手段として、他人の意向に左右されないですむ生活についてだけは意識して獲得している。つまり、会社の上司など、誰かのいうことをきかなくてすむような暮らし。決定権が自分にある暮らし。決定権が自分にない暮らしは、想像するとても恐ろしい。だからそうならないように、そこだけは慎重に、今まで生きてきた。

でも、日本にいる以上、国というもののいうことはきかなくてはいけない。法律を守るとか、国の決まりに従うとか。それで、今後どんなことになるかわからないので、とんでもないことになったら、無政府状態になったら、戦争になったら、お金が紙クズになったらどうするかな、とは、日々、ぼんやりとだけど、考えている。そうすると、おのずと、シンプルになっていくのです。物があってもいいけど、それらがぎちぎちにからまりあっていないというか、するりとほどけるようなすかすかさに物をもち、人とも風通しのいい距離を保ち、これがなかったらダメだというような強く依存するものを持たず、気づいた時に、気をおおらかにする、とかってこと。

今日から一泊で、魚つり。つりに行ってみたいとチャコが言うので行くことにした。先日、知人から聞いた、初心者コース。港で沖アミを籠《かご》に入れて小あじ等をつるというもの。

カンチは友だちと遊ぶ方がいいと言って、行かない。

午後から出発。車に、小さなクーラーボックス（牛乳配達用の）、椅子、着がえを積み込む。道具は現地調達。目的地は、鹿児島県の阿久根《あくね》から長島あたり。

約2時間でついた。

まず砂浜で遊ぶ。チャコは服のまま海に入り、波をジャンプしたりして、びしょぬれになる。さっそく着がえ。

釣具屋さんをみつけて、釣具をそろえる。初心者用に、リール付きと、ただの棒のと作ってもらう。釣りの道具のことで私が言ったことに、おばちゃんとおじちゃんが大笑いしてた。どうやら、すっとんきょうなことを言ったらしい。明日またエサを買いに来ると言って宿へ。

宿泊は、インターネットで調べた、町中にある古い温泉宿。実物を一目見て、しまった！　と思ったが、しょうがない。完全にうらぶれている。部屋はかびくさいような匂いがした。窓の外は、すぐ隣りのビルの壁。この部屋で今夜、眠れるだろうか。

温泉は大衆浴場で、人がいっぱい。だだっぴろい部屋にチャコとふたり。従業員の人が明るかったので救われる。夕食は部屋に運んでくれた。海の近くだけあって、魚がおいしかった。カレイのからあげと、あらだきが、特に。

お菓子を買いに車で出たが、道はすぐに真っ暗になる。ファミリーマートがあったので、お菓子を買って帰る。テレビを見ながら本を読んでいたら、すぐに眠くなり、眠る。

朝早く、配水管を水が流れる音で目が覚めた。かなりの音だった。

もう一度寝て、7時に起きて、8時にご飯を食べて、出発。

きのうの釣具屋へ向かう。おじちゃんとおばちゃんにいろいろ教えてもらって、氷ももらって、エサを買う。

そして小さな港へ。

だれもいない。舟が並んでる。上からのぞくと、魚がみえたのでここにしようと言って、つりはじめる。糸に針をつけて、えさの沖アミを籠に入れて、ポトン。

何度か繰り返すが、つれない。でも、それだけでも楽しかった。

しばらくしたら、つれた。タイみたいな小さなきれいなの。あわてて軍手をはめて、針をぬく。私しかいないから、しょうがない。バケツのなかにいれる。チャコもよろこんでる。

それから、タイがもういっぴきと黒いのが2匹と、細長い小さな青いすじがはいったのもつれた。

海中を見ると、青い小さなのや白と黒のしましまの熱帯魚がみえる。どちらかというと、あんなのを静かに岩場で眺めていたい。黒い中くらいの魚や、細長いのや、いろいろ見えた。

もうそろそろやめてもいいかなって頃、とげとげの背びれの魚がつれた。軍手をはめて、針をぬこうとしている時、「つれますか？」とおじさんが近づいてきた。すると、「その魚は、毒がありますよ」と言う。

「えっ？　ど、どうしたらいいですか？」

毒のある針のところをハサミで切って、食べられるそうだが、ハサミがないので、逃がしてもらう。危ないところだった。そして、私たちのつりざおを見て、針とえさが反対についてますよと教えてくれた。はじめてなんですと言うと、いろいろとやってくださった。針をもう少し小さいのに変えて、沖アミにパン粉をまぜてくれて、その他いろいろ。しばらく見ててくれて、カワハギもつれて、もう大丈夫ですねと言ってくれた。感謝しつつ、お礼を言う。つけてくれた針をタダでもらってしまった。おじさんはイカをつりにきたとのこと。

おじさんの登場で、思いがけず長くなった。もうお腹がすいたので、お昼を食べようと、磯料理屋に行く。日替わり定食の、刺身と煮魚。おいしかった。それから釣具屋のおじさんに魚を見せに行った。よろこんでくれた。アジの干物までおみやげにくれた。

そしてまた砂浜でチャコが遊んだ。今度ははだかんぼうになって、ねころんだり走ったり。残った沖アミを、そこでつりをしていたおじさんにあげる。

「おじさん、沖アミ、いらない？」

「いる」と。

ハダカに なって あそんでる

もう帰ろうと言っても、いつまでも波と遊んでいるので、待つあいだに日に焼けてしまった。3時すぎに帰途に就いて、5時過ぎに帰り着いた。疲れたけど、楽しかった。クーラーボックスをのぞくと、全部で7匹。氷の上で硬くなってる。せっかくだから食べないと。小さな魚のうろこをとって、こわごわ、おろす。小さな、2センチ四方の切り身が8切れ。きびなごみたいなのが2切れ。カワハギは、皮をはいで、切り身が2切れと骨のところ。

それらをから揚げにした。揚げるともっと縮まった。そして、皿にのせて、テーブルの真ん中に置く。1種類ずつ食べる。2匹しかいないきびなごみたいなのは、1匹をチャコ、もう1匹はカンチと半分ずつにした。本当にちょっぴりだったけど、おいしかった。けど、魚をおろすのが、いやだった。慣れるだろうか。

10月12日（火）

極小

いい天気。庭の作業をしよう。踏み石が安売りだったので、30個も買ってしまった。一個、600円が400円。あまりにも重いので、「乗用車でしたら2回に分けて運んだ方がいいでしょう」と言われる。

苗木も植付ける。家の工事完成が近づき、私もおこもりに向かって、準備を進める。

「ここでないどこかへ」ではなく、「他のどこでもなくここに」いたい。

ここにいて、いて、いつづけたい。

ことは、この場所ではなく。ある種の心理状態。そんな心理状態になりたい。

10月13日（水）

めまいがしてフトンにどんっと倒れこんだ時、子どもにかえったようだった。

ある人と話すと、なぜか気が沈む……。

その人はカンチも知っている人なので、聞いてみた。

「あの人と話すと、気が沈まない？」

「なんで？」

「なんか、こう、ムードが」

「ふーん」

「それにね。こういう言い方したんだよ」と、くわしく説明。

「それは、変だね」

「でしょ。そんなことという意味がないし、言ってはいけないよね」

無意識にじわじわと、人を窒息させる感じ。

早く寝ろと言っても、朝だよ起きなさいと言っても、怒るので、もう言わないことにした。遅刻したら自分の責任。

自分ではどうすることもできない非常にストレスフルな状況にいる場合、人はそのことを常に意識して生きることに耐えられないので、そのことについて考えないようにする。自分は不幸ではなく、こういう理由で幸せだと自分に言いきかせて、しらずしらず自分をだまして生きる。大なり小なり、そういうことは誰にもあるだろうが、あまりにも長期にわたるそれを持っている人に会うと、こちらもちょっと何かを感じる。あるひとつの見方を強く信じていて、それ以外の見方をシャットアウトしているようだ。前向きで明るく活動的な人でも、何かから決定的に目をそらしている。不思議な居心地の悪さを人に味わわせる。

10月14日（木）

10月の非常に気持ちのいい日。

庭の水撒《みずま》きをする。うれしくて、自然にわくわくしてしまう。

昨日植えた木に、シャーッ。ひめつるそばにも、シャーッ。空気も心地よく、体がぽっかりと空中に浮かんでいるようだ。

万両とイワナンテンを植えて、踏み石を4個すえつける。すこしずつ、やっていこう。

何かが終わりに向かう時って、迷走、いままでこなかったような変なものが次々とやってくる、とんでもないできごと、バタバタ、などが起こる。安定している時にはよせつけずにすんでいたものたち。バランスをくずしたところから、パワーの切れ目から、はいってくる。

昼ごはんは、ひさしぶりにトマトのスパゲティを作ろうと考えたら、うれしくなった。明日はカンチの遠足。お弁当の材料を買いに行かなくては。おかずにうるさいのです。あと、バレー部にはいると急に言いだしたので、ウェアなど。卒業まで5ヶ月なのに。

ダイエーが破産、じゃないけどそんなようなことに。大きな会社になると、舵取《かじと》りも細かくはできなくなるんだろうな。大きくなればなるほど、広く遠くをみないと。景気のいい時に手広くしすぎたらしいけど、景気のいい時に、悪くなった時のことを考えてぐっとおさえる、ようなことも、大きくなりすぎた会社にはもはやできないことなのかもしれない。舵取りに時間がかかるものの方向転換は、悪くなってからでは遅い。いい時にやらないと。でもいい時にサイズダウンするということを納得できる人ってなかなかいない。ほとんどの人がどんどんやれやれとなってしまう。本当に先見の明がある人に決定権があったら、いいふうにするだろう。決定権がなかったら、心で憂えながらそれらをじっと見ているしかないだろう。

坂道を走っていて、スピードがですぎて、このままいったらころぶとわかって、とまろうとしても、足が勝手に動いてしまい、とまることができずに、だれかとめてーって言いながらも走り続けるあの感じって、いろんなところで起こってる。

戦争あり、テロあり、事件、事故、自殺、天災、羽振りのいい人、成功者、落ちていく人、色恋ざた、騙《だま》しと涙、極悪、人助けのあれこれ、すったもんだ、大きな権力と小さな個人……あまりにも、いろいろ。

世の中の出来事は、どれもおもしろい。人間がやることも、自然のことも。地球そのものがテーマパークだ。

カンチが学校が終わって帰ってきて、やっぱりバレーにはいらない、と言う。遊びの方が楽しいから、だって。えーっ。きのうバレーのおかあさんたちに会ってはいりますって言ったのに……。断わりの電話を自分でかけなさいと言っといたが、こういうのが困る。これからはこういうこともあると予想して、行動しよう。カンチは気が変わる、ということ。

暗い気持で弁当のおかずを買いに行く。

あの気の変わりよう。ぱーっと燃え上がって、すっと冷めるところ。私に似すぎてる。

あれは、あの性格は、今後、困ったことに多々陥るだろう。衝動的に行動を起こさなければ問題はないけど、こうと思った時にすぐ行動してしまうから、周りが動いてしまう。それから翻すとなると……。

少なくとも私は、被害にあわないように、最大限の注意をはらおう。私と同じとなると、よくわかる。何かを急に言い出しても、すぐにそれに加担せず、ひとりで泳がせよう。自分で行けるところまで行かせて、どうしても私が出て行かなければならないことになったら、他人のような慎重さで、どれどれそんなに言うなら話を聞こうかという重々しさで腰をあげよう。

電話させたら、ぜんぜん大丈夫だった。ほっ。

10月15日（金）

遠足から帰ってきた。

お弁当すっごくおいしかった！　と何度も言ってる。

髪の毛を洗わないのにも飽きたので、洗うことにした。洗わなかったといっても、毎日ブラッシングしながらお湯で丁寧に洗ってはいた。

一ヶ月ぶりのシャンプー。３回洗っても泡が立たず、４回目でやっと泡が立った。リンスもして、すごくさっぱりした。髪の毛が軽くなったようだ。洗わないでいると、たしかにだんだんごわごわした感じになっていた。そういえば私にこのことを教えてくれた友達って、髪の毛が少なくて薄くて、ぽわぽわっとした鳥の毛のようだったっけ。あれだったらいいのかも。

でも、髪の毛をシャンプーしないってこんな感じか、ってことはわかった。続けようと思えばできるな。

10月16日（土）

髪の毛がやわらかくて気持ちいい。

今日は稲刈りが多いようだ。カンチたちも、お米つくり教室の稲刈りの日。鎌を持って、参加した。家で食べられるくらい、お米をもらってきたらいいけど。そしたら今夜食べよう。

お米は精米して後日もらえるとのこと。それからふつうのお米ではなく、古代米だった。黒いお米。

10月17日（日）

カルタなんて、やる気がない時は、拷問だ。やろう、やろうと言うのを、どうにか逃れる。

洗濯機に黒カビ発生。黒いのりの細切れみたいなのがたくさん洗濯物につく。今日のタオルケットなんか、すごかった。はたいてもとれないので、ガムテープでとる。黒カビとりを買ってこないと。

10月18日（月）

また台風が近づいている。そのせいか、ひさしぶりの雨が降る。

畑に置いておいたタブの切り株を、庭に移動する。いつのまにか真っ黒になっていて、アリの巣もできていた。裏返したらアリがいっぱいいる。何層にもなってうごめいている。それでもあきらめずに、庭に置いてみた。見た目はかなり悪い。しばらくここに置いて、様子をみよう。畑よりは乾燥してるので、すこしはよくなるかもしれない。

ストーブ用の薪《まき》も、畑に仮置きしているあいだに、すごく虫に食われていた。泥もついていて、きたない。それも、家の薪置き場に移動する。ぼろぼろだ。これを燃やすかと思うと、不安になる。

夜みんなで私の部屋でごろごろする。

くるくる椅子にすわって本をぱらぱら見ながら、チャコと、「だれが好き？　ママが好き」、「チャコが好き」、などとわきあいあいと言い合う。

「ママ、また結婚すれば？」と言うので、

「ママはもういい。もう人の世話をしたくないもん」

世話がかからなかったら、いいのかな。

違うな。

10月19日（火）

朝からずっと雨。台風は明日、またこのへんを通過しそうだ。

切り株にはかたつむりがたくさんくっついていた。

雨を利用して、傘をさしてデッキブラシをもって、テラスのタイルや石の掃除をした。ざくろの実が落ちたところのタイルが真っ黒に変色しているので、そこをごしごしこする。

あまりよくとれなかった。

ガレージは完成した。昨日から車をとめている。引っ越してから1年3ヶ月。やっと濡《ぬ》れずに家にはいれる。

あとは、雨どいと隣りとの塀だけだ。そのふたつが完成したら、いよいよ待望のひきこもり生活。

昼間はだれにも邪魔されないようにして暮らすぞ。電話は留守電。宅配は、宅配ボックス。

小学校のクラスの役員の方から、PTA主催の講演会への聴講呼びかけの電話。ひとクラスあたり4人のノルマがあるとのこと。3人は集まったけど、あとひとりいないらしい。私は行きたくないけど、もし頭数だけそろえなければならないとしたら、ひとりそろえましょうかと提案すると、助かりますとのこと。行きたい人が行くべきで、人が集まらなかったらそれはそれでしょうがないだろう。こんなノルマはおかしいと思うが、役員さんが困ってるので、対症療法的だが、そうすることにした。その日、アルバイト（1万円）で行ってくれる人をひとり調達する。ゲイリー。

10月20日（水）

台風がまた上空を通った。学校関係は休校。風が強い。

台風休校の日は、工事も電話も来客もないので、朝ずっとゴロゴロして、朝寝坊やベッドの中でテレビを見たりしてすごす。ごはんも遅く、みんながおなかすいたと言いだしてから作る。

一日中、そんなふうにしてた。昼ごはんは食べず、夕食と兼用で夕方4時半に。

夕方、雨もやみ、雲も晴れてきたので、落ち葉を掃除する。小学校のイチョウがたくさん飛んできてる。子どもたちはバドミントンをしている。

テレビを見ていて、きれいな映像と品のいいコピー、これはいったい何のCM？　と不思議に思う素晴らしいCMの、最後のスポンサー名を見て、「お前が言うな!」と蹴《け》りをいれたくなるものも、ままある。

あと、どんなに素敵なCMも、低いいい声で諭してくれるCMも、自然や環境や地球のことを考えて憂えているようなCMも、結局は宣伝なんだよね……商品を売りたいんだよね……と思う。

10月21日(木)

朝、チャコとハミガキをしていたら、急に暗い顔をしてぼうっとしている。

「どうしたの?」と聞くと、ハブラシをくわえたまま私を指さしてから、両手をパッと上にあげ、上を向いて目を大きく開けた。

そのポーズを解読してたずねる。「ママが、死んだらどうしようかと思って?」

うん、とうなずく。正解だった。

「上をむいたのは、なんで?」

口をゆすいでから、「ピストルでうたれたところ。バーンって」

「ああ。そうか。ママが死んだらどうしようって、悲しくなったんだね」

「うん」

ぎゅっと抱っこしながら、「大丈夫だよ。まだ死なないよ。それに、もし死んだとしてもそれは寿命だし、それに、それはそうなってから考えたらいいんだから、今は考えなくていいよ。ママも、子どもの頃、考えてたよ。家族が死んだらどうしようって」

ちょうど今さっき、テレビのニュースにイラクの戦争の場面が映っていたからか。

ガレージ前のタイル貼りが終わったので、その脇の幅1メートルほどの石垣の上に植栽を施し、川で拾った5色の石をボンドで貼りつけた。12個。

それが、今日、剝《は》ぎ取られてた。7個。ぶちっと剝がして、石はそのままそこに置いてあった。ここを通って学校へ行く子がいて、あの子かもしれない。今度、言えそうだったら、言おう。

おいしかった店の物がおいしくなくなっていた時、おもしろかった本、テレビ番組、人、がおもしろく思えなくなった時、だいたいその次は様子見で続ける。その次、2度目か、次の次、3度目まで試してみて、やはりと思ったら、それからもうそれに近づくのをしばらくひかえる。

あれっと思ってから、行動を変えるまで、しばらくの時間というものがある。

10月22日（金）

宮古島の土地がやっと売れることになったので、契約のために行く。

買いたいという人はいたのだけど、その人がずっとぐずぐずしていて、やっと今日。

飛行機の中でサンドイッチとコーヒーの朝食をとる。那覇《なは》で乗り換えて、宮古島へ。レンタカーを借りて、不動産屋へ向かう。電話だけで知っていた担当の方に挨拶《あいさつ》をしてから、その人の先導で銀行へと移動。

仕事でお客さんを車で先導する、というような場合、その人の性格や頭のよさが現れる。時々、すごく急ぐ人もいる。今日の人は、ゆっくりと走る私にもやさしかった。1回だけ、交差点で黄色信号の時に進まれた時はあわてたが。

銀行に着き、契約。その土地に空洞とかなにかで建物が建てられないことがわかった場合2年以内なら返却できるという条件をことさらに強調して契約書に追記させられたのでちょっと気になったけど、まあ無事終わる。金額は、先日支払ったガレージ代とほぼ同額。宮古島の土地がガレージになったか。

司法書士さんもなんかいい人に思え、不動産の人もいい人に思え、やすらかな気分になる。

これで、所有する土地はゼロになった。バンザイ。使ってない不動産を持ってるって、本当に気が重かった。今は、今住んでいる家の建物だけが、持っている不動産だ。これなら使ってるので、まだ気は軽い。重いものは、もうなにも所有したくないというのが今の気持ちだ。

そのあと、売った土地に行ってみた。すぐ近くの海岸におりたり、海沿いの遊歩道を散歩した。きれいだけど、どこをみわたしても、まったく他人のようだ。こんな、知りあいがだれもいないところに引っ越したら、とても孤独だろうと思う。閉塞感《へいそく》を感じる。それなのに以前は引っ越そうと思っていたのだから、気持ちというものの不思議を感じる。気持ちがすべてだ。あの時は、どうしてもどこかへ引っ越したくて、その思いがすごく強くて、ここに光を求めたのだった。孤独や閉塞感なんて小さく思えるほどの、強い気持ちだった。今の自分だったら、できない。今は、悩み事がなくなったから。

悩みのパワーはすごいなあ。

気楽な気分で、見知った集落をドライブする。本当にうれしい。

それから、以前来た時に知りあった人のお店にいって、午後4時半という中途半端な時間だったけど、カレー&コーヒーを注文した。海が見える高台で、風が吹いて、気持ちがい い。近くの牛舎の匂いも風に乗ってくる。風向きによっては直撃するそうだ。しばらくおしゃべりしてから、ホテルへ向かう。

テレビをひとりで笑いながら見てるうちにもう10時。お腹がすいてきたけどどうしよう。今開いてるのはすしバーだけ。空腹で夜中に目が覚めるのもいやだし、すしバーって気を使うし……、と迷ったけど、野球でのびた「金スマ」が始まるまでのあいだをぬって急いで食べてくることにした。今日のゲストは佳つ乃だから見たい。

すしバーは薄暗かった。カウンターには他の客はいなかった。握りを注文。板さんと差し向かいで、緊張して食べる。半分くらいでちょうどいい感じになったけど、残すと悪いなあと思い、無理して全部食べた。ときどき板さんとしゃべりながら。デザートにアイスクリームまできたので、それも無理して食べた。おなかいっぱいで苦しい。これだから外食はいやだ。

また急いで、部屋に帰る。まだ「金スマ」ははじまってなくてよかった。

たたきつけるような佳つ乃のしゃべり方はこわかったけど、おもしろかった。

ミステリーを読みながら眠る。

10月23日（土）

朝起きたら、胃がチクチク痛い。昨日遅く食べ過ぎたからだろうか。こんなことはめったにない。

どうしよう。朝食は抜こうかなと思ったけど、空腹で痛いってこともあるし、ちょっとだけ食べる。紅茶2杯とパイナップル4切れといちごジャムのトースト1枚。

部屋に帰って来てからも、まだチクチクする。

今日の予定は、午前中に那覇に移動して、数時間、那覇の国際通りにあるお店やカフェを見る、だったけど、飛行機で那覇に着いてからもまだチクチク痛い。だんだん怖くなる。それで、予定を変更して、すぐ鹿児島に帰ることにした。本当に雑貨屋なんかをひとりで見たいかどうか、よーく自問自答したら、別に見たくないということに気がついた。

鹿児島行きの飛行機は満席だったけど、どうせ時間もあるし、キャンセル待ちをした。待合所で待つあいだにも、チクチク痛い。痛いながらも、パイナップルや「ぷっちょ」やタコスなどのおみやげと昼ごはんを買う。

その時、思い出した。以前、知人が話していた話を。その人は、すしを食べたら夜中に胃が痛くなって、七転八倒の苦しみで、翌朝病院に駆け込んだら、サバにいる寄生虫、アニサキスが胃壁に入り込もうとしていたのだそう。胃カメラでのぞいた医者が、「あ、いたいたアニちゃん」といいながらピンセットでとってくれたそうだ。

それかも。そういえば、関アジだったか、関サバだったか、きのうでた。関アジだったような。でも、アニちゃんだったらきのうの夜から痛いはず。違いますように。

チクチクのまま、暗い気分のまま、席がとれて、飛行機に乗り込む。

飛行機が飛んでしばらくしてから、もしかしたら空腹で痛いのかもと思って買った昼食の押し寿司を食べてみた。食べたとたん、痛みはピタリとやんだ。

空腹で、痛かったのだ。朝から痛かったのも、空腹だったからだ。

昨夜《ゆうべ》のすしが多すぎたような気がしていたので、食べすぎとばっかり思っていたが、そういえば昨日は昼ごはんのカレーを夕方に食べたり、いつもよりも食べた量は少なかった。

またのんきな気持ちになり、お土産を持って家に帰る。「ぷっちょ」がよろこばれた。隣りとの目隠しもできていて、本当に完成まであとすこし。あとほんのほんのすこし。

そうしたら、昼間はひとりの時間だ。

10月24日（日）

梅畑に植えっぱなしにしてあったなすに細い小さななすがなっていた。全部で6本ほど。天ぷらにしようととってきた。カンチが切ってみて、これ、おいしそうだね、ぴきぴきしてると言う。とれたてのは張りがあるってことが妙にはっきりわかった。

ポール・スミザーのガーデニングの番組があったので、見てみた。草花のタネの採種と鉢に種をまくのをやっていた。ふんわりとしたよさそうな土を植木鉢にいれ、やさしくジョウロで水をかけてる。うーん。めんどくさい。やはり、繊細な思いやりが必要なガーデニングは無理だ。植えっぱなしで、こぼれ種で自然に増えていく庭にしよう。いつのまにか何かの芽がでてるというのがおもしろい。

夕方の犬の散歩。

「きょうはいっぱいで行ったんだよ」とカンチ。「○○ちゃんの犬、かわいいんだよ」

「犬種は？」

「ミニチュアダックス。黒。でね、オスがいると歩かなくなるの」

「えっ？ どういうこと？」

「手をね、こうやってぎゅっとつっぱって止まるの」

「じゃあ、どうするの?」

「○○ちゃんが、だっこして歩くの」

「へーっ。おもしろいね。マロンはまた、ハアハアいって前へ進もう進もうってしてた?」

「うん。みんなが驚いてた」

「マロンって、本当に元気だよね。首がぎゅうっとひっぱられてるのにバタバタ進もうとするし。運動好きだよね。ホント、カンチに似てるよ。知ってる? 犬って、飼い主に似るんだよ」

「ふーん(と、考えてる様子)。そういえば、まあの犬もまあに似てるわ」

「ね」

「そうかも」

10月25日(月)

きのう友だちの家で食べた煮たまごがすごくおいしかったので、作ってみることにした。まとめて作って冷蔵庫にいれといたら1週間はもつし、おべんとうにもいいよと言ってたっけ。1ケース買って茹《ゆ》で、殻をむき始めたら、白身まではげてしまってうまくできない。失敗した。5個までいらいらしながらやって、ついに我慢できずにパソコンで調べた。

「ゆで卵の殻がうまくむけない」と打ったら、でてきた。すぐに冷水にいれると水蒸気が膜のところで冷えて殻のあいだに水がたまってつるりとむける。とか、古い卵はよくむけるとか。

冷水に入れ方が甘かった。普通の水をなべにちょろちょろ流しただけだったので効果がなかったのだ。残りのたまごをもう一度なべで熱して、今度は氷をいっぱいいれたボウルにちゅっと入れた。さっきよりはきれいにむけた。今は煮汁につけて寝かしてるところ。

新潟の地震のニュースをずっと見ている。

私も小2の時に家が全壊する大地震を経験した。学校も壊れ、遠くの親戚の家にしばらく避難していたのを覚えてる。

新潟の体育館で避難している多くの人がうつった。赤ちゃんの哺乳瓶《ほにゅう》の消毒ができないとか、ウーロン茶では粉ミルクを作れないとか。寒そうだし、家もなくなった人は大変だ。

ここでも、またいつ地震が起こるかわからない。今日かもしれない。その場合は……と、しばらくシミュレーションする。水、食料、寒さ対策……。

でもなぜか、この小さな田舎の町なら安心という気がする。平らな盆地だし、田んぼも広がってるし、近くの山すそには湧き水もあるし、電気はなくても、木を燃やせる。

都会だったらすべてを人にたよることになるので困難なことも、自然な地面のある場所なら自分で生み出すこともできるから、どうにか生きていけるだろう。それになんか、死ぬのも簡単そう。すぐにもとにもどるというか、まるでなにもなかったようになるというか。そういう気軽さがある。

私が今ここで落ち着きを感じるのは、そういう「死にやすさ」みたいなものがあるからかもしれない。

ちょっと前の台風で水につかったバスの屋根に乗って救助を待っていた人が、「これからの人生、大切に生きます」と言っていた。

朝市では、葉ものの野菜が何にもない。あ、ニラはあった。けど、うちはみんな食べないしな……。

台風のせいで収穫が少ない。それで小松菜やチンゲン菜がでても、あっというまに売れてしまうそうだ。百円だし、都会へ送ってあげたりする人もいるらしい。

「水菜とか、とりおきしてあげましょうか」と言ってくれたけど、そこまでするのも面倒だ。ないときは食べない。「必要な人が買えるように」と断わる。

10月26日（火）

「世界バリバリ☆バリュー」。今日の特集は、「ニュージーランドで暮らしたーい!!」。

住居や食料などの物価が安いということで、みんな驚いてうらやましがっているが、ただ安いってだけで住む気はしないな。目的や必要があってそこに行くのならわかるけど。必然性もなく、自分だけがただそこに行ってもなあ。景色がきれいで、気候がよくて、物価が安くてと、外国にあこがれがちだけど、その国のいいところだけを手に入れようとしても、同時に悪いところもセットになってる。

私は今は海外旅行にも行きたくない。なんかめんどうで。

言葉が通じるから、日本が好き。本も読める。

来週は、「中国のお金持ち」か。お金がいっぱいあってもなあ……。お金で買えるいいことにも限度がある。しあわせになれるわけでもなし。

生活に必要な金額以上のお金は、別の性質を持つようになる。そうなったお金は、使い方が肝心だ。使い方によって、生きたり死んだり、自分を生かしたり殺したり、人を生かしたり殺したりする。

お酒の力をかりて気持ちにいきおいをつけなくてはならないような集まりにはもう行かない。強いお酒をぐいっと飲んで、早く酔ってしまいたいと思うような集まりには。

そういう集まりは、本当には楽しくないし、あとで後悔することが多い。

好きな楽しい友だちだったら、かえって酔うのがもったいない。せっかくおしゃべりできるのに、酔ってる時間がもったいない。

だんだん、私はもうお酒を飲まなくてもいいかもと思ってきた。たまにはいいけど。

10月27日（水）

メダカのえさがなくなったのはなぜだろうと思っていたら、犯人はネコだった。けさまたなくなっていて、金魚のえさがあたり一面にちらばっていた。それをまた食べに来たところを発見。うす茶色のネコだった。もう来ないように、出入り口にしていたらしい塀と地面のあいだをふさいでみた。

新潟でまた震度6弱の余震。

子どもを保育していた部屋の様子がうつった。地震と同時に保育士は子どもをつれて部屋の真ん中にあつまって腰をおろしてかたまり、あたりをきょろきょろ見渡している。この動きが本能なんだなと思う。真ん中と、低い姿勢。あたりを見渡す。

こうやって暖かい部屋で、のんびりとテレビを見ていられることのしあわせをかみしめる。

外は、静かで、平和だ。ライフラインも整っている。これらは壊れやすいものの上に形づくられたものだということを忘れまい。

またイラクでの日本人の人質のニュース。今度は若い男、ひとりだ。48時間以内に自衛隊を撤退させないと「僕の首をはねると言っています」と言ってるが、小泉首相は「撤退させない」との返事。いったいどうして彼はあそこにいるのだろうか。「すいませんでした。また日本に戻りたいです」と言ってるが、本当だろうか。本当に帰りたいのなら、最初からそんな面倒くさいことになる可能性のあるところに行かなければいいのに。知らなかったのかな。

今まで長いあいだ、たぶんかれこれ10年か20年ほど、好奇心にまかせて、あれこれきょろきょろしてきたが、もうやめよう。自分からわざわざでかけて行くようなところにいいものはないことがわかったし、むこうから飛び込んでくるものにステキなものがないこともわかった。これからは行動を自主規制しよう。衝動的に動くのはやめて、しばらく保留にして、よく考えてからにしよう。できるだけじっとしてて、動く時も、重たく動こう。そして、石の上にじっといるようにじっとして、こつこつと仕事をしよう。それが今の目標。今後の課題。

10月28日（木）

母子関係。ケンカばかりしているというわけではないが、カンチは私に、子どもらしく甘えるでもなく、頼るでもなく、しかられて謝るでもなく、自分を主張してばかりいる。へりくつばかり。これは、親子関係というより、人間関係か。そういう性格に、ほとほとうんざりさせられることがある。そのやり方で、自分の人生を進みなさいよと思う。あなたは私じゃないから、私もつべこべ言いたくないし、言われたくないだろう。でも私はそのへりくつを認めないし、まったく好きじゃない。早く成人して、私から何も言われないような立場になって、私から離れて、お互いに相手を傷つけないほど離れて、そのやり方でどうぞ好きなように生きなさいよと、心から思う。

他の母娘が、なんか仲よさそうにみえる……。親子らしく。

思えば、カンチの子育て期間中は、自主規制しまくっているではないか。結婚も子育ても修行というけど、未熟のままでいいから修行したくないな。

高校卒業まであと6年5ヶ月。

子どもが未成年ということ、学校に通うということは、私がやっとの思いで卒業したあの世界をまたふたたびということだ。また属したくないものに属してしまった。つねに学校と地域社会への責任がつきまとう窮屈な暮らし。学校のスケジュールにあわせた生活時間。自分がまた学校へ通うようなものだ。長期にわたって子どもを預けられる人がいないので、旅行は行かない。学校が休みの時は、どこも混んでいる。私にとって、あと13年程は、ここに縛られる暮らしだ。しかたないので、その暮らしをしよう。

高校になったら、毎日お弁当を作らなくてはいけないかも。そんなことを考えても苦しくなる。

でも、しょうがないので、この枠の中で、生きよう。

〜大 奥〜
松下由樹!

10月29日（金）

最近は大工さんがめったに来なくなったので、吠《ほ》えなくなったマロン。でも今日はダスキンのお掃除の人がきたので、また吠え始めた。しばらく様子をみていたが、なきやまない。よし、あれの出番だ。無駄吠え防止首輪。首にかちっとはめてみた。すると、そのとたん吠えなくなった。ひと吠えもしていない。お掃除の人もびっくり。そのまま犬小屋でまるくなってねている。お掃除の人たちがかえったらすぐにはずしてあげたけど、これはいい。

10月30日（土）

休みの日なので、午前中はごろごろと3人で遊んだり、コーンフレークを食べたり。地球儀があったことを思い出して、戸棚から出してきて、国探しクイズをしたあと、子どもたちはサムの家に遊びに行った。昨夜《ゆうべ》はゲイリーの家に泊まりに行ってたけど、あまりの寒さに風邪ひいたと言って、夜おそく帰ってきた。電話してても冷たいすきま風がひゅーっとくるんだよ。と言いながら、体は冷えきって、鼻を詰まらせていた。

雑誌をみていたら、カレー特集だった。

見ているうちに辛いタイカレーが食べたくなる。イエローカレーペーストがあったので、あった材料でカレーを作った。

家。家庭。家族。

きちんとした、やさしい、怖い、冷たい、騒々しい、厳しい、のんきな、勤勉な……。それぞれの家にいろいろな要素があり特徴があるけど、私は特に楽しい、おもしろい家がいい。家にいる時間って長いし、楽しいって、いいから。

夕方、3人で庭にいたら、塀の外から石が飛んできた。3センチくらいの。「こら！」と言って外をのぞいたら、子どもだった。小学生3人。だれかはわからなかったけど、遠ざかる後ろ姿に、「石をなげないでー。石をなげないでー。石をなげないでー」と大きく叫ぶ。それからゆっくりと外へ出てあとを追いかけるように散歩にでたが、行ってしまっていた。悲しい。石をなげられるなんて。くやしい。ぼうっとしてないで走って追いかければよかった。今度投げられたら、絶対に追いかけよう。

石。石だよ。塀の外から。ぶつかったら危ない石。今までのいたずらもあの子たちか。こういうことがあるとしばらくのあいだ、気が動転する私は、カンチにぐちぐちと何度もぐちる。

そうか、あの子たちだ！　前に塀の木をぬいたのも、石をいたずらしたのも。そうおもうとつじつまがあう。そっかー、男の子のいたずらだったか。じゃあ、許せるな。なんか。

よくあることだ。

1時間後。「脳内エステIQサプリ」の問題を無心に答えたりしてたら、すっかり気も晴れてました。

10月31日（日）

朝、7時半から9時まで、小学校の奉仕作業で、教室の窓拭《まどふ》き。家にあったドイツ製窓ガラスクリーナーを持って行く。これは数年前、「通販生活」で購入したもの。一度しか使ってなかった。その存在も忘れていたのを、押入れに見つけて持って行ったのだけど、使い方がわからず、なんかよくわからないなと思いながら、みんなに使ってもらっていた。そして帰りに校長先生に、家では使わないので学校で使ってくださいと差し上げる。それから帰って「通販生活」の中の説明を読んだら使い方がわかった。高いところまで届き、水をつけるだけで汚れがとれ、くるっとかえして裏のゴムベラで一気にふき取ると、水気もなくなるというものらしい。

これは、使い方を説明した方がいいなと思い、説明をメモした手紙を書く。

イラクの人質の男の子、言われたとおり、首を切られて殺されてしまった。しょうがないとしか言いようがない。戦争中みたいな国に行ってしまったのだから。

家でテニスの練習をチャコにする。小さく投げて、ラケットにあてる練習。おもしろい。チャコも、夢中になってる。私も汗をかいてきた。かたわらでカンチはマンガ本の懸賞書きをしている。

「チャコ、これから毎日夕方練習しようか。

カンチにもこういうように教えたこと、いろんなことで何度もあったけど、いつもすぐに怒ったり失敗していやになってやめてたんだよねー」

はじめて、教える楽しみを知る。やはり、人によるんだ。カンチは、習うのは苦手だけど、独学タイプ。自分でコツをつかんでうまくできる。自転車もいつのまにか乗れていたし。

それからチャコといきおいづいて練習用のボールを買いに行き、ついでにサッカーボールまで買ってしまった。

(それらもすぐに、飽きてしまったけど。)

夜、友だちのヤッホウと電話で話してて、ふと思い出して石を投げられたことを言う。

「え？　どこから？」

「塀の外から」

「塀を作るってことは、そういうことだよ」

と言われ、深く納得。

そうだよなー。塀のないすぐ中が見えるような家に石は投げないだろう。それは悪いことだとだれもがわかるから。でも、まわりをぐるっと塀に囲まれてて中に木が植わってるような家なら、そこに石を投げることが悪いことだと思わずにすむかもしれない。だって中が見えないのだもの。ただ見えない塀の向こうに、石を投げただけ。そこに人がいるとか考えず。本当は危険なことだけど、それがわかりにくい。

私はプライバシーを守るために塀をめぐらせたけど、塀の向こうからは石が飛んでくることもあるのだということを学んだ。そのしくみを、そのおもしろさをも、しみじみとかみしめる。

11月1日（月）

ひさしぶりに朝市に行ったら、野菜がたくさん並んでいた。小松菜もチンゲンサイもある。

ターサイ、水菜、大根、ごぼう、卵を買う。今夜は、きんぴらごぼうと、鶏肉と野菜の煮物、水菜のサラダを作ろう。子ども向きじゃないけど。煮物とか、チャコは食べないんだよね。

最近できあいの冷凍食品に目覚めて、きのうは、冷凍の春巻きを揚げて、冷凍のシューマイを蒸したのが夕食だった。するとチャコがうれしそうに、

「ママのごはん、すごくおいしい。ママお料理上手だね」と言う。

「えーっ。だってこれ、みんなインスタントだよ。ママが作ってないよ。おてて で作ったのは、このじゃがいも炒めだけだよ」

「ううん。上手だよ」

それを聞いて、その表情を見て、なにかを思った私……。

夕食後、野菜を細切りにして、ことことと煮てスープを作った。明日の朝の分。

そして、今夜がさっきの。

やっぱり、自分の手でいろんなものを作りたくなった。そしてそれを食べさせたい。そして、おいしいと言われたい。


「保育園に絵をかいた」の色をチェックする。なかなか実物通りに色がでなくて、何度もやり直してもらう。空飛ぶ絨毯《じゅうたん》から花びらを撒《ま》く絵のその花びらは、その時そばにいた子供たちにかいてもらったんだったなと思い出す。

絵をかいた時は、うっそうとした木々でおおわれていて見えなかったぞうの北側だったが、台風のあとにその木々が切られて、今では丸見え。どうせ見えないからと、思い切り手抜きをしてささっとかいたので、毎日見るたびに恥ずかしい。

P4〜5の、山の上から写したこの盆地のパノラマ写真。川がS字に流れるこのへん、と保育園の場所を説明してるけど、ちょうどその上方にうすく桜島が写っていた。

あたたかい。昼どき。

ふらふらと足が外に向く。いつも、時々、こうやって庭にでてしまう。そして、あちこち、この地面、石のあいだ、と目がいく。小さくちぎって植え込んだヒメツルソバは根付いたかな。この芽はなんだろう。あれっ、枯れてる、とか。

陽射しをあびて、庭めぐり。くるくるまわってメダカにもえさをやる。

そこへ、自動ドアが開いてだれかがやってきた。ゲイリーだ。子どもたちの忘れ物を届けに来てくれた。

一緒に庭をまわる。

「この花、ヒメツルソバがね、いちばんすき。地面は全部これにしてもいいと思ってる」

ゲイリーの畑から移植したバラが咲いているのを、メダカと金魚を、まだつぎつぎと咲いているアザミを、小さな鉢にぎゅうぎゅう詰めのカンナを、いつのまにか広がった芝を、歩きながら指さしながら、見る。

ぽかぽかの中、ゆっくりとあれこれを見てから、外に出て、塀の外の花壇の植物をひとつずつ見ながら、しゃべる。

部屋にもどって本を読もうとしていたら、眠くなったので昼寝をした。

しばらくして目が覚めた。目が覚めても、いい気分だ。

工事がやっと終わったので、これから私は、念願のおこもり生活をします。家造りのため、過去2年間、常に待機中でいなければならなかった精神の緊張を緩めるために。昼間はだれにも邪魔されず、誰にも気を使いません。昼間、夕方の5時までは、外からの声には反応しません。

今、読みたい本が百冊たまっています。

それをすべて読み終えるまで、このノートもおやすみします。

3月1日（火）

あたたかい陽射し。でも外に出ると風がちょっと強い。

この4ヶ月間、ほとんどずっと家にいた。ごろんと横になって本を読んだり、昼寝したり、ぼんやりしたまますごしたりした。気がむくと庭にでて、ぶらぶらしながら植物をみた。

なにもしない一日をすごしても、それでいいと決めたので、後悔せずに、それでいいと思うようになった。ずっとそうやっていたら、どんどんぼうっとなってきて、細かい考えが抜けていった。

完全にひとりの時間がすごせるように、電話や郵便や宅配便にわずらわされずにすむようにと、宅配ボックスを作ったりして準備していたけど、思いのほか、というよりもまったく外からの訪れはなくなった。かえってたまに何かがくると、こんな奥深いところにいったいいまごろ外からなにがやってきたのだろうかと、興味をそそられる。

たいしたことはない。いつも。

そして本を数十冊は読んだけど、本当に私の頭は知識を受けつけないものだ。ほとんどなにも覚えていない。もう興味が薄れている分野のものは、ぱっぱっと急いで読んでたし、興味のあったおもしろいものも、読んでしまうと、なぜか遠くへ去っていく。頭に残らないことが不思議だ。特に数字。自分はばかかもしれないと、時々思う。

それでもまだたくさんの本が読みきれずに残っている。古典と小説と推理小説。これらは、これから、気がむいた時や旅行の時にちょっとずつ読もう。

あんまりにも本ばかり読んでいたせいか視力が落ちてきたので、もう読書の季節は終わりにして、これからは映画の季節にする。さっそくツタヤのDVD宅配レンタル「ディスカス」の会員になり、みはじめたところ。きょうは「マッチスティック・メン」をみる予定。

そう……、気がつくとかなり視力が落ちている。どうしようか。メガネも作ったけど、普段はかけていない。けど、ちょっと不便。テレビも見にくいし。以前レーシックの手術をしたところに尋ねたところ、メガネやコンタクトレンズで矯正してもいいし、私の場合左目だったら再手術も可能とのこと。もう手術はしたくないから、これ以上不便を感じるようなら、またコンタクトにしよう。

こんなふうに手術後にまた視力が落ちる人もいるらしい。数パーセントとパンフレットには書いてあったが。特に私は強度近視だったし。手術前ほどの悪さじゃないからまだいいけど。

手術直後は驚くほどくっきりとなにもかもが見えたものだったが。あれもまた、怖いものだった。簡単さが。

読書をやめることにしたら、気が楽になった。今後は、すぐ読みたいものだけを、おもしろく読むことにしよう。

これからは、ほんとうになにもしない、ってことに慣れたい。そして、なにもしないで一日一日をすごすことを極めたい。

夜、3人で映画をみた。ニコラス・ケイジ……。「けっこうおもしろかったね」とみんな言う。

3月2日（水）

2月が過ぎてよかった。

2月はいちばん手持ち無沙汰《ぶさた》だから。

庭にこれといってみるものがなくなって、くる日もくる日も同じような小さなつぶみたいな木の芽をじっとみたり、地面に何か変化がないか探るようにして、あちこちをながめ歩いた。

3月に近づき、すこしずつ変わってきた。ねこやなぎもふわふわの毛皮みたいな丸をつけた。剪定《せんてい》した枝を短く切って、そこらじゅうにただつきさしておいた、私流のさし木に、芽がでているのもある。

あたたかくなると、太陽の光にあたっているだけで、気持ちがいい。そしてまたすぐに暑い夏か……。

家を建てようとしている人から何かアドバイスをときかれたので、うーん……と考えて、「今、あれこれ細かく気になっていることは、あとになったらもう全然さっぱり気にならなくなるから、気楽にね、ガンバッテ」と言う。

明日はチャコの誕生日。昨夜《ゆうべ》、プレゼントの品物について、ふとんの中で夜寝る前に語り合う。

「一緒に買いに行こうか」と、私。

「うん。……でも、それじゃあ、楽しみがないけどね」と、チャコ。

「あ、そうか。じゃあ、買っとく。えーっと、サザエさんのままごとセットかな？」と、わざと言ってみる。

「いやだ」

「ゾロリのぬりえ？」

「いやだ」

「プリキュアのバッグ？」

「もう、ちがうって」

「ほしいものあるんだっけ？」

「うん。言ったでしょ、ジャスティライザーのガントスラッガー」

「がん…もどき?」

「ちがう! ガントスラッガー」

「ガムとステッカー?」

「ちがーう、ガントスラッガー」

「ガムとクラッカー?」

ついに大声で、「ガ・ン・ト・ス・ラ・ッガー!」と叫びだす。

「わかったから、しずかにして」と耳をおさえる。「じゃあ、明日、紙にその名前書いてね。えーっと、ガムと……」

「もうっ。(くるっと背をむけて) また大声で叫ぶよ」

ああ、ゆかいゆかい。


ひと冬こえて、また体重が増加した。うーん。思わず、よりくわしくいろいろ量れるタニタの体組成計というのを買ってしまった。体脂肪や基礎代謝が毎日グラフになって見られる。それがおもしろい。今後は、よく考えて、体重がふえないようにしたい。

お菓子は、どうなんだろう。全然いけないってことはないよね。ちょっとくつろぎタイムにはほしいし。きのう食べたカラメルポップコーンはおいしかった。りんごを薄切りにして乾燥させたスナックも大好き。

　メダカたちは冬のあいだは、底に沈んででてこない。時々氷もはっていた。最近すこしあたたかくなったので、顔をだすときもある。でも、えさはまだあまり食べない。

　水鉢の表面にえさをパラリとまくと、それらの小さなつぶつぶが、水の表面をぷわーっと等間隔にゆっくりとひろがるのがおもしろい。つぶの大きさも影響するようで、等間隔といってもそれぞれに細かい差がありつつ、全体にみて均一になっている。そのかなりの等間隔感、均一感に、私は目がすいよせられる。宇宙の秩序、自然の理《ことわり》、を思わせる、あのメダカのえさのひろがり方。

　どんなまき方をしても、ぷわー……。多くても少なくても、ぷわー……。

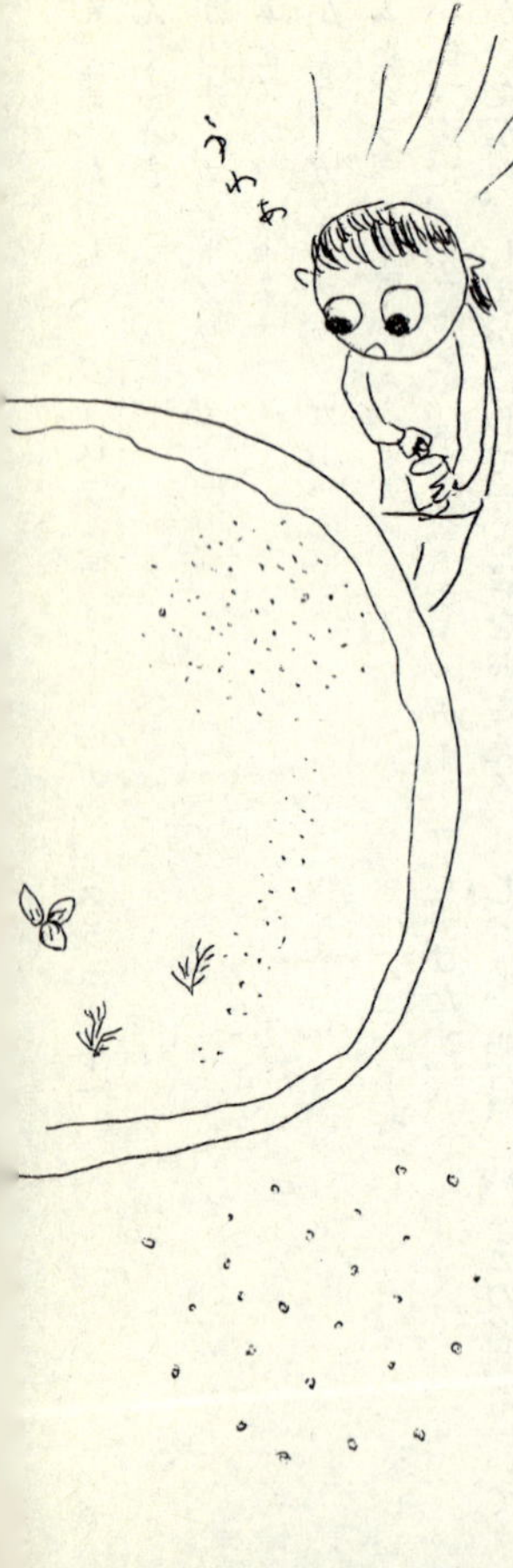

こないだから、くしゃみが続いてでるけど……、これは、もしかして、花粉症だったのか？

3月3日（木）

全員がはだかんぼうの村や砂浜に行ってみたい。そこではだかんぼうになったら、服ってものについてやその他、いろいろと考えそう。

ひなまつり。寒い。雨がふっている。
夕食は、チャコの好きなたらこスパゲッティとオムライス。ケーキはみんなあんまり食べないのでやめて、いちごのミルクかけ。「ガントスラッガー」をあげたら、よろこんで遊んでいた。

先月、チョコボールに銀のエンゼルがついていたので、勇んで5枚ためた。そのために35箱も買った。そして、送ったら、おもちゃの缶詰が来た。いちごのキョロちゃんの缶のなかにちょこまかとおもちゃがはいっている。まあ……、しょうもないものばかりといえば、いえるようなもの。でも、その中にキョロちゃん絵合わせがあって、それをチャコとふたりで食後にするのが、近頃の習慣。

3月4日（金）

寒い。雪も降りそうな寒さ。

チャコを大阪のおじいちゃんおばあちゃんに会わせるために、先月、大阪に連れていった。伊《い》丹《たみ》空港で、チャコのパパのイカちゃんにあずけ、私は神戸のホテルに行く予定。すると、これから「ユニバーサルスタジオ・ジャパンに行くけど、行かない？」というので、ひまだったから私も一緒に行った。

小雨まじりの寒い平日だったせいか、人も少なく、あまり待たずにいろいろ乗れた。予

備知識もなく、急だったので、期待もしていなかったが、とても楽しかった。

わくわくしながらみてまわる。まず、「シュレック4-Dアドベンチャー」。次に「ターミネーター2」、「バックドラフト」、「ジュラシック・パーク・ザ・ライド」。「ジョーズ」は、あんまり。

終わりの時間がせまってきて、最後にひとつ、どれにはいるか。私は「スパイダーマン」がよかったけど、イカちゃんが「E.T.」がいいと言う。「E.T.」はアメリカで見たから、もういいと思ったけど、私のやさしさがでて、「E.T.」にした。

それほどでもなかった。チャコはE.T.をみたことなくて、スパイダーマンなら知ってるのに。しかも、私たちの乗った自転車風乗り物の前の籠《かご》の中のE.T.は壊れていた。本当なら、ぐーんと起き上がって、いっしょに旅をするはずなのに、籠の中の白い布が時おりびくんびくんと動いて妙だなと思っていたら、なんと壊れていたらしい。

「E.T.、壊れてたね……」と、終わってからの帰り道、ふたりとも残念そうだった。

「スパイダーマン」が心のこり。チケットにも印刷されているんだから、これが一押しだったろうに。

そのことが気になって、後日、家に遊びに来たカンチの友だちに、

「ねえ、ねえ、USJ行ったことあるんだよね？」

「はい」

「あのさ、スパイダーマン、どうだった？」

「すごくおもしろかった。いちばんおもしろいかも」

ガーン！

イカちゃんとチャコはこれからも行く可能性はあるのに。私はもうないかもしれないのに。でも、あそこでスパイダーマンに行ったら、悪かったかなとこれもまたいつまでも気になるかも。

いいや。もう機会はないかもしれないけど、もしあったら「スパイダーマン」に行こう。で、まあ、それから、そこでふたりと別れて、私は神戸へ。

2泊3日ののんびり。ホテルの部屋もよく、朝も夕方も静かな落ち着いたラウンジでおいしい朝食やワイン&オードブルを食べることができて、それがよかった。ひとりでけっこう通ってしまった。

2日目のランチは神戸の友だちとフレンチを食べた。おいしかったけど、量が多くて、ちょっと残してしまった。他の人々はみんな食べるのかなと、まわりのテーブルの女性グループをちらちら観察。わりと食べてる。

夕方、近くをぶらぶら見て回ろうかなとも思っていたけど、面倒になって、行かなかった。そのかわりホテルで足と頭のマッサージをうけた。まあ……、気持ちいいというか、どうでもいいというか……。

3日目は、映画を観た。「スーパーサイズ・ミー」。それからそごうの地下で夕食用の食料をちょっと買って、空港へ。そこでチャコを受けとって、飛行機に乗って帰る。

ホテルがよかった。また行きたい。急な「USJ」もよかった。

さて、きょうは小学校の新入生一日入学。劇をみて、説明をうけて、算数の道具セットを買う。花粉症の症状がでて、鼻水とくしゃみで、苦しかった。たえまない鼻水。

「早寝早起き、9時までに就寝、朝食はしっかり食べてくるようにしてください」という言葉にドキリ。今は11時ごろまで起きてるし、昼食はヨーグルトかコーンフレークしか食べないなあ。

劇は、一年生の、雪の日のゆうびんやさん。

その舞台の上の小道具のりんごが、赤くてぴかぴかで、すばらしいものにみえた。

近くで見ると簡単でちゃっちいはりぼてが、舞台の上ではなぜあんなに、よくみえるのだろう。

日常生活の中にも、あの舞台の上のりんごのようなものがないだろうか。

その存在が、輝くばかりにまぶしく、すばらしくみえるもの。

チャコの今の髪型は、アンガールズの左の。山根。

前髪が目にはいるので、短くきったら、そっくりになった。

今、お笑いでは、アンガールズが一番好きだ。初めてエンタで見た時は、あまりの気持ち悪さにびっくりした。ファッションモデルのやつ。目が釘《くぎづ》付けになった。テレビにでちゃいけない人がでてるって感じ。それで、怖いもの見たさで気になって、なにかとちらちら見ているうちに、右の田中の話し方がおもしろいし、ひきつけられるようになった。顔もずんずんまともになっていってる。

でもそう思った人は多かったようだ。今では大人気。

3月5日（土）

どうやら花粉症ではなかったようだ。昨夜《ゆうべ》から風邪で寝込む。急に苦しさがやってきた。夜は眠れず、部屋をあたためていたけど、乾燥でのどが痛くなったので、真夜中に台所へよろよろと水を飲みに行く。タオルを濡《ぬ》らして顔全面にひろげて眠る。これでのどの乾燥はやわらいだ。

体中が痛くて重い。ふうふう言いながら、首にタオルをまいて、昼間はこたつとベッドを行ったり来たりしながら横になる。「苦しい苦しい」と言うと、チャコが心配してくれる。

昔から熱がでない体質だけど、37・8度あった。わたしにとっては高熱。

録画しておいた映画「アイ・アム・サム」を観る。親子の話。子育てに苦労している女の人のセリフを聞いて、「カンチとチャコは、このママでよかったねー。こんなにいいママで」と病人の私がクッションにぐったりともたれながら言うと、チャコは「うん」とうなずき、カンチは「むむう」とうなり声。

食欲も、動く力もないので、夕食はカンチに買ってきてもらった。お惣菜《そうざい》やおにぎり。桃の缶詰もお願いする。黄桃ではなく、白くてふわっとしてる方。

健康っていいなあと、寝ながら思う。

ゲイリーがきたので、チャコと遊んでもらう。最近すきなサッカーをやってる。廊下でボールをける遊び。ボールが壁にあたり、ドッタンバッタンとすごい音。

寒気がするので、昼と夜、2回もお風呂《ふろ》にはいった。

チャコが、「あしたかなしいことがあるかも。もしママのかぜがなおってなかったらってこと」と言い、ベッドの上に座り込んで両手を組んで上を見上げ、お祈りしている。

「ママのかぜが早くなおりますように」

3月6日（日）

夜、また眠れないかもと、タオルや水を準備して寝たら、ぐっすりと眠れた。朝起きたら、すこし快復していた。

チャコが目を覚ますなり、「どう？　ママ、かぜ」

「ちょっとよくなったみたい」

ばんざーい、ばんざーいと飛び跳ねてる。

本当に、だいぶんよくなった。

食欲はないけど、梅干し入りおかゆを食べる。

散らかった居間に掃除機をかけて、洗濯。干しながら、思う。

読んだ本についてでも、人物についてでも、事件でもなんでも、感想というのは、その本や人物ではなく、言ってるその人自身を言いあらわしてるんだなあと。

ある本を誰かがつまらないという。それはその本がつまらないんじゃなくて、その人は、その本をつまらないと感じるような人間ですということだ。だから人の感想は、自分とその人との関係を考えにいれなければ、あんまりあてにならない。その人の人となりを信頼できるとか、趣味が合うとか合わないとか。


夕食は、また買いに行ってもらった。ゲイリーに来てもらって車で。

私は、鶏《とり》の炊きこみご飯おにぎりを2個たのんだ。

チャコとゲイリーは、サッカー遊びをまたやってる。


ついつい、テレビの「夢の扉」でやってた天然酵母パンを、インターネットで注文してしまった。それからついでに、「松紳」で言ってたルタオのチーズケーキも注文していた。約一ヶ月待ちだった。そしたら、ついでに、「Soup Stock Tokyo」のスープセットまで注文していた。この手が。「オマール海老《えび》とわたり蟹《がに》のスープ」が好きなので。この手が。

3月7日（月）

明け方4時に目が覚める。寝苦しい。水を飲みに行く。暑いので、毛布を2枚はがす。くるりとまるまってまた布団にはいったら、チャコが自分の肌をかく音が背中から聞こえてきた。小さくシャカシャカという音。子どもが寝ながらかゆいところをかく音というものはいいものだ。命を感じた。

7時の鐘で目が覚めたけど、なんか苦しい。まだ風邪だ。

7時10分になったので、起きる。そして、カンチの朝食を作る。ウインナー。カンチも起きてきたけど、食欲がないみたいであまり食べない。

チャコはなかなか起きない。時間になっても起きないので起こしにいったら、体が動かないという。私の風邪がうつったかなと気になり、そのまましばらく様子を見ていたけど、ずっと動かないので、保育園を休ませることにした。電話をかけたら、朝食も食べ、だんだん元気になっている。風邪ではなかったみたいだ。

「ママが心配で……」と言う。

「保育園に行ってくれた方が、ゆっくり休めるし、ママはよかったのに」と言ったら、ちょっと困っていた。

まあ、とにかくずっと家でテレビをみたりしてすごす。せきがでて、すっきりしない。

きょうやる予定の仕事があったけど、仕方がないので後日にのばす。

くらもちふさこの「月のパルス1」を読む。この人のマンガって、読み解くって、感じ。かなりの風通しのよさ。

夜。ずいぶん風邪がなおってきたと感じた。

3月8日（火）

きょうはせきがでる。

チャコは元気に登園したけど、カンチが風邪。

「のどが痛い。いつもと違う」

「やすむ？」

「うん」

私のがうつったのだったら、悪くすると数日かかるので、早いうちになおした方がいいと、ふたりで判断する。3月は行事も多い。

卒業生はみんなきれいな服を着るらしい。それも買いに行かなくては。ふたりともだ。ランドセルも買わなくては。

あたたかい。洗濯物を干す。

のどにマフラーを巻いて保護しながらこたつで仕事。

「おなかすいた。ラーメン食べたい」とカンチが起きてきたので、ラーメンを作って、のどにいいというネギを焼いて入れる。おいしいおいしいと食べている。

「きんかんも風邪にいいんだって。今朝、市場で聞いたから買ってきた」と、きんかんをあげたら、それもおいしいおいしいと食べていた。

最近はカンチとのケンカもあんまりしなくなった。なんでだろう。あんまり気にならなくなったからかな。お互い、成長したのかな。波があるのかな。

私とカンチって、別に嫌いあってるのじゃない。子ども同士だったらけっこう仲はいいと思う。すごく似てるとこもあるし。

では何が問題かというと、この「立場」。

私は親だから、注意したり、世話したり、しつけをしなければならないから。

友だちだったら、フロにはいらなくても、家の手伝いをしなくても、散らかしても、言葉遣いが悪くても、なんともない。かえってそういう方がおもしろい奴って思うだろう。

これが逆で、カンチが親で私が子どもだったら、カンチが我慢してたかも。

ちぇっ、親は損だな。でも！　私も子どもだったっけ、ゲイリーの！　まわりまわってるってことか。

まあ、でも、ケンカしてる時間は短くて、それ以外はわりと楽しいこともあるし。成人になって独立したら、もう、注意しなくていいんだし。

親子話も結婚話と同じで、あんまり人に話してもしょうがない。ダイエット話も。

そういえば、トイレに行く時、人前でパンツをぬいでおしりをだしていくクセについて。

「さいきん、おしりださないね」と私。

「なおってるよ、もう」とカンチ。

「でも、こないだやってたね」

「なんか、あんときは気分がよかったんじゃない？」

「チャコもやってた」

「自分の言ったことで人が笑った時、『いま、なんで笑ったの？』ってきいてたわ」

「それもカンチのがうつったんだね。自分が笑わせたのか、知りたいんだよね。

絶対にうつるんだよ。そういうのって。それで価値観ができあがっちゃうんだよねー。

家族のあらゆることへの感想。いい、悪い。カッコイイ、カッコ悪い。おもしろい、おもしろくない。正しい、正しくない。の、ひとことひとことが無数にすりこまれて」

「おかし、いま何個食べた？ってきいてたよ」

「ああ、そんなことき く子じゃなかったのにね」

「うん。ホント、似てきたわ」

にが笑う私ら。

「ぴったんこ　カン★カン」、きょうのゲストは3日前に彼女が同居していた部屋から引っ越していったという石田純一。こころにぽっかり大きな穴が……と言っている。

まあ、『男女のつきあいでは結婚がゴール』という世間の風潮の中では破局かもしれないが、私から見ると、そうは思えない。「プリン、買って来ーい」とか、「男は結果が勝負だ！」なんて言われて、「そういうところがかわいかったんだよなー」と目じりを下げて微笑む純一を見ると、じゅうぶんしあわせを享受したのだろうと思う。若くてきれいな恋人に、きつい言葉でガンガン言われるのが好きな男（？）純一にとって、大好きな彼女とうまくいっていた数年は、素晴らしい時間であったろう。そういう時間をすごせただけでも、有難いことである。しかも、そのネタをテレビで使いまくっているというところが、純一の、ある意味ダメな、ある意味根っからタレントな、ある意味そこが売り、ってとこではある。これじゃあふられちゃってもしょうがないなと、どんどん思わせる純一であった。石田純一本人が、自分のことをよく知らないように思える。

カンチは風邪がよくなったようだ。チャコをいじめている。具合がよくなるとなぜいじめだすのだろう。ごはんの時からずっと休まずいちゃもんをつけている。私が自室にひっこんで純一観察をしていたら、チャコが逃げてきた。鍵《かぎ》をかけても、あれこれ言って、入りこむ。チャコが、「ママ、風邪だから」といってベッドのうえの毛布やふとんをきれいにふんわり広げてくれたところに、カンチがもぐりこんだ。

「やめて。カーカ、せっかくきれいにしたんだから、やめて」

いやがらせをするカンチ。いやがるチャコ。むりむりにふとんにねころぶカンチ。

「ねえ、カーカ、おりてくれない？」

「じゃあ、カーカのおしりを3回たたいて、ペンペンブウッって言ったらいいよ」

パン、パン、パン。「ペンペンプー」

「ペンペンブウッだよ」

こんなのが、えんえんと続いてる。

「マンガ、見る？　これおもしろいよ」と「月のパルス」をわたしたら、ベッドの上で、時々大笑いしながら読んでいる。かとおもうと、「だれが主人公なの？　わかんない。なにこれ、むかむかする。トイレいってくる」といいながら退場。

チャコが「ママ、ママ、ほかにすることない？」とやさしい声をかけてくる。

「どうしたの、ぼんちゃん、さっきからやさしくしてくれて」

「だって、ママ、かぜだから」

「ぼんちゃん。ママもう風邪だいぶんなおったんだよ。ありがとう。おふろ、はいろうか」

「うん。じゃあ、牛乳飲んでいい？」

「いいよ」

遠くから、カンチのおたけびが聞こえる。

3月9日（水）

近所の眼科に行って、コンタクトレンズを注文してきた。以前使っていた「ワンデイアキュビュー」にした。すごくよく見える。今の視力は、0・7と0・4だった。それぞれ乱視がはいっている。

普段はいいけど、夜、車を運転する時や、卒業式など人の顔をよく見たい時につけよう。案外、日常生活では、ぼんやりと見えないのも、気が張らなくていい。

卒業式に着る服をみんなで買いに行った。どうせその日の1回ぐらいしか着ないのだろうけど。

好きなのを選ばせる。チャコのは、セットになってるのをカンチと選ぶ。ランドセルやふでばこも買う。ランドセルは種類が多く、よくわからない。もうどれでもいいって思う。チャコに決めさせる。

カレーうどんやあったかいつゆにつけて食べるそばを食べて、食料を買って、楽しかった。

帰ってからふたりともさっそく試着。

カンチも気に入っている。チャコはパイロットみたいだった。ランドセルをしょって、「いってきます」なんて言って、部屋を一周まわってる。うれしいんだ。

夜、ベッドにねころんでボーッと天井をみていたら、木のもくめが、顔に見えた。にっこりとわらった目と目と口。これはかなり大きい。ふわーっと、うすぼんやりと、にーっこりと、わらってる。

そういえば、こないだテレビで風水師が、「寝る場所の真上に大きな梁《はり》がとおってるのはよくない」と言ってたなと思い、上を見上げたら、ちょうど真上にでっかい梁。ちょうどだよ。いやだなあ。ずりずりと5センチくらい移動した。それ以上は無理。おっこっちゃう。

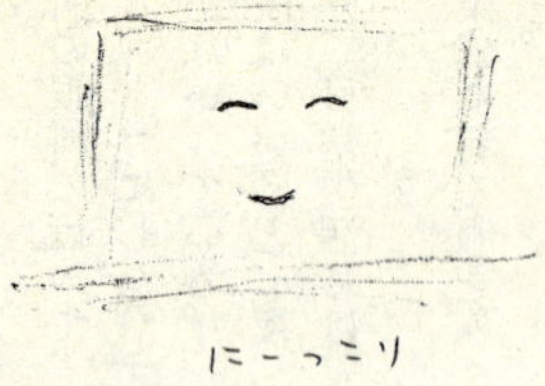

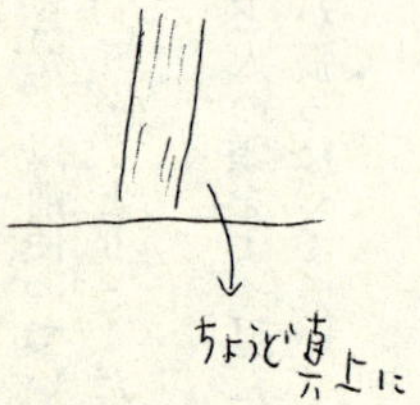

3月10日（木）

私は書く時に、ここで読者はつっこんでくれてるなと思いながら、いろいろなことを書いてるんだけど、ちゃんとつっこんでくれてるかな。愛あるつっこみを。真面目なのも極端なのも、そのつっこみをあてにして、のびのびと思いきり書いてるんだけど。

夜は、みんなで「フォーン・ブース」と「フォーチューン・クッキー」をみる。平原綾香《ひらはらあやか》の歌い方が好き。あのどすのきいた歌い方。存在感も、独特。あの若さで、あのすべてを包みこむようなムード。あのマリア様っぽさ。

その間の休憩タイムに、カンチはマロンの散歩。庭をくるくるまわってる。歌をうたってるのがきこえる。「翼をください」だ。

トイレや散歩の時、子どもがひとりで歌をうたってる。それが遠くからきこえてくるのは、幸福な気分。チャコも、トイレでうんちしながらいつも大きな声でなにかをうたってる。

あ、それもカンチゆずりだ。

3月11日（金）

春の雨。カンチたちはお別れ遠足だけど、雨だから学校で遠足。

会ったことのない人が急に会いたいといってくる時、知っている人でも長く会っていなかった人が特に用事もなく急に会いたいといってくる時、って、救われたいと思ってる時ではないかな。その人に会って、何かを得たい、訴えたい、聞いてほしい、自分を変えてほしい、というような時。

私自身の経験からみても、そう思った。

ゲイリーは、変わらず意欲的に活動している。最近はお仲間と、観光列車がとまる無人駅で週末に野菜や特産品を売っているそう。

「どうなの？」

「けっこういいわよ」と、いつものようにあいまいな返事。なんでもつまびらかに語ることをさける傾向にあるゲイリー。

台風で屋根を吹き飛ばされた焼いも小屋も復活し、「やきいも」って旗をたてているのが通りすがりに道路から見えた。

3月12日（土）

急に寒さが戻ってきた。

1月下旬にコタツを買ってから、すっかり薪《まき》ストーブをたかなくなってしまった。下半身があったかいと、それで充分になって。薪が外に積まれたままになっている。きょうはそれを少しだけ倉庫の近くに移動した。まだまだたくさんあるけど、どうしよう。

来年も、コタツがある限り、薪ストーブはそうたかないかも……。

長所も、短所も、性格も、子どもの頃どんな子だったかも、モテたも、モテないも、自己申告はあてにならない。

買物から家に帰って気がついた。

スーパーの買物かごに品物を置き忘れてしまったようだ。薄くひらべったいものを。すぐにまたそのスーパーに引き返す。

レジ袋に入れ替えた台の脇の積み重ねられたカゴを、ひとつずつはずしてさがしていくと、私が忘れた物はなかったけど、誰かのつくだにを発見。レジの人にたずねてみると、私の忘れた物が届いていた。お礼を言って、新たなお忘れ物、つくだにを渡す。

私がふざけていたら、カンチが「ママってヘンタイじゃない？」と言う。

「そうだよ。知らなかった？　カンチはヘンタイの娘なんだよ」と、教えておく。

3月13日（日）

ちらちらと雪が舞う。おおっ、寒い。

「フォーチューン・クッキー」をみんなでもう一度みる。みんな大笑い。特におもしろいところ（ばーんとぶつかるところ）を、もう1回、もう1回と、巻き戻して10回くらいみて、そのたびに笑う。

最後のあたりでは、泣いた。


夕食後、チャコはまたゲイリーに電話をかけて呼び出し、サッカー。

「おっと、へっぽこだまだった」と、ゲイリー。

「ゲイリー、おばあちゃんだから」と、チャコ。

「なんだとおっ」などと楽しそうに、汗びっしょりになってボールを蹴《け》りあうふたり。

ビシッ、バシッと音が響く。

私が見た韓国ドラマの感想。

「冬のソナタ」……これは別格な感じ。泣いた。

好きなシーンがふたつある。

①別れたあと、ユジンがミニョンさんにペンダントを返すために喫茶店で会うところで、ユジンが「今、しあわせですか」とミニョンさんにきかれ、「しあわせです」と答える。

「ミニョンさんは？」

「しあわせです」と答えた時のミニョンさんの顔と、それを聞いたユジンの表情。

②ウエディングドレスの試着の日。偶然訪れたミニョンさんが驚いて、深く頭をさげるところ。

「ホテリアー」……まあまあ。

「天国の階段」……前半はおもしろかったけど、後半、もどかしかった。クォン・サンウがいいと思った。色が白すぎたけど。

「美しき日々」……これも前半はおもしろかったけど、中盤からおもしろくなくなった。イ・ビョンホンがいいかなと思ったけど、あっというまにしゅるしゅるっと興味が失せた。

「秋の童話」……好きな登場人物がいなかった。韓国ドラマって、死んでばっかり。ウォンビンがちょっといい役だった。

「秘密」、「真実」……どちらもおもしろかった。毎日テレビであったので、たのしみに、昼ごはんを食べながら見ていた。

「新貴公子」……コメディタッチでおもしろかった。

ペ・ヨンジュンは……、もともとああいう人なのだろうか。ますます聖人みたいになっていってるような。

きのうは私の誕生日だった。数日前にチャコが、「なにかつくっとこうかな……」なんて言ってたけど、結局何も作らなかったようだ。

すると、きのうサッカー遊びをしにきていたゲイリーが、トイレのカレンダーで「ママのたんじょうび」の文字を見たらしく、こそこそ子どもたちと話してる。

「聞こえてるよ。欲しいものはないし、なんにもいらないからね」

へへえ、と笑うゲイリー。

そのあとしばらくして、ゲイリーがまたやってきて、チョコレートケーキを4つもってきた。

「ありがとう。でも、いらないっていったのに。うち、あんまり食べないんだよね」

1個は、みんなで食べたけど、3個は残った。

で、きょう、「きのうのケーキ、3個残ったから、持っていっていいよ。これからは、本当に、相談してね。無駄になるから。あるいは、ケーキだったら、いちごののったショートケーキだったらまだみんな食べるかも」と言ったら、持って帰ってた。

3月14日（月）

よくテレビの謝罪会見なんかで、「深くお詫《わ》びしたいと思います」って言って、それでお詫びしたことにして次に進む人と、「深くお詫びしたいと思います。どうもすみませんでした」と言って実際に深々と頭を下げる人がいるが、前者は詫びてないじゃないか！と思う。

ってカンチに言ったら、同じこと思ってたそうだ。

野生の生きものや文明の発達していない時代の人間って、ものすごい痛みを長く感じることはないんじゃないか、なかったんじゃないか、と思った。本来、生きものは強い痛みを長く耐え続けなくてもよかったんじゃないかと。

あまりにも痛いと、そのまま絶命してしまい、苦しむ時間は短かったのではないか。車や機械による事故もないから、事故といえば動物に襲われるか、人間に襲われるか、崖《がけ》から落ちるか、自然災害などで、重体でもそのままそこでじっとしてるだけで、医療器具による延命もできないから、あまり苦しまずに死ねたのかも。まわりの人も、むやみに騒ぎたてないで、どうしようもないことに対しては、悲しいけどあきらめる、みたいな。

と、痛いのはいやだな……怖い痛さはいやだなと、考えていて、思った。痛みのいくらかは、文明による痛みだろう。

以前、テレビを真剣にみている時の子どもの声対策を他の人はどうしているのだろうと書いたが、松岡修造も画面をくいいるように見ている時は、家族に対して「手で大きく制する」と言っていた。わかる。

きょうも、ゲイリーをよんでサッカー。カンチも加わる。そして、兄弟ゲンカ。

3月15日（火）

小学6年生たちの卒業式のあとにある打ち上げ会を手伝ってとたのまれたので、ゲームの賞品のアメつかみどり箱を作ったり、みんなのために書いた詩をプリントアウトして、和紙に貼ったりする。ひとりでこつこつとテレビをみながら作業。自分のペースでできる単純作業は好き。

なんでこんなこと
やってんだっけ…
と、時々
ギモンを
もちつつも、
やりぬく！

昼頃、電話がきた。カンチから。体操服を忘れたので、今すぐ持ってきて。とのこと。すぐにいつもの場所、家の裏の庭へ急ぐ。そこから道をへだてたところが小学校。

いた、いた。まるい顔が木の下に。カンチにむかってポーンとなげる。

夜はまた、サッカー。

ハーイ
アリガトー!
道路
忘れものは
裏庭から ポーンと なげる

先ごろ読んで、とてもよかった本。

「オニババ化する女たち」三砂ちづる著。

最初女性のからだや出産について書かれているので、女性のための本かと思うけど、最後まで読むと、男女ともためになる素晴らしい本。からだが大事だとつくづく思った。そして、せっかく持ってるこのからだを気持ちよく使いたいと、いろいろなやる気がでてきた。

最近また体重がふえてきたのだけど、べつにそれでもいいって思うこともあって、そんな時225ページのこの文章にはほっとさせられた。「ブラジルはからだに関してとても伸びやかな国、とつねづね感じていました。人々は自分が自分のからだを快適に思っている、というふうに見えます。やせていても太っていても、男も女も胸を張って、堂々と眩《まぶ》しいくらいな歩き方をしています。とても太っていても、ビキニを着たり、海水パンツをはいたりすることも平気で、自分のからだをとてもリラックスして受けとめている、という感じがあります。子どものころからのからだのとらえ方が違うようです」

確かに、太った人が堂々としている様子が素敵にカッコよくみえることがある。

「子どもは判ってくれない」「疲れすぎて眠れぬ夜のために」「先生はえらい」その他たくさん。内田樹《うちだたつる》著。フランス現代思想の先生であり、武道家。

まさしく先生、という感じ。むずかしいことをわかりやすく教えてくれるし、そういう見方があったのかと、うれしくなる本、というか人。いったいどこまで包んでくれるのだろうと、その懐の深さに目を見張る。


料理研究家の辰巳《たつみ》芳子《よしこ》さんの著書「辰巳芳子の旬を味わう」「あなたのために」他ぜんぶ。

文章もすばらしい。料理を通して人生を感じさせられる。料理というものの、知りたかったことを知ることができそう。私は作れないけど、それぞれの料理の持つ力、すばらしさを想像するだけで、おごそかな気持ちになる。だし、スープ。だし、スープ。だし……。大事なもの。

「左官礼讃《らいさん》」小林澄夫著。

月刊「左官教室」によせた文章をまとめた本。左官、塗り壁、泥などについての話だけど、すべての物作りに通じるなにか大切なことが書かれている。

見開き2ページずつの短い文章だけれども、すべてに、物作りの誇りと悲しみ、変化への静かな諦念《ていねん》とそれでも希望を抱いてしまう人間というものの愛《いと》しさを感じる。

姿勢を正し、背筋をのばし、ふかく息をすいこんでしまう。

3月16日（水）

朝、寒い日は、服をこたつの中であたためている。

チャコが驚いた声で、「たいへん。火事になるとこだった」と、あわてて服をこたつからとりだしている。あったかくなりすぎたのかな。火事にはならないと思うけど。

しばらくして、心配そうに、「ママ。しごと、ある？」ときく。

「どういう意味？」

「さっきね、火事になりそうだったの。もし火事になったら、家がなくなるでしょ。そうしたら、どこかにとまるでしょ。そして、また家をたてるためにしごとしなきゃいけないでしょ」

「へー」こんなことで心配してるんだな。子どもと私は別世界。

スーパーへ買物にいったら、自転車に乗ったサムとすれ違う。なにかお菓子のようなものを袋いっぱい買っている。買い出しか。生きていたか。

「愛犬元気　11歳以上用」のCMの歌声を何回か耳にするうちに、すごく気になってきた。あの声が大好き。少年ヒーローのような声だから、アニメの声優かなと思った。インターネットで調べたら、HARCOという人だった。その人は歌を作って歌う人だった。さっそくHARCOのCDを注文する。

3月17日（木）

雨。先週は雪が降ったけど、きょうの雨はあたたかい。

朝、窓から外を見たら、木に白い花が咲いている。なんだっけ……。としばらく考えて、わかった。さくらんぼ。去年暮れに植えてもらったものだ。

静かで、ひまな、雨の昼間。とてもゆったり気分。極楽。

朝のテレビも見終えて、洗濯物を、干し場に干す。というのも、チャコがおねしょをしたから。今回は、ばっちり毛布の下におねしょシーツを敷いといたので、被害が少ない。

またいつか、上海にいきたいなー。

しばらくたったからか、

いいところだったような気がしてきた。

「何を言うか」と同じくらい重要なのは、「どう言うか」だ。

不治の病の闘病ドキュメンタリー番組が、年に数回、テレビで流れる。こういっちゃあなんだけど、あれも、やはり、テレビってことでは、顔のいい、というか、うつりのいい人が選ばれるんだろうなあ。本人やまわりの人が。

自分の責任でくいとめられない病気や事故は、なってしまったら、それはもうしょうがないことだ。身内だけが心配すればいい。他人が大げさにいうことはない。

私は、特別待遇というのが嫌だ。だれでも等しく受けられることが好きだ。

食べ物屋で、常連だから特別、というのも嫌だ。

かくそうとするけれど思い余ってこぼれでてしまう好意なら、それはいいけど。力があるから、特別に何かをしたりされたりする関係って、その構図って、どこからみてもカッコ悪く、人の悲しみというものを思い出させられる。

自分の利害からではなく、尊敬する人に、尊敬するがゆえに丁寧にこころをこめて接する喜びってある。

夢をみさせて、とせまって来る人々を、受け止めることのできる人、受け止めたいと思ってる人は、いる。そういう人は、スター性のある人だ。スターとは、人々の夢やあこがれでできたベッドの上に寝ることのできる人だ。いっしょに寝てあげるというか……。

夢をみさせてくれるって、素晴らしい。

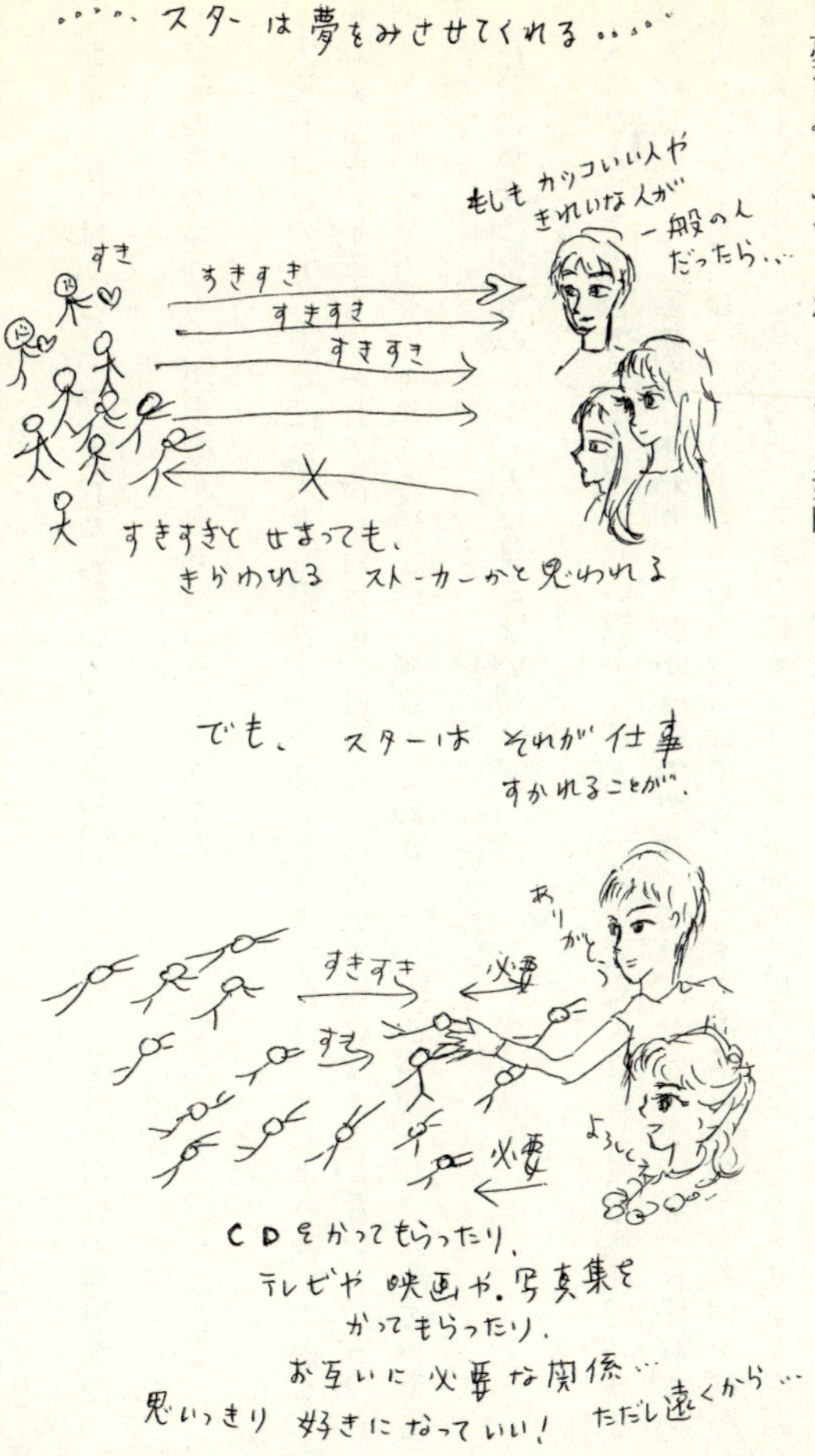
……、スターは夢をみさせてくれる……
もしもカッコいい人や
きれいな人が
一般の人
だったら…
すき
すきすき
すきすき
すきすき
すきすきとせまっても、
きらわれる　ストーカーかと思われる
でも、スターはそれが仕事
すかれることが。
ありがとう
すきすき
応援
すき
応援
よろしく
CDをかってもらったり、
テレビや映画や写真集を
かってもらったり。
お互いに必要な関係…
思いっきり好きになっていい！　ただし遠くから…

お金も価値はあるけど、もっと価値のあるのは時間だ。自分の時間を自分の意思で使っているかどうか。

自分の身のふり方の決定権が自分にあるということが、自分で生きるということだ。

人それぞれの分にあわせた大きさのコップがあるとするならば、それより多い幸福も、それより多い不幸もあふれでる。自分にうけとめきれない幸福はやってこないし、うけとめきれない不幸もやってはこない。やってきてもわからない。許容量を超えたものは測定不能だ。

自分に見合ったものしか、人は見えない。

人はひとりで生きているのではない以上、ひとりだけで変えようとしても無理だ。ひとりだけ覚醒《かくせい》しても無駄だ。まわりごと動かせるのでなくては、ひとりでジタバタ溺《おぼ》れているようにしか見えない。そのよさがわかっていても、実行までには時間がかかる。それが素晴らしいものだと思うなら、みんなにもメリットがあると思うなら、そのメリットを忍耐と情熱をかけて伝えていくか、自然の流れでみんながそちらに動くのを静かに見守るかだ。

その人が今言っていることじゃなく、それを通して言おうとしていることの方が、重要の逆の可能性もある。それを聞きとるには、もっとよく聞くこと。もっと黙って、耳を傾けること。こころの声を、すくいとること。


いつだって、目の前にすべてがある。すべてがでそろっている。

世界は私たちの前にすべてを並べて見せている。

その中のどれを見るかによって、それぞれの人の世界観は変わる。

3月18日（金）

去年の11月、昼間、家にひとりでいられるようになってから、さーっとそれまでの緊張が解けて、気が晴れて、さわやかな気持ちに移行しました。

どこにも行きたくない。

家が好き。家にひとりで、ただ、いるのが好き。

ずんずん沈んで落ちていくほど、じっとここにすわっていたい。

ひとりの時間が、こんなに自分にとって重要だったってことがよくわかった。

ひとりの時間に、いろんなことをしていたのだ。こころが。

ひとりの時間に、本来の自分、自分らしさを取り戻していたのかも。

だれもいない空間で、なにもしないで、時間がすぎればすぎるほど、充実感がある。

今までできなかった分、飽きるまでこのままでいたい。まだバケツの表面は、衝撃の余波でゆれている。このゆれがおさまるには、長い時間がかかるかも。

さて、カンチは夜寝ているあいだに装用するオルソ・ケラトロジーという角膜矯正コンタクトレンズを使っているのだけど、それを割ってしまったと言う。眼科は東京の銀座だ。半年後に来て下さいと言われたのに、2年も行ってない。電話したら、検査した方がいいので、診察にきてくださいと言われた。
「遠いし、これからも大変だから、もう普通の、昼間のレンズに変えない？　それだったら近所でできるし」とカンチに提案すると、「慣れてるから、今までのがいい」とのこと。ちょうど28日から東京に行く予定だったので、その時に行くと言う。今回はカンチとチャコだけの予定だったが、急遽《きゅうきょ》私も行かなくてはいけなくなった。面倒くさいなあ。せっかくだから、ついでに友だちに会って、おいしいものでも食べてくるか。

焼酎《しょうちゅう》を研究しようと、6本買った。夕方、日替わりで飲みながら料理しようとおもったけど、どうも焼酎には手がのびず、結果的に最近、お酒を飲まなくなってしまった。
「ザ！情報ツウ」のゲスト、速水《はやみ》もこみちたち。顔はカッコイイけど、もこみち……もこみち……もこみち……この名前にはまだ慣れない。思い出すたびに、うける。

ずっと以前にも、うけた名前があったな……。そう……、えすてる……。大竹しのぶのおかあさんの名前、大竹えすてる。

手に入れようとしても手に入らないものをうらやましがったり憧《あこが》れたりするのはわかるが、かつて自分がもっていて、全員が等しく失うものをうらやむのはおかしい。

若さをうらやむ大人のことだ。

その人に若い時代がなかったのならうらやましいだろうが、みんな若いときがあって、みんな同じになくしていくのだから、うらやむのはお門違いだ。

自然の移り変わりを、納得して受け入れられない姿って、みっともない。雨がふることに文句をいったり、日が照ることに腹をたてるようなものだ。

チャコの就寝時間を早めるために、苦手な、ベッドでの絵本の読み聞かせを始めた。

「たのしい川べ」（ケネス・グレーアム）というのにした。

小学4、5年以上と書いてあるので、読み始めるとチャコはすぐに寝にはいる。そして、最初は読みづらかったこの本が、だんだんおもしろくなってきて、今では私の方がたのしみだ。出てくる動物たちがユニークだし、文章表現もときどき胸にきゅっとくる。

読んでいない童話は、この時間を利用して、これから読み進もう。

次は、「不思議なビン」（椋鳩十《むくはとじゅう》）にしよう。それから、「ムーミン」。プーさんシリーズも読みなおそう。「チョコレート工場の秘密」（ロアルド・ダール）も。

郵便局に郵便を出しに行ったら、またまた自転車のサムを遠くにみかける。なんだかお急ぎのようす。

夜また、チャコはゲイリーを呼び出して遊んでいる。

ゲイリーがかえってから、台所へ行ってみると、花の種がうわっている茶色い栽培キットがくずれている。すぐに電話して問いただすと、ゲイリーだった。たわしかと思ってつかんだのだそうだ。ぷんぷん怒る。「あれ、なに？」花の種だと教える。「どうしたの？」「もらったの」「ごめんなさいねー」

台所その他をゲイリーにいじられるのが嫌だ。フライパンの置き場所も変わっている。

3月19日（土）

うーん。失敗した。Amazonで本を4冊注文したのだけど、その内の一冊のユーズド価格というのが安かったのでついそれをクリックして注文したら、それだけ別なので送料がかかってしまい、かえって高くなってしまった。他の3冊はきょう届いたのに、それはまだこない。よく考えればよかった。ぼんやりしてた。

高くて、遅くて、中古か。「ハサミ男」（殊能将之）だし、変わった人が持ち主かも。

という話を、食後の台所でカンチに話したら、
「ケチャップがついてそう」
「だよね。ソースとか、あとカレーの黄色いのもいやだよね。あと、何かでページがくっついてるの。それとか、いちばんいやなのは、毛」
「マンガはよく買うけど、そんなの、カンチはないよ」
「たとえばの話よ」

このつれづれノートを書き始めた時、私が書きたいあることは、日記形式で書くことによってうまくいいあらわせるなあと思って、書き始めました。その書きたいことを、私はじゅうぶん書いたと思う。じゅうぶんすぎるくらい何度も書いたと思う。それで、このつれづれノートは今回で終わりにします。

HARCOのCD「HARCO」が届いた。ちょうどきらしていたパンを買いに行くところだったので、車の中でさっそく聴く。

好きな曲って、なぜイントロが始まったときにすぐわかるんだろう。「人」というのが好きだった。あと、「逆光」というののサビのところも。

でも、「愛犬元気11歳以上用」のCMでは、「あいけんげんき　じゅう〜いっさいいじょう〜」と、声がはっきりきこえてよかったんだけど、歌になるとあの声がCMほどには

大きくきこえないのが残念。

他のCDも全部買おうとさっそく注文する。

……あいけんげんき　じゅういっさいいじょうよう……

こういう意味のないというか、意味だけというか、単語の集まりみたいな言葉でも、あの声だと、いいものに思える。そういうのもいいなあ。

ここまでとはいわないけど、これに近いイノセントな歌をうたってくれないかなあ。

歌って、歌う人が意外に思ったり、ちょっと違うなって思うところにも、いい聴きどころや、魅力が生まれることがあるよね。だからプロデューサーというものが存在するのかな…。

歌に関しては、いつも思っていることがあって、歌の中の「声」は、生まれつきの資質、才能だと思う。そして、歌の中の「歌い方、歌いまわし」は、その人の性格、生まれたあとの生き方、価値観や美意識を表していると思う。歌い方には、その人がよーくでる。

フロでテレビ。

チャコはヤクルトを飲んでから、髪の毛にコップでお湯をかけて遊んでいる。

「さくらが咲いたら、どっか行こうか」

「うーん。どっちでもいいよ〜う」

3月20日（日）

裏庭に植えた水仙の花が咲いていた。だれも見ないところなので、切って、仕事部屋に飾る。その匂いが部屋中にたちこめて、いい匂い。

天気がいいので、チャコといっしょに洗車をする。音の静かなプリウス。

1年3ヶ月前に買ってから、自分でするのははじめて。2回くらいガソリンスタンドにたのんだことはあった。ガレージができるまでの1年間ほど、ずっと外にとめていたので、鳥のフンとか泥水のはねかえりで汚れたものだ。

水洗いだけで汚れがきれいに落ちるなんとかっていうのをやってもらっているけど、それを維持するのに、時々、水で流して薄いなにかの液を塗らなければいけなかった。「重要！　初回は必ず納車後10日目前後にやってください」と書いてある。「鳥のフンが付着したら、酸化するのですぐにとってください」とも。付着しまくっていたなあ……。

付属の水洗い用の人工皮革がばりばりに硬くなってくっついていて、なかなかひろがらない。水につけて、やっとひろげた。

シャワーをだして、水洗い。よくよく見ると、小さい汚れがけっこうついてる。爪でカリカリしてもとれないのがある。小さな傷もあった。こしこしと、丁寧に洗う。

水滴をぬぐったあとに、チャコがまたシャワーをだして、濡《ぬ》れてしまった。そこで、おこられて、チャコ退場。

クリーナーをくるくるとうすくのばして、からぶきする。

自分で洗うと、愛着もわき、もう汚さない、きれいに使わなきゃ、という気になる。うれしいような、面倒なような気分だ。

さっぱりとなった。やっと1年3ヶ月目にして、10日目の義務をはたす。

さわるとすべすべして気持ちがいい。


時々、そう親しくないのに、心の悩みを打ちあけてくる人がいる。よっぽど信頼されたのか、人を癒《いや》すムードが私にあるのかと、うちょうてんになって、親身になって聞いてあげると、そういう人はたいがい……ちょっとおかしい人だった。

今までに、そういう人が幾人かいて、みんな精神的な病気とか占いを盲信するとか、おかしなことになっていった。やはり、相手との距離感をつかまずに心の奥の悩みを打ちあける人は要注意としよう。私はおもしろがって無防備に聞きいるところがあるから。もっと警戒心をもち、注意深くしよう。その人たちを救えない以上は。

結論。普通じゃないアプローチでやってくる人は、やっぱ普通じゃない。むやみにおもしろがると、困ったことになる。

「幸せって何だっけ カズカズの宝話」をみたら、

草のかげで まるくて黒い虫たちが
おしゃべりしてるみたいだった。
みんなでお料理作って食べたり、
カズーが気ままに意見を言って、子分の
虫たちがそれを
大まじめに
きいていた。
たのしそうだ
……。

まるっちい黒い虫たちが集まる

かわいらしさ

小さな小さな

井戸ばた会議。

カズーの言葉で、笑いつつも納得したのが、

「馬鹿じゃなきゃできない仕事がある!」

「川のむこう」

川のむこうがおもしろそうだよ
橋をわたって行ってみようよ

でも　橋がないよ
橋がないよ

川のむこうがおもしろそうだよ
橋をわたって行ってみようよ

それじゃあ　橋をつくろうか
つくろうか

そうだね　いつか　つくろうか
そうだね　きっと　つくろうよ

そういいながら　きょうも
お茶摘み
そういいながら　きょうも
お昼寝

ふわふわふわーっと
すぎていく雲
そよそよそよーっと
吹いていく風

ぼくらはここでいつもお仕事
ただ生きているっていうお仕事
いろいろあるけど楽しいよ
明日は何をしようかってね

3月21日（月）

「ハサミ男」がきた。
本はきれいだった。ケチャップもカレーもついてない。女のひとだったし、なんか安心。古本を持ってる本人から送ってくるんだ……。手書きの住所。なんか、てれる。
古本でしか手に入らない本を買うときは、便利だな。
読んでみたら、うーん、なんだかちょっと……、読まなくてもよかった。

好きなものをたずねられて答える時って、メジャーすぎないものとかマニアックよりのものを答えた方がかっこいいので、きどって、そういう方を人って答えがちだけど、より親しくなると、実はほんわりとした、ダサイかもしれないものも好きだとわかり、うれしかったりする。

3月22日（火）

雨。かなり強い。

人がつくりだした物は、すべて、欲が形を変えたものだ。

そういえば、去年の暮れ。テレビでクルージング船を見た子どもたちが、船に泊まってみたいと言った。

ふーん。そうかー。船か。と、すぐ調べてみた。あまり遠くなく、カジュアルな船……。で、シンガポールからでる3泊4日の船がいいかなと思った。途中、プーケットとペナン島に寄港する。

春休みにいって、船の前後はシンガポールで遊んで……、どこの屋台にいって、ナイトサファリにいって、ホテルは……と、いろいろインターネットで調べた。

すると、あまりにも多くの情報があった。あらゆるホテルへのさまざまな感想、いいところや悪いところ、いいって言う人、悪いって言う人、食べ物屋のことあれこれ、よかったこと、文句、批判……。それらを読みすぎて、不安と緊張が高まり、かえってものすごく面倒くさくなってしまった。まるで、もう何度も行ってきたような気分。そしてトラブルにあったり、道に迷ったり、列に並んだり、タクシーを待ったり、買物してケンカしたり、後悔したり、プールでおよいだり、おいしいものやまずいものを食べた気分。

どっと疲れてきたところに、スマトラ沖地震の一報。プーケットも被害にあってる。子どもたちは、船より東京がいいと言ってるし、船はやめることにした。ほっとする。

あんまり調べるのはやめよう。

耳どしまになってしまう。

情報って、やはり自分の足で集めないと。その苦しさと楽しさの価値を忘れないようにしないと。

夜、近所の家に集まって、あさっての小学校の卒業式後のお別れ会の打ち合わせ。私が書いた詩を卒業生たちに朗読してもらう時、最初、自分でひとこと何か言うといったけど、人前で話すのがすごく苦手なので、だんだん苦しくなり、やっぱり司会の人に言ってもらうことにした。ほっ。

3月23日（水）

うらみって、あるいやなひとつのことにこだわり、他のことに目をむけなくなり、どんどんそれに集中していってしまい、生まれるものだ。

他のことに目をむけることができたら、違う見方もできるし、違う考えも受け入れることができるだろうに、それができなくなるんだろう。うらみのエネルギーって、自分自身を縛ってしまうだろうな。

3月24日（木）

カンチの卒業式。卒業式に行くって面倒だなと思ったけど、行ってみると、よかった。

卒業式の意味するところは好きだ。少人数から巨大ホールまで、どんな規模の式でも、それぞれによさがある。大きければ大きいなりの、小さければ小さいなりの、澄みわたる緊張感。背中に宇宙がひろがる。

最初に卒業生入場の場面がジーンときた。子どもたちが人前でしっかりした姿を見せるのって、感動的だ。小さいときからみんなを見てきた人は、もっとジーンとくるだろうなあ。私は4年生の夏からだったから、ここでの思い出が2年半しかないのでちょっと残念。

やはり、長く続けてきた人は、長いものの中にこそある素晴らしさを感じることができる。だから、どれもそれぞれに交換不可能な価値をもっているってことだ。

でも、これからもあるし、まだチャコもいる。

卒業生退場の場面ではみんなで拍手で送る。私はこういうとき、できるだけこころをこめて拍手する。

個人でできる思いの表現って、こんなふうに拍手をするってことだと思う。

それこそであり、それだけだとさえ思う。


で、卒業式が終わって、私の気に入りの男の子も見て（やけにやせて背が高くなってて、こんなおじさんっている、いる、ってふうになってたわ）、いちど家に帰る。

カンチはもう服をぬいで、いつもの普段着になってマンガを読んでいる。

外では荒れ模様の天気。雪までふりだした。

夕方からお別れ会の準備。

当日はあわただしい。ゲームの文字を書いたり、○と×を厚紙に大きく書いたり、食事の配膳《はいぜん》の調整、花束や賞品の確認、受付の準備、急に来られなくなった人への対応などなど。

そして始まり、とどこおりなく進んだ。

私が書いた詩をみんなが練習してくれて、最後近くで朗読してくれた。

大きな声で朗読してくれた。感動して、ぐっときた。

そして、私から何かひとことと、感想を求められ、あいかわらず人前が苦手な私は、

「ありがとうございました。とてもうれしかったです。これからもがんばってください」

と、笑いながら言った。ああ、こんな時、なにかいいことを言えたらいいのだけど。みんなを大きく包みこむような。

頭の中にはあるのだけどなあ……。

人前で自分の言いたいことを言えるようになりたいなあ。これから練習しようかな。

それには、何度も何度も人前にでて、慣れるしかないのかもなあ。

人前で喋るのも、インタビューも、対談も、サイン会も、講演も、テレビ出演も苦手だけど、練習して、思うことを言えるようになれたら……。そうしたら、人に会えるようになるかも。

そうしたら、直接人の前で話をすることをしたいな。

なぜ人前で話すのが苦手かというと、軸がさだまらないから。いろんな自分がぐるぐるまわって、大嵐みたいにいっぺんにいろんなことを考えてしまって、どの自分の考えで話したらいいのかわからなくなる。ひとつの姿勢に決められない。ひとつを決めると、こぼ

れ落ちる他のがあって、その他のが気になって。

3月25日（金）

きょうは一日中ぼんやりとしていた。

今いるところを好きじゃない人って、気の毒だ。何をやっていても、つまらなさそう。それというのも、そう言う人に会ったから。

いつかそこを去りたいと思いながら、不満をかかえて暮らしていくのは、むなしいものだろうな……。私も聞いていて、なんとも言ってあげられず、悲しい気持ちになっていた。本当に、なにも言えなかった。

そして問題は、外ではなくその人の中にあるような気もした。

無知による偏見ってこんなんかなーと思ってしまった。他の人たちが思わない恐怖や不安を感じてるみたいだった。私はそうは思わないけどと言った時、疑わしそうに眉をひそめていた。あの不満は、まわりの人をおかすだろうな……。じわじわと。まわりの人は、存在を否定されてるような気になるだろう。私も、なった。

その人といると、不満を聞かせられ、不安をあおられるから、これからは近寄らないようにしようと思った。そうなるとますます人も遠ざかるし、悪循環だろうに。あるいは、同じような人だけが集まって、ぐちのスパイラルがパワーアップするか。

今目の前にあるもので、ここではここで、今いるあいだは楽しもうと思う気持ちが大切ではないかな。いやなところだけでなく、いいところをみつけようとすれば、たくさんあると思うけど。世界が明日終わるとしたら、平和が明日なくなるとしたら、どんな今も、今はとても素晴らしいと思うけど。

あの人、連れ去られてここに来たのではなく、自分が選んだ結果ここにいるのに。そのことを棚に上げている。

3月26日（土）

チャコの卒園式。

私が絵をかいたこの保育園は、ついに今月でなくなることになった。いっそう悲しみがつのる。先生方も、最初から泣いていらした。私たちも、つられて泣いてしまう。

ライブドアの堀江社長がテレビの取材に答えて、「（フジテレビは、）僕のどこが嫌いなんですか？　顔ですか？　服装ですか？」というようなことを言っていたが、そのセリフ、聞いたことあるなあと思わず笑った。恋愛において。男がある女を好きになって、「好きです」ってせまって、女は嫌で、「いやいや」って逃げてる時、「僕のどこが嫌いなんですか？」って鈍感にたずねる場面。

「僕のどこが嫌いなんですか？」って聞くセンス。その時点でもう、ふたりの距離ははるかに遠い。

いろんなことを相談しているある人に、「人の前で自分の気持ちを話せるようになりたい。小学生にさえも思いを伝えることができなくて、情けなかった。いろんなことを考えてしまって、ひとつの気持ちで話せない。どうしたらいいんだろう」と言ったら、「それは簡単です。相手がどう思うかを考えなければいいんです。相手と自分のあいだに線をひいて、遠いところから話すような気持ちで話せばできますよ」とのこと。

そんな気がしてきた。……試したい。

3月27日（日）

偏見がないって、すごくいい。

偏見のなさって、生まれてから育っていく中で、環境の中で、植えつけられる価値観の結果なのかな。

悩みをうちあけられて感動する、ってことがある。

崇高な気持ちにさせられることがある。人が悩みに対して真剣に向かいあう姿に心打たれるのか。うちあけてくれたことに、感謝の気持ちがわきおこるほど。

話してくれるその信頼も、うれしい。

ぐち、とひとことで言っても、感動的なぐちもあるし、かっこいいぐちもある。思わず惚《ほ》れてしまう悪口もある。

そうか、勝負どころは、
舞台でスポットライトを
あびてる時だけじゃない！
弱っている時
泣きそうな時
負けた時
カッコ悪い時でさえ
人を感動させることはできる！
いや、そんな時こそ だ！
よし！あんた！
そこで勝てるよ！
そこで彼女を
まいらせろ！
はい
なんかできそうな気が、、
へなへな〜
弱いところをかくさない
ってことだって
カッコいいんだぞ！

いまのところ入手できたHARCOのCDが、届いた。10枚。好きな声でも、そのメロディが好きじゃないと、あんまり好きじゃないのはなぜだろう。声が生まれつきで、歌い方が美意識だとしたら、楽曲は意見とか感情かな。その人の中にあるいろいろな考え方や感情のうち、こういうところは好きでこういうところはいやっていうのが、それぞれの曲の好き嫌いになるのかな。

声とメロディと歌い方が全部好きなのはたまにしかないけど、ひとつでもあればヤッター！と思う。好きなものに出合うことって本当にまれだから。ユニ・チャームにも感謝。

今、あらためて歌詞カードを見たら、ふつうに歌うにはむずかしい言葉の数々だった。この人って、どんな言葉でも素敵にメロディに乗せられるんだね……。気むずかしい人かとも思ったけど、文章を読むとそうでもない。おもしろいし、とても音楽が好きそう。HARCOの歌い方の、もって生まれた品のよさのようなところが好き。耳をすまして聴いているとわかる、言葉がもたついてはっきりとしていないところも好き。

本当に、「人」や「あいけん」の中の、声と歌い方が好き。その存在を知ることができて、よかった。そして、これからでるであろう歌の中にまたあれらをみつけるのを楽しみに待つ。(新譜「Night　Hike」もよかった。ここには、あれらはいなかったけど。HARCOが創りだす音楽の中の世界に、私が憧れる何か、景色や色やあるムードがある時がある。好きなことを好きなように、いつまでもやり続けていってほしい)

3月28日（月）

きょうから東京。羽田で、むかえにきたチャコのパパのイカちゃんにふたりをたくす。この3人は仲良しだ。私はいつも泊まるホテルにむかう。

3月29日（火）

午後、仕事の打ち合わせ。

夜はフランス料理店で、野菜だけのおいしいサラダを食べた。この店、これから通いたい。私は気に入ると、その味を覚えるまで数回続けて通うほう。

3月30日（水）

時間があったので、映画を観た。「きみに読む物語」。ほろりとする。というか、ほろりどまり。つぎに、服をまとめて買う。

買い物は疲れるので、ほんのたまに、短い時間にまとめてすることにしている。ひとつのお店であれもこれもと選んでいて、30分くらいたった頃、集中力がぱったりとなくなり、もうどうでもよくなってしまった。もうどうでもいいですと、店の人につぶやく。やっとの思いで最後まですすみ、お金を払う頃には、ぐったりだ。

3月31日（木）

カンチの眼科に検診に行く日。

ホテルまで3人が来てくれて、イカちゃんの車でまずはお昼。3人の世界に、急に私がはいったので、最初、子どもたちはムードを壊されたのか、黙りこんでいた。わたしだって、お邪魔はしたくないんですけどね。きょうは仕方ない。

表参道のイタリアンへ。石窯《いしがま》で焼くピザのおいしいお店に並んではいる。薄くて、まわりはふわっともちもち。カンチはおなかがすいていたので機嫌が悪かったけど、ばくばくと食べて、最後は機嫌がよくなっていた。

それから銀座へ。イカちゃん＆チャコと別れて、終わったら電話することに。

予約をいれていたけど、前の人たちの診察が長びいたようで、2時間も待つ。

カンチの診察はすぐに終わって、ほっとする。2年もこなかったので、肩身が狭かった。あたらしいレンズを注文した。次回は夏休みに来て下さいと言われる。今度は、イカちゃんが連れていってくれるというのでお願いしよう。それなら、カンチだけが来ればいいから。

ここのトイレにはいったカンチが、

「トイレの戸、びっくりした。あんなのはじめて。世界中のどこにもないかも。どうやって開けるのかわからなかった」と興奮ぎみに話す。どれどれと見に行くと、改装したようで、戸が円形にカーブしていて、閉まっている時は、開けるところがわからない構造。私が行った時はだれも入っていなくてそのおもしろさがわからなかったので残念。

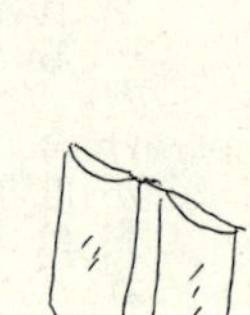

終わって、解放感を感じながら、ムシキングゲームをしていたチャコたちと合流。YAMAHAが休みだったので、山野楽器でピアノを見る。カンチがピアノを欲しいと言うから。重いものを家に増やすのが嫌だったけど、キーボードが壊れてしまったし、どうやらピアノの練習は続いているし、好きみたいなので、買うことにした。きょうは下見。私はあんまりわからないので、アップライトピアノの中でもこぶりのピアノの中から、カンチがいいというもののパンフレットをもらう。
おなかがすいてきた。「六本木ヒルズでショウロンポウを食べない？」と提案したけど、明日は帰る日で、これからまたゲームセンターとブックオフとショッピングセンターに行きたい子どもらは、すぐにイカちゃんの家の近くに帰りたいという。
「じゃあ、そうする？　でも、おなかがすいてるんじゃない？」
結局、送ってもらったついでにホテルで食事して、そこで3人と別れる。

テレビで「ラストサムライ」をやってたのでみようとしたけど、あまりにも眠くてしばらく眠る。目が覚めたので、本を読む。

桜は、まだ。

私が求める同志のイメージは、
私は高速で飛びながら進んでいて、隣の人も同じ速さで同じ方向に進んでいて、戦いに必要な武器（と言っても恐ろしい武器ではなく道具のようなもの）をさっと手渡してくれて、さっと受けとる。

その時だけ、一瞬目が合う。忙しいのでね。

って感じ。

こちらから渡す時もある。

その戦いは、人を救うようなこと。

右や左やちょっと前や後ろにいるのが仲間。

同じ目的をもって進んでいるから、語りあう必要はあまりなく、こころでわかる。

って感じ。

これから、ここにじっとして、心の中をからっぽにして、思いにふけります。

何もないところにわきあがるひとつひとつの思いをゆっくり見てみます。

人それぞれの山があるなら、私は私の山を登ります。私のだけでいい。

もう目の前しかみないようにしよう。

深い海の底に沈んでいるような気持ちで暮らし、深い海の底に沈んでいるような気持ちで旅をし、深い海の底に沈んでいるような気持ちで人と会おう。

私は私の山を登ろう.
そのことを忘れなければ、
たとえ他の山や、他の川や
他の町へ遊びにいってる時でも、
私の足は、自分の山を
登っているだろう.

視力が気にならなくなったので

また読書の日々 & DVD

→佐藤正午「豚を盗む」

外でのんびりと…

「ライフ・オブ・デビッド・ゲイル」

「ペイチェック」

「アイデンティティー」

……

おもしろかった……

宗教も芸術も、
組織化されてしまったものは、
それはもう
会社だ。
組織化されたものには、
キョウミがなくなるなあ…

自由な人に会いたい
心の自由な人。
心の自由な人に会うと
やる気がでるんだけどなあ〜…

会ってすぐのいくつかの
その人の使う言葉で
心の自由さが
わかるんだけどなあ〜…

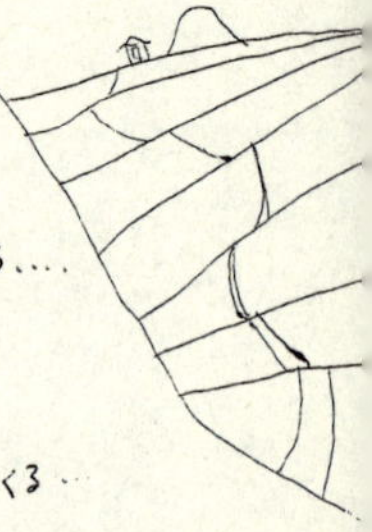

最近いろいろな式に
出席する機会が多く、
そこで思った。
ああいう場で話す人の言葉が
とどくキョリってそれぞれ違う…

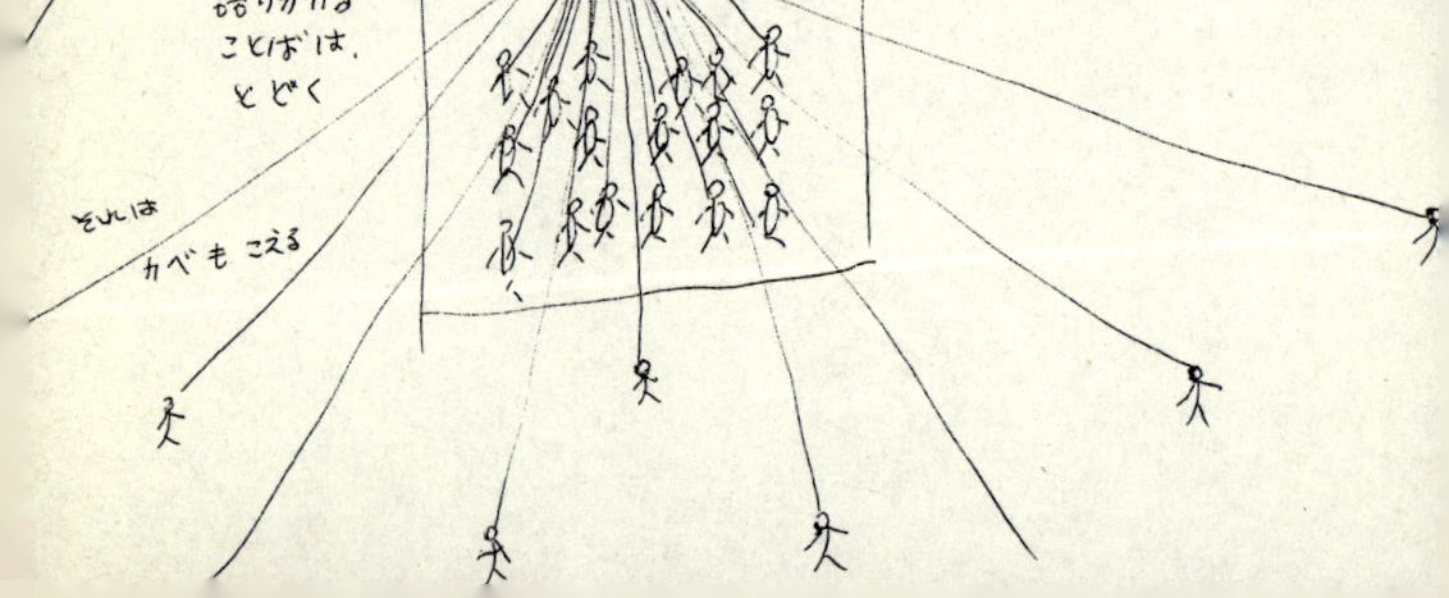

ある人、
紙をよんでるだけ
まったく外へでない
10cmくらいのところをくるくる…

伝えたいことが
ある人が、
伝えたい
人にむかって
語りかける
ことばは、
とどく

それは
カベもこえる

春のよい。

チャコと小声で
ながながと
カンチのグチを
語りあう

このことを
語りあえるのは
チャコ●だけ…

ナルトのカードとられちゃった…

ダッシュ!

マロンの世話… 結局
4月から
私とチャコがすることに…
ガックリ
だってもうケンカしたくないから。

チャコが帰ってきたら
庭にはなして、
自由に走りまわらせ、
チャコがエサやり。
平和になりま

チャコが
フロで かたもみしてくれました

ピアノがきた!
玄関あがってすぐのところに設置。

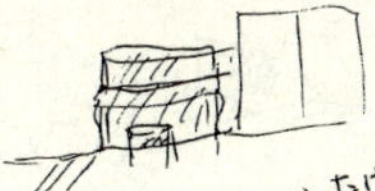

ついに 小学生
帰ってくるところをのぞいてます

楽器ってよく知らなかったけど
ピアノの音を家できいて
おどろいた。
すごく大きな音、ひびき、すごい!!
こんななんだ….
だからコンサートとか….
すごいね〜ピアノって〜
ステキなんだね
カンチも大よろこび(たぶん)
「ピアノが家にあるっていいねー」と
言ってたから。

チャコがみていたアニメ、カンチの
ピアノの音で、きこえなかっ
それで、チャコがカンチを
おもいきりけった!

あまりの痛さ
泣くカン4。
くそー

先日、
「ヒカルの碁」!
思いだしただけでも
涙がでる〜
でと、泣いてた。

その時!
世代交代を
感じた

中学生
部活がはじまり、
これからは 練習にあけくれる日々。
ますます
まる顔
カンチ

→夕食も別々になり、とても、らく。

夜のダンス
こぶしの花が
咲いた →
白い花
夜に白く
うかぶ
フロあがり
はだかの
チャコと
庭で おどる

4月17日（日）晴れ!

庭の石の上にフトンを干して

その上でおやつ.

暑かった……

パラソルを買わなきゃ…

ふんわか たのしそう～な、
ここ。

ふとんの上で
ねころがって
子どもたちを呼んだら、
もうスピードで家から
でてきた

ガーっ

と

せっかく同じ時間同じ空間の中にいるのだから
からだに動いてもらって
私たちは出会いましょう
そしてそれから先のことは
こころにまかせましょう
メッセージは熱く　場はクールに

形あるものだけでなく
形のないものに目をこらしてください
しあわせもふしあわせも同じものです
生きていることを　遊びましょう

広い広い広さの　最後のふちのところで
私はあなたの存在を愛します

銀色夏生

川《かわ》のむこう

つれづれノート⑭

銀《ぎん》色《いろ》夏《なつ》生《を》

角川文庫 13801

平成十七年六月二十五日　初版発行

発行者——田口恵司

発行所——株式会社角川書店

東京都千代田区富士見二―十三―三

電話　編集(〇三)三二三八―八五五五

営業(〇三)三二三八―八五二一

〒一〇二―八一七七

振替〇〇一三〇―九―一九五二〇八

印刷所——暁印刷　製本所——コオトブックライン

装幀者——杉浦康平

き 9-55 ISBN4-04-167357-7 C0195

角川文庫発刊に際して

角川源義

第二次世界大戦の敗北は、軍事力の敗北であった以上に、私たちの若い文化力の敗退であった。私たちの文化が戦争に対して如何に無力であり、単なるあだ花に過ぎなかったかを、私たちは身を以て体験し痛感した。西洋近代文化の摂取にとって、明治以後八十年の歳月は決して短かすぎたとは言えない。にもかかわらず、近代文化の伝統を確立し、自由な批判と柔軟な良識に富む文化層として自らを形成することに私たちは失敗して来た。そしてこれは、各層への文化の普及滲透を任務とする出版人の責任でもあった。

一九四五年以来、私たちは再び振出しに戻り、第一歩から踏み出すことを余儀なくされた。これは大きな不幸ではあるが、反面、これまでの混沌・未熟・歪曲の中にあった我が国の文化に秩序と確たる基礎を齎らすためには絶好の機会でもある。角川書店は、このような祖国の文化的危機にあたり、微力をも顧みず再建の礎石たるべき抱負と決意とをもって出発したが、ここに創立以来の念願を果すべく角川文庫を発刊する。これまで刊行されたあらゆる全集叢書文庫類の長所と短所とを検討し、古今東西の不朽の典籍を、良心的編集のもとに、廉価に、そして書架にふさわしい美本として、多くのひとびとに提供しようとする。しかし私たちは徒らに百科全書的な知識のジレッタントを作ることを目的とせず、あくまで祖国の文化に秩序と再建への道を示し、この文庫を角川書店の栄ある事業として、今後永久に継続発展せしめ、学芸と教養との殿堂として大成せんことを期したい。多くの読書子の愛情ある忠言と支持とによって、この希望と抱負とを完遂せしめられんことを願う。

一九四九年五月三日